汪菊珍 著

东河沿人家

宁波出版社

图书在版编目（CIP）数据

东河沿人家 / 汪菊珍著. — 宁波：宁波出版社，2019.7
（2021.1 重印）
ISBN 978-7-5526-3553-9

Ⅰ.①东… Ⅱ.①汪… Ⅲ.①散文—中国—当代
Ⅳ.①I267

中国版本图书馆 CIP 数据核字（2019）第 094488 号

东河沿人家
DONGHEYAN RENJIA

汪菊珍　著

出版发行	宁波出版社
地址邮编	宁波市甬江大道 1 号宁波书城 8 号楼　315040
责任编辑	罗樱波　朱璐艳
责任校对	李　强
装帧设计	金字斋
印　　刷	宁波白云印刷有限公司
开　　本	880 毫米 × 1230 毫米　1/32
印　　张	9.25
字　　数	189 千
版　　次	2019 年 7 月第 1 版
印　　次	2021 年 1 月第 2 次印刷
标准书号	ISBN 978-7-5526-3553-9
定　　价	39.80 元

如发现缺页或倒装，影响阅读，请与出版社联系调换　电话：0574-87248279

目录

/ 蔡元房 /

摇　门	003
清　洁	008
棉　花	012
正房的门	018
招娣的手	023
欢　喜	027
冷　清	035
阿　棠	039

/ 敬义堂 /

五婶的长头发	045
秋　姐	050

东河沿人家

老大哥	056
晓　岚	063
德　哥	069
年　嫂	082
达琛姆妈	087
掏　箱	108
碎　瓷	113
面店里的两个光棍伯伯	119
典　屋	126

太傅世家

通眼管	135
阿　杜	140
草　垫	146
婉　云	150
棉花秆	154
灯　花	159
秀楠恩娘	165
第七块石板	171
家祺哥哥	177

光禄第

一把油纸雨伞	185
谢老师	190
金相公	194
座　车	198
庭淼哥哥	202
脚头运	207
绿色小碗	212
香　皂	216
门　槛	220

六房宅

世　根	227
水龙间	231
牤飞虫	236
小踏车	240
白衣女	244
喜　龙	248

东河沿人家

/ 舒记里 /

泥水爷爷　255
站的菩萨　259
坐的菩萨　263
灶间地下看老婆　268
没有神仙　273
订　婚　277
开口就响亮　281
木匠爷爷　285

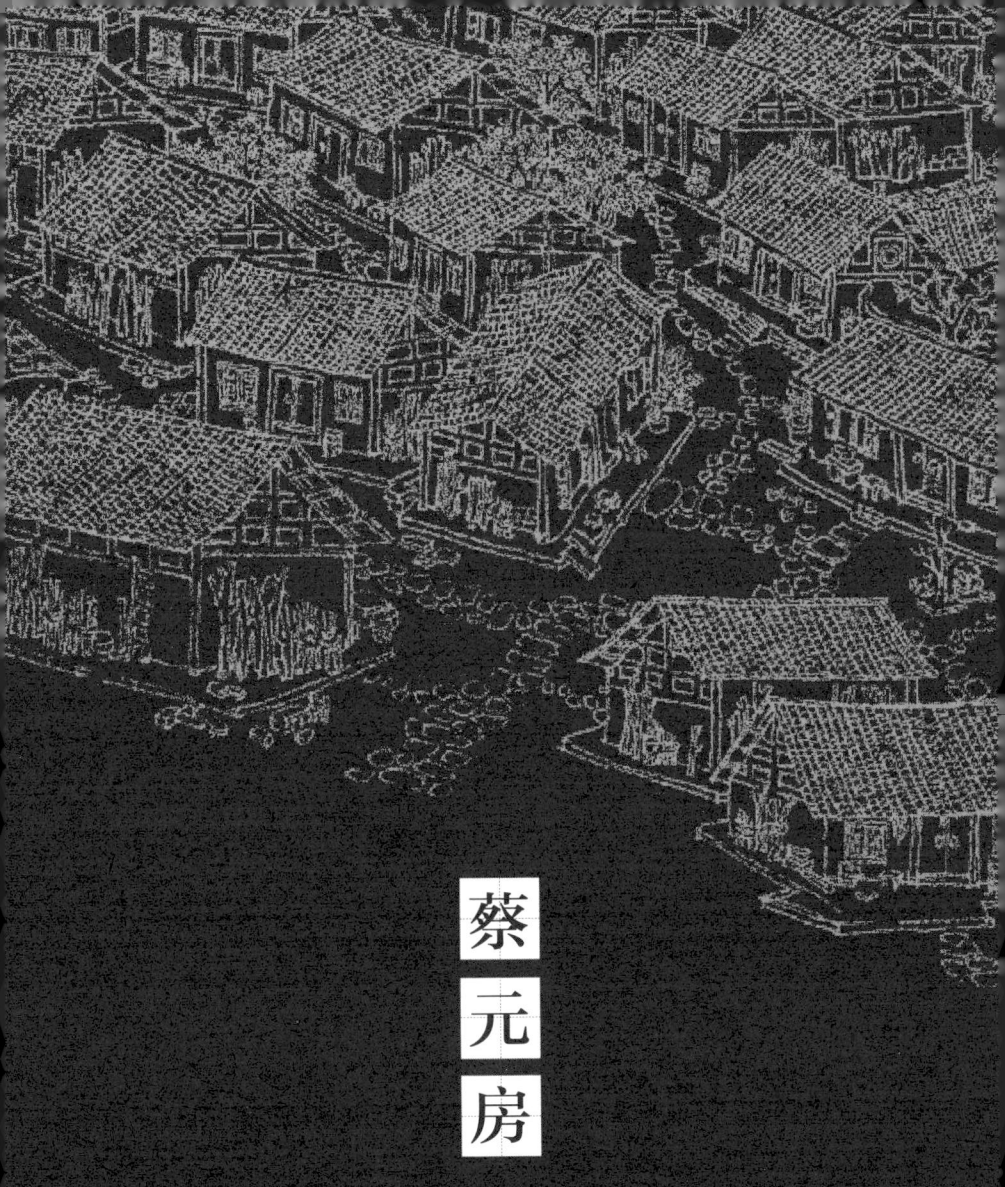

蔡元房

东河沿人家

摇 门

蔡元房坐落在东河沿漕斗底向北十几米处,前后三进,东西厢楼各十一间。第一进平房,小小三间。左右两间的南墙上,均有镂刻精细的青灰色石窗。中间是堂前间,两扇高大的铁皮大门,用铜钉镶嵌着万年青图形。外面还有两扇木门,半截,叫作摇门。

白天开大门,关着摇门。进出摇门的,是一个戴玳瑁眼镜,挂黑色毛线围巾的上海老人。老人姓吴,我父亲叫他老吴,我自然叫他老吴伯伯。老吴伯伯人和气,只是太胖了,走路喘粗气,发出哼哼声。他到埠头,侧着胖胖的身体,下一个台阶,哼一声,再下一个台阶,再哼一声。只要听到哼哼声,人们就知道是老吴伯伯来了。

上海不是美丽大世界吗?干吗老了还到这里来受生活不便的罪?没过多久,摇门里多了个姑娘,是老吴伯伯的女儿。大家这才明白,原来老吴伯伯是打了女儿插队的前站。这也不稀奇,我们小镇是鱼米之乡,不要说老吴伯伯是这里出去的,就是八竿子够不着的,也都想攀个亲,安顿过来。

老吴伯伯的女儿叫琪美,身材苗条婀娜,眼睛黑白分明,看人好像会说话。短发漆黑,嘴巴小巧,一口整齐雪白的牙齿。声音既清脆又柔和,加上上海口音,听她说话,简直是享受。只是皮肤稍稍有点黑,有人背地里叫她黑牡丹。我一开始不知道她名字,看到她只是笑笑,后来就称她琪美姐姐。

我们小镇附近女知青很多,大多数是上海来的。她们常常成群结队,叽叽呱呱,嘻嘻哈哈,独有琪美姐姐落单,因为她插队在五大队。那里比较远,大队部在后街,田畈在古时的汝湖一带,近的也有五六里路。琪美姐姐却不落后,每天早出晚归。我们做邻居的,常会好几天不见她人影。

后来听说琪美姐姐会做衣服,我就兴冲冲地去找她。好几次过去,都只有老吴伯伯在。他笑眯眯地对我说,琪美还没回来,你等些时间再来吧!这样好几次,最后总算碰到了。琪美姐姐在里间听到声音,伸出好看的脑袋,笑着说,快进来,快进来。

里间是她的卧房,后面一张床,南窗一张桌,进门处果真有一台缝纫机。机头上放着几片花布,琪美姐姐正给人做衣服呢。我站直了身子,让她给我量尺寸。她还在本子上记录,我就急切地问她,什么时候可以完工?她笑着说,如果下雨,很快就可以了。我一笑一跳地出来,琪美姐姐一边给我开摇门,一边笑着说,平时也可以来玩哦!

记得那是件夏天穿的无袖短衣，当时称作运动衫。什么花纹呢？如果你努力回想，肯定能想出来，因为那个时候的花布，实在是奢侈品。不过，可能是琪美姐姐无师自通的缘故，也可能是我的身体在她制衣时突击生长了，那件衣服做得不是很合身。她对我非常歉疚，不肯收工钱。我把钱硬塞给她，她从后面追上来，找了我零钱。我记得是一角五分，或者是一角二分。

隐约听得，琪美姐姐在五大队做得很出色，得到了社员的好评。不久，她可能入了党，也可能提拔为干部了——都是猜测，因为老吴伯伯和琪美姐姐都不是张扬的人。后来，忽然真的不见了琪美姐姐，这才知道，她已经被推荐去杭州的大学读书了。

自此，摇门里出来的，又只有老吴伯伯了。可能乡下的空气适合他，也可能小镇的蔬菜更加养人，老吴伯伯越来越胖，几乎连走路都费劲吃力了。到了夏天，他早晚两次来埠头洗澡。每次他都坐进水里的埠头档，摘掉眼镜，把脸没进水里。好一阵才抬起头，"啊哈、啊哈"，好像是在吸气，也好像是在赞叹，"好凉快，好凉快"。也是，那个时候的小镇，像老吴伯伯那样大肚子的真不多。胖人啊，吃不消热呗！

我高中毕业的时候，琪美姐姐从杭州的学校毕业了。当时的政策，是从哪里来，到哪里去。她就再次回到小镇，分配到离小镇二十里地的滨海中学教书。奇妙的缘分是，她还没把那里的板凳坐热，我就在父亲托人以后，也要到那个学校代课去了。

父亲对我的这次出行极为重视，出发前去找了老吴伯伯。老吴伯伯说，琪美已经找了杭州的对象，星期天经常去杭州，这星期没回来。接着，老吴伯伯对我说，你就大胆去吧，琪美肯定会照顾好你。见父亲还不放心的样子，他说，老汪，要不我给你写张条子？这下，我父亲才摆摆手说，那倒不用，那倒不用。

我记得出行那天，阴雨绵绵。父亲穿着蓑衣挑着担，我打着黑布雨伞背着包，一步一步小小心心地到了学校。还没放下担子，父亲先问琪美在不在。琪美姐姐闻声迎了出来，说老吴伯伯已经打电话给她。然后，我们由琪美姐姐领着，一处一处报到——这才知道，学校正在拆迁，没有宿舍，连琪美姐姐也是寄居在村民家。校长见我们和琪美姐姐熟悉，就让我和她挤挤算了。

但是，到了村民家，发现琪美姐姐和另外一个女老师住在一起，我的床没法搭。琪美姐姐想了想说，她们住后间，前半间住的是房东女儿，要不和房东女儿挤一下。父亲说好，我也说好，只要和琪美姐姐靠得近，就成。这里安顿好，琪美姐姐又带着我们去看了食堂。在她的提醒下，父亲到商店买了一些日用品。父亲走的时候，琪美姐姐对父亲说，放心吧，我会把她当自己妹妹的。

自此，我战战兢兢地进入了人生的第一个驿站。那时的高中生，虚岁十八。我生日在下半年，实打实计算，还只有十六岁。然而，我的学生好些都是十五岁，最大的十七岁。所以，我当时的压力不是一般的大，第一节课简直是如临大敌。好在琪美姐姐就在身边，她不断地鼓励安慰，总算让我熬了过来。

最难忘的是那些雨夜，我和琪美姐姐、那个和她同室的张老师，还有房东女儿，我们一起做女红、唱歌、讲故事。至今我还记得琪美姐姐的绕口令:"三哥三嫂子，请你借给我三斗三升酸枣子。等我明年摘了三斗三升酸枣子，再还给你三斗三升酸枣子。"我的普通话不好，即使慢慢说，也连不上，绕不出。然而，琪美姐姐却能爆芝麻一样，还一本正经地虎着一张脸。谁能不笑弯腰呢?

还有周末，我常和琪美姐姐一起回家。我们先走十里路的田野，都是羊肠小道——滨海人家勤劳，见缝插针种菜，不让土地有一分空隙。下雨了，田塍路变得滑溜溜的，零星点缀的草屋都被迷蒙在绿色里。我和琪美姐姐大声地唱歌，手里拎的饭盒呀、搪瓷杯呀叮叮当当，好像在给我们伴奏。此情此景，经常出现在我后来的梦里。

琪美姐姐结婚后，她就多跑杭州少回小镇了。我也在一年半后回到了小镇代课，同时开始一段另外的人生之路——高考。老吴伯伯仍然住在蔡元房三间小平屋里，仍然呼哧呼哧地走路，冬天一条黑色毛线围巾，夏天每天两次到埠头来洗澡。我考上大学时，琪美姐姐已经调到杭州，老吴伯伯送了我一本绿色笔记本——题有繁体的竖排赠言。我用它来写大学日记，至今还保存着。

大约是琪美姐姐调到杭州后，老吴伯伯完成了护花使者的使命，也回了上海。他把房子转给了招娣的姐姐，后来招娣的姐姐又把它转给了结婚后的我。我在这里住得不长，但每次推开摇门，都会想起琪美姐姐和她的父亲老吴伯伯。他们曾多少次进出这摇门呀!

清 洁

  二妈住蔡元房东厢,在阿棠家北边。叫她二妈,出于她是我家隔壁达琛姆妈的二姐。两姐妹都是本地媳妇本地囡,大家就以娘家的排行称呼她们。

  二妈高瘦、细眼、长脸,皮肤泛黄,短发半白,梳得一丝不乱,偏左留条缝,一个旧发夹别住右边的头发,整年穿大襟衣裳、老式阔腿裤。她嫁的丈夫叫岳良,和我们同一个生产队。据说他们早先生有孩子,只是没有留住。等我晓事,他们已吃五保户口粮,被人称作孤老。

  二妈有个绰号,叫骂人精。这是兰芳告诉我的,她们住得近,知道底细。她说,二妈的嘴巴成天不停,声音很响,左邻右舍都能听到。我问,岳良伯白天去田里,家里又没有别人,骂给谁听啊?答是,也不知道骂谁。没有对象的骂人,不是精神病吗?对此,兰芳又摇一摇头说,二妈对小孩还是不错的。

也是,她每天拎一只大竹篮,到我家门前埠头来洗衣服,常会定定地看住我。有时,她会没来由地说,你这么大了呀!马上就是大姑娘了。我趴在排窗口,叫她一声二妈,心里想着,我离大姑娘还早着呢!听到我的叫声,她马上眉开眼笑,又夸我嘴巴甜。

有时,我们捉迷藏,蔡元房前两进藏遍了,我就不顾兰芳的劝告,躲到二妈门前的楼梯下。那是共用楼梯,二妈家的房间由此而上。二妈看到我,招手让我进去。屋内很暗,好一阵才看清里面的陈设:灶台干净,桌椅整齐,连角落都没灰尘。二妈从锡罐里拿出一块豆糖,塞到我手里,说不要让兰芳知道。

然而,当我和阿棠纺石棉的时候,倒真领教了二妈的骂人功夫。

我和阿棠,还有阿棠大嫂,共有三辆石棉车,都放在阿棠家外面的走廊顶头——蔡元房每进只有三间,但东西厢房的走廊很宽。农家的走廊旁边,堆着棉花秆、稻草等杂物,还显得很宽。阿棠家外面的走廊空着,摆石棉车不关别人的事,但是阿棠说,骂人精肯定要骂人了。

果真,只见二妈拎个大竹篮进进出出,篮里却总是只有一件衣服,边走边骂,听不出骂谁。阿棠说,就在骂我们呀。我当时并不相信,无缘无故为什么骂我们?如今想想可能,几辆石棉车的灰尘很多,她爱清洁,每天擦不干净心烦,又不好挑明了干预,只好莫名其妙地骂。

骂得最多的，当然是她丈夫。每次岳良伯从田里归来，屋内就传出二妈的骂声。还不是一般的骂，有时会牵连到上辈。我问阿棠，岳良伯有什么错，干吗骂他？阿棠笑说，她就是这样没头没脑地骂人，不然还叫骂人精吗？奇怪，我从来没有听到过岳良伯的反应，可能正忙于吃饭吧！

很快，岳良伯用搭在肩上的白毛巾擦着嘴巴，去田头看水了——他年老了，生产队照顾他的轻便活计。便是这样的时候，二妈也会赶出来骂："侬个老太公，毛巾已经贼臭，还没有换呢！"哎呀！这不是关心体贴丈夫吗，为什么显得这样凶巴巴的？

这时，岳良伯已经到了我们的石棉车边。他正背着锃铣，侧着身子，在划火柴吸烟，听到二妈的话，稍稍迟疑了一下，最终还是转身去换了毛巾。仔细看岳良伯，虽然他身上都是粗布旧衣，却都洁净，连纽襻缝隙都洗得干干净净。有人说，岳良伯的干净，是二妈骂出来的。

有一天中午，人说岳良伯引水的时候，锃铣碰到渠道底部的电缆，触电昏过去了。我忙跑出去看，他已经被大家抬着去医院了。在医院的抢救室，我见到二妈边哭边骂，侬个死鬼！眼睛长到哪啦，怎么不看清楚的呀。医生听了，让她离开，她还是没完没了地哭骂。还真是命大，休息了一段时间，岳良伯又到田里去了。

大约就在那之后，达琛妈妈的小儿子达琛过继给了二妈夫妇——达琛到了下乡年纪，达琛妈妈舍不得儿子去外地，想让他就近在我们生产队支农。达琛还是住在自己家里，不久就拜师傅刻磨具——生产队交一份现金，换取工分。二妈俩老的五保户口粮有没有除掉，达琛有没有出月子钱孝敬俩老，达琛姆妈没吐露过。

然而，多见二妈在达琛姆妈家走动了。她每次来埠头，经常到达琛姆妈家转转。姐妹两个有说有笑，从没见她们这样亲热过。有时，二妈还拎个盖白毛巾的竹篮，里面装着几个鸡蛋，或者一碗熬得金黄的麦果点心。那个时候，二妈再不骂人，见人总是笑。我们说，二妈讲卫生了。

然而，好景不长，达琛很快顶父亲的职去了上海，二妈却是竹篮打水，空欢喜一场。当然，她也知道这是无可奈何的，于是只盼着达琛多回来看望她。但达琛进了大城市，上班不说，还读夜大，喜欢上了读写，回小镇的时间实在不多。后来他结婚生了女儿，更加没空回小镇了。

婴儿还不到周岁，上海爆发甲肝，达琛妻子染上了。怕女儿也传染上，他把她送到乡下来让达琛姆妈养。这个时候，二妈屁颠屁颠过来帮着一起带。她抢着把屎把尿，把婴儿的屎称作金蛋，还笑眯眯地念叨："香不过的奶花屙，臭不过的老太婆。"

二妈夫妇归山之时我外出了，据说达琛夫妇都回来料理了后事。后来又听说，之前达琛也寄钱给俩老的。如此想来，二妈的最后几年还算过得踏实。只是，虽然她后来很少骂人，但许多人的口中，还总是叫她骂人精。或者，大家还是对骂人的二妈更加习惯吧！

棉花

我九岁那年,小学毕业的姐姐辍学去做田头活。她的家务,大多移交给了我。其中一项,是给漪婆跑腿。

漪婆是老姑娘,已经六十多岁,个子矮小,头发卷曲,皮肤光洁白皙,住蔡元房第三进正屋右边那间。我平时去兰芳家玩,总要打打闹闹,但不能跨过第二进的仪门,兰芳说后面住着一位神经病。而兰芳嘴里的神经病,就是我马上要去帮忙的漪婆。

第一次,外婆带着我去。外婆年轻时做女裁缝,吃百家饭。这位老姑娘,便是她当时的老主顾,所谓大户人家的小姐。至于小姐为什么当年没有出嫁,如今又长年足不出户,连简单的家务活也做不了,还被人称为神经病,外婆从来没有说起过。

我们进去时,漪婆正坐在南窗下。她也不起身,只静静地对着外婆笑了笑。外婆扶着我的肩,对她说明了姐姐的情况,同时说我已经九岁了,那些简单的事情都会了。漪婆这才转脸打量了我一下,然后对外婆说,小事让我将就也好,但是,大的事情,还是必须让姐姐做。所谓大的事情,就是倒马桶,或者河边洗衣服。

记得她第一次差遣我的,是买酱油。我一手紧紧捏着从来没有拿过的那么大面值的五毛钱,一手把那个红毛酱油瓶抱在怀里,经过兰芳家,怕她笑我在给神经病办事,赶忙紧跑几脚。在石洞门口的小店买了酱油,又做贼似的,经过兰芳家去交差。

我问漪婆,还有没有别的事情。她摇着头,打开一个红木橱柜,拿出一块圆蛋糕。我不敢马上就吃,把它带回了家。爷爷见了说,到底是大户人家,还有闲钱吃这个。外婆说,她家从前再怎么有钱,现在都没了;他们的生活费用是上海的兄弟带进来的,不然怎么让他们两个人过下去。

明明只有一个人,外婆却说是两个。可能是我太小听了不经意,也可能是吃蛋糕正专心。不过,待我去了几次后,倒真的见着了另外一个人,一个让我十分害怕的人——宗仁。为什么宗仁到她家里来了?宗仁,这个小孩子见了害怕同时又歧视的人,怎么会到这里来的呢?

要说这个宗仁,我倒是很早就知道的,因为他经常从我家门前经过。他个子不高,人不胖,胡子花白,戴个白框眼镜,常穿得灰不溜秋,手里还拎个破破烂烂的藤篮。他过来时,后面总追着一群藕荷弄的小孩。他们边追边喊,还捡地上的石头子、甘蔗皮扔他。我看到他过来,赶忙躲进摇门。

漪婆看到我害怕的样子,让我赶紧回家。我回到家,一直盯着外婆问。外婆只好放下手里正在缝的衣服,对我说起了他们家的旧事。

原来,漪婆家当时十分富有,整个蔡元房就是她家祖上的——镇志记载,蔡元房由一个叫谢蔡元的人建造于清朝中期——然而,正所谓富不过三代,到了漪婆出生的时候,家里渐渐现出了末世的模样。后来漪婆的父母亡故,身后留下了两个儿子、一个女儿。

大儿子在小镇的诚意学堂读了书,去上海谋生了,家里留下妹妹和弟弟宗仁。姐弟俩在老用人的照顾下相依为命,渐渐长大。后来,做哥哥的不放心乡下的弟妹,用了当时很普遍的方式照顾他们——娶了一个乡下老婆,却不带去上海,让她管理田产祖业,同时照顾弟妹。

话说这个妻子,小镇附近农家出身。她嫁到蔡元房,总以为日子会好过一些,而几年下来,面对的只是两个神情漠然的孩子,渐渐不耐烦了。开始她还想去上海和丈夫团聚,而那个丈夫娶她真不过是为照顾弟妹,所以她哪里还有出路呢?于是,这女人就把所有的无名之火发泄到两个孩子身上。

漪婆模样姣好,但从小孱弱,加上早先父母的宠爱,并不曾做得粗重活计。然而,自从这个嫂子进门,就把家里用人辞退了几个,硬让漪婆做起粗活,把上海寄来的银钱藏进自己腰包。当然,还有更恶毒的。家里放着满柜的稻谷,她却不让他们姐弟吃个饱饭。

这样的委屈，漪婆一直忍让着。但是长大后的宗仁，怨恨却越积越深。他的想法是，自己受苦也罢了，一心疼爱自己的姐姐，本该嫁个好人家的姐姐，被嫂子埋汰到精神委顿，实在咽不下这口气。于是，他放出狠话，总有一天，要把嫂子杀了。

早有趋炎附势的家中伙计，把这话传到了嫂子耳里。嫂子眼皮一翻，哼！你敢？她以为两个孩子都捏在她的掌心里，只是胡说八道罢了。于是，她更变本加厉地虐待两个孩子，不知死亡的阴影已经笼罩着她。

一个傍晚，嫂子又把自己吃过的饭菜收起，让他们姐弟吃麦丝米饭。漪婆那天胃痛，实在不能咽下这样的饭食。宗仁看到白米饭一转眼就不见，硬是要求嫂子拿出来。他发出警告："今天你再不给我们吃，就把你杀了！"嫂子一听，火冒三丈，手指着宗仁的鼻梁说："来呀！今天不把我杀死，你们就都死在我手上！"

宗仁听了，转身从厨房拿出薄刀，明晃晃地向嫂子砍去。漪婆看到弟弟真拿着刀，怕闯出滔天大祸，便大叫一声，奋不顾身地扑上去。嫂子听到漪婆的惊叫，正转过身，刚好对着宗仁的刀刃。宗仁情知，如果不把刀子向嫂子砍去，刀锋就会偏向扑过来的姐姐。他便一不做，二不休，说："是你自己找死来的！"

小时，常听大人说，凡是快口，比如剪刀、薄刀，不能轻易出手，好像它们本身就带着莫测的神秘。如果说第一刀下去，是宗仁自己的意志，而后来的连续动作却是机械式的，他已经控制不了自己的手。结果，嫂子横尸，姐姐连连惊叫。宗仁直到姐姐倒地不起,才停止了动作。

这时,窗外月黑,只有屋内的油灯闪着一丝豆大的光。深宅大院,本没有外人进来的道理。那个搬弄是非的伙计,此时早躲到了一边。宗仁本想一刀自尽,但看到地上的姐姐,才神智清爽起来。"我杀人啦!我把嫂嫂杀死啦!"于是,只见蔡元房后门的石板路上,宗仁高举着薄刀,一路喊叫着,奔向小镇的衙门。

第二天,街坊邻居听到了这件事,都纷纷到衙门为宗仁求情,说宗仁的嫂子不是好人,是她自己把自己逼上这条死路的。当然,最后的定局者该是那个哥哥——听到家里出了人命案,他自然火速赶到。而他最终也站在街坊这边。不久,官府判了宗仁无罪。

外婆一口气讲完故事,我自然听得心惊肉跳,不肯再去帮漪婆做事。外婆却再三保证,宗仁每个月才去一次——把外面哥哥带来的生活费送给姐姐,其余日子他忙着呢,要让他去也没有时间。我半信半疑,在外婆、爷爷的哄骗下,终于答应再去。

此后的漪婆家,果真不见了宗仁的影子。漪婆还拿出一本歌谱,唱歌给我听。至今我还记得她唱歌的情景,她额头裹着一寸宽的黑丝绒带子,太阳穴贴着拇指大小的黑皮膏药,头颈一颤一颤的。阳光斜射进来,形成一个斜的光柱,光柱里浮荡着稀疏的灰尘。她唱歌的声音轻柔和美:"长亭外,古道边,芳草碧连天……"唱得多了,连我都会了。

兰芳一听我的歌,马上说,这个歌是后面的神经病教你的,不能唱这样的歌。我说为什么不能唱,她不是也在唱吗?这下兰芳急得脸红脖子粗的:"她神经病唱,人家不管。你要唱了,可是反革命。这是我家隔壁上海人说的,我骗你是小狗。"那天回家,我向外婆下了最后通牒,真不去神经病家了。

然而,每月一次,宗仁依然经过我家门前,后面依然追着一群孩子,也依然扔他石头子、甘蔗皮。宗仁却不恼,顾自大步流星地往东而去。我如果来不及躲避,他会已经认识了我似的,微微笑一笑。他手里还是那只破旧的藤篮,脸却越来越瘦,后来连走路也不那么利落了。

那时,我经常想着一件事情,就是宗仁的藤篮里到底藏着什么宝物。问了外婆才知道,里面是几朵棉花,他要交到棉花厂去的。哪里来的呢?街头巷尾、田垄地沟捡拾而来。为什么呀?外婆说,他这是将功赎罪,从当时官府无罪释放他就开始,到如今已经几十年了。

漪婆去世,宗仁再不经过我家门口。依稀听得他还在捡拾棉花,后来报纸登载他的事迹,连广播也时有报道。我每次得到他的消息,眼前总会出现他黑瘦的脸和破旧的藤篮。同时出现的,是宗仁罪孽的渊薮——一颗血淋淋的人头。

正房的门

晚饭以后,我跟母亲去找雅玉姆妈,人不在。母亲想了想,就带我出来,去了蔡元房的后墙门。

蔡元房后墙门有两个。一个在左,通二妈家东厢走廊,两道高高的石头门槛,没有正儿八经的关闭——原有的大门锈蚀坏,不知丢哪去了。还有一个在右边的红色大理石护墙间,通蔡元房西厢走廊,两扇高而窄的木门,顶着一个古色古香的门楼。门楼下时常看见寒玉姆妈——一个戴黑框眼镜的老妇,也就是雅玉姆妈的姐姐。

母亲叫了好一阵门,寒玉姆妈才出来开了门。她说雅玉姆妈就在这里,我们进去便是。跨过石头门槛,进入天井,全是石板地面。从窗内照出的光线看到,窗前放着好几个大水缸,全盖着竹编的缸盖,还有几个大石墩,上面搁着盆栽的天葱。

又跨过两道门槛,才进入亮堂的屋内。雅玉姆妈坐在八仙桌旁喝茶,笑眯眯地让我们坐下。她的姐姐,到另外一间屋去倒了茶来。我母亲谦让一番,也喝起了茶。可能刚才她们说着要紧话,一下子加入了我们,无从说起了。有一搭没一搭地说了些闲话,母亲就带着我告辞出来。

关于寒玉姆妈,曾经听得一个说法——她是抢亲抢来的。至于怎么抢,却不知情。在回家路上,我问了母亲,母亲却沉默了——或者她也不知道,或者在想她自己的事情。于是我又问,寒玉姆妈平时都在哪里,怎么常常不见她人呢。母亲这才对我说,她丈夫是上海工人,平时住在上海丈夫那里,偶尔才回来。

这个时候,我已经听过一些故事,知道凡是抢亲,必须女的漂亮男的有钱。寒玉姆妈这样漂亮,被抢正常,但一个工人抢亲,好像说不过去。我很想继续问母亲,但刚刚已经问了两个了,知道还是不要刨根究底的好。想不到这个疑问存了很多年才解开,当然也是后话了。

再来说那天之后的事情。第二天,我们又去雅玉姆妈家,我趴在母亲的膝盖上,听到的却是寒玉姆妈的事情。原来,寒玉姆妈成亲后一直没有生育,领养了一个小镇附近的农家男孩,名字叫阿耀。阿耀领过来几年,寒玉姆妈却生下了女儿阿君。寒玉姆妈同样看待两个孩子,也同样培养他们读书——也许还指望他们日后成亲。

阿君女孩子家心事重,倒真对这个领养的哥哥心有所属,但阿耀却在外面找来了一个媳妇。这也是没奈何的事情。阿耀一表人才，又聪明好学，被人家看上也在情理中。然而，阿君却想不开，一直闹腾。寒玉姆妈再三劝解也无效果，直到阿耀正式结婚，阿君才死了心。

不仅如此，重要的还在于，阿耀结婚的时候，场面上出现了他的亲生父母。其实，这也没啥，小镇上领养的人家很多，两家当作亲眷走动的也有，我的母亲就是如此。但是，寒玉姆妈领养阿耀，可能当时就讲定不走动——寒玉姆妈带着阿耀在上海生活，复杂事情简单做，省心。然而，长大后的阿耀，到底还是暗中认了亲生父母。

过了好几年，我才看到阿耀一次。他高而斯文，俊眉大眼，一口上海话。因为他的到来，寒玉姆妈开了前面正房的门。原来寒玉姆妈家这样宽敞，朝南也有一间呢！南窗下是八仙桌、太师椅，板壁边堆叠着拆卸了的大床，还有几件暗红色家具。临时开启，灰尘还没有扫除干净。现在想来，可能这间正房是属于阿耀的，不然，为什么他走后又紧紧关闭了呢？

不久，寒玉姆妈的丈夫退休，他们夫妇都回到了乡下。每年春节，女儿阿君总来探望，但阿耀从没出现过。后来听说，那次我看到的阿耀，就是为正式脱离和养父母的关系才回的老屋。条件之一是，上海的房子和这间正房对换。然而，寒玉姆妈始终没有打开过正房的门，出入仍然在后墙门。人们常常见到他们老夫妇，一个秀雅，一个魁伟，双双徘徊在古镇的小巷，像是一道风景。

就在这个时候,老辈的人想起了他们夫妻的前情,于是牵扯出了当时存在我心里的抢亲疑问。

据说,寒玉姆妈姐妹出身大户,从小读过书。但就在她们刚要成年的时候,父母染疾亡故了。祸不单行,地方上的土匪听到这对如花似玉的姐妹失去了依傍,作声要来求亲。寒玉姆妈知书达理,她求族里父老做主,把自己嫁了,千万不要落入土匪之手。

族里长老一时情急,找不出门当户对的年轻人,就挑了个穷人家的小佬,去做上门女婿。当时风俗男婚女嫁,必须讲究礼节和排场,但小佬家里一贫如洗,没有钱财做一次像样的亲事,又加上时间紧迫,族长就想了个古法——让新郎抢亲。

好多年的疑问一旦勾销,我长长吁出一口气。还好,寒玉姆妈到底出于自愿,并不是被胁迫而抢。那么,抢亲的经过怎么样呢?说来简单,定好一个地点,新娘等在那里,新郎家派人去就成了。我还是问,新娘穿着新衣服吗?有没有蒙住眼睛?这下,不等对方回答,我自己就先笑了。既然为省钱而做亲,抢不过是形式,哪里有蒙眼睛的道理呢?

好像男人得了一个如花美眷,总会没来由地长出一番志气。这个小佬自从和寒玉姆妈成亲后,就到上海去学做生意。很快,他在那里生了根脚,就接了寒玉姆妈出去。几年无子,按乡里风俗领养了阿耀。忽然又生女儿,自然喜上加喜。男人一味勤苦,终于买回几间老宅。只是,当他们来去奔忙,竟然没有想到养子阿耀最后会与他们断绝了关系。

东河沿人家

忘记了寒玉姆妈夫妇何年作古,该是我离开小镇之后的事了吧!至于阿耀当时有没有来和他们作别,更是不得而知。近日意外得悉,经历了人世沧桑的蔡元房西厢后院,终究已改换门庭。只是,正房的门还是未开启,似乎在等待一个机缘。

招娣的手

蔡元房第二进,和阿美家隔了个穿堂的,是招娣家。檐廊很宽,花格大门,门槛很高,也很粗糙。我去的时候,喜欢坐在门槛上,看招娣忙碌。

她是老二,上有一个姐姐,下有两个弟弟——当时的农村,如果接连生了两个女儿,第二个女儿的名字常是招娣或者领娣。招娣的姐姐很白,眉眼俊俏,眼睛黑得潭水样的。可招娣的脸团而黑,眼睛眯成一条线,短发,发梢经常挂着一只虱子。和她玩在一起,我的头上也有过虱子。

我去招娣家的时候,她已经到了入学年龄。然而,她没有上学,只在家里洗衣烧饭,空的时候还纺棉线。她的手不闲,还可以给我讲故事。木驼女婿到丈母娘家受奚落、和尚偷馒头,都是她的保留节目。猜谜,印象最深的是:驼背,驼背,一日敲三遍。

东河沿人家

她的两个弟弟整天挂着鼻涕,不着家的时候居多,可能是读书去了,也可能是跟着大孩子游玩去了。常常听到招娣母亲骂:"倷两个枪毙鬼、笃洞鬼,不会死的啊。"这样的骂法,东河沿很少,所以到了今天,闭上眼睛静想一会儿,耳朵里那个长长的"鬼"字好像还在。

不是由招娣才引来的儿子吗,为什么骂得这样凶狠?可能,招娣的弟弟真的太皮;也可能,他们太会吃;更有可能,他们在外面闯了祸。倒是招娣,小母亲似的,护着两个弟弟,最后连带自己也遭到责骂。这样的时候,我就悄悄起身回家,只在家门口盼望招娣拎着篮子来洗衣服。

招娣人小,篮子大,衣服又多,她出来总要停停放放。到了埠头,她把衣服倒在石板上,用板刷刷。衣服都是旧的,有些地方已经很薄,也很脆了,只能用手搓。搓着搓着,一件衣服的后背处开裂了。这时,她会捧着这件衣服发呆、流泪,说她的母亲肯定又要打她了。

招娣母亲矮而结实,脸上有几个雀斑,短发,穿大襟衫。她要去四大队出畈,路上的时间不少。招娣父亲有病,脸孔蜡黄,稍微受点风寒,就气喘咳嗽,再不能到地里挣工分。四大队的田薄,收成差,家里经常缺吃的。东河沿人说到困难户,第一个就是招娣家。

招娣的父亲不苟言笑,病重的时候只会哼哼。然而,身体好的时候,尤其是下雨天,他会拉二胡。招娣姐姐很会唱戏,两个弟弟也有这样的天赋。招娣却不参加,她还是做家务。有时,她站着看一会儿,忘记了干活。"啪",一个耳光打过来。还是她的母亲,问她为什么还不烧饭。

不知道什么时候,她家搬走了。空出来的房子,阿美的儿子大牛小牛做了住房。这里原是阿美家的房子,是招娣家租住的呢,还是招娣家感到不方便卖给了阿美家,不得而知。凭空的,我却少了这个朋友,而且从那之后,竟然没有再见过招娣一次。小镇弹丸之地啊!

招娣的姐姐,嫁了个居民丈夫。她丈夫是我同学的哥哥,所以经常碰面。稀奇的是,他们夫妇后来从上海人老吴伯伯手里买了蔡元房第一进三间小平房,过不了几年,我结婚后又从他们那里买了过来。其间,这个漂亮姐姐告诉过我,招娣嫁给了小镇附近的农家,生了个儿子。

又几年后,我的一个朋友说,她家里请了钟点工,就是我们东河沿出身。探询之下,我知道这个人就是招娣。朋友还说,招娣为人实诚牢靠,一个家交给她,会打磨得精光锃亮。我说,三岁看到老,她小时就是这样的人呢!听了我的介绍,朋友说,原来招娣从小就苦,现在她的手指已经缺了好几根了。我惊问缘故,说是给人做冲床时出的事。

试想,以招娣残缺的手,要把偌大的房子收拾干净,该是怎样艰辛!果然,过不了几年,招娣的坐骨神经痛得厉害,连这份钟点工也不能做了。好在,从我的朋友口中知道,这时候的招娣已经翻造了楼房,儿子也将从大学毕业,想来总能安心度过晚年了吧!

招娣我始终没有见到,倒是她的两个弟弟,在西郊碰到过一次。原来,他们搬到了这里,如今正和漂亮大姐合伙演出地方戏曲 —— 之前听说过招娣的姐姐是草台班的女主角,还远近闻名。真想不到,长大后的两个弟弟,都像极了他们的父亲,连肤色也是微黄的。

当招娣的弟弟对着我笑,并称呼我为姐姐的时候,我感到了由衷的喜悦 —— 其实,开始他们叫我,我没有认出他们,不过,似曾相识的面容,已经让我从心里温暖了起来 —— 从他们的灿烂笑容里,我也能感受到,那一刻兄弟俩也多么高兴。

分别之时,我问起了他们的二姐招娣,如今她的身体还好吗?两个弟弟几乎异口同声地说,二姐怎么还会好?医生叫她不要动,她偏偏闲不住 —— 家里的电话一响,她马上就出去了。

欢　喜

蔡元房九号,也就是上海人隔壁那家,住的是农户。我小时候,这家的户主是个男人,姓宋,名良。因为他是上门女婿,所以他入赘前的户主该是他的丈人,或者丈母娘,至少是他的老婆。这里要讲的,就是阿良老婆的故事。

女人名叫阿美,中等身材,黧黑的长方脸,一件灰不溜秋的大襟衫。短发蓬乱,似乎从来不洗。眼睛不小,也是双眼皮,但眼珠浑浊,没有一点光彩。就是小小的嘴巴也不难看,只是嘴唇偏厚了点。如此看来,这位女性除了有点脏,似乎也不特别。

她的特别之处在于,智力和三岁孩子差不多,行动缓慢,说话很少。即使有天说了句什么,也只有几个音节。就是连这几个音节,声调也和常人大不相同。这样的女人在当时的农村叫什么,你该知道的吧。对了,白痴,书面语。我们小镇,叫这样的人为木驼。不客气的时候,还叫木驼死尸。

话说这个阿美,或者木驼死尸,出生的家庭倒蛮好的,住在如此古雅的高房子里。只是,当阿美的父母发现,他们的掌上明珠竟然是个白痴的时候,他们的心态变得怎么样了呢?惊异,自己的女儿怎么是这样的?慌张,人家还不知道吧,要不要隐瞒一下?

然而纸包不住火。该是天真无邪、牙牙学语的时候,阿美却眼神呆滞,说话奇怪,旁人终于明白了真相。开始是背地里议论,继而有人假意和阿美开玩笑,说阿美你叫我一声。阿美自然不会像寻常孩子一样地叫,于是满足了好奇心的人,呵呵笑着离开了。而阿美的父母,就是在这样的笑声里,愤怒,悲哀,直到认命。

当时的小镇人家,四五个孩子是寻常事,然而,阿美的父母自从发现了阿美的异常,再没有生下一男半女。这该是阿美的福气吧,父母的爱只给了自己。然而,没有给阿美留下个弟妹,自己老去了谁来照顾她呢?阿美父母如是担忧,却也无可奈何。

好在天无绝人之路,经过阿美父母的再三考虑,又通过了同族长辈的允许,长大了的阿美终于招了个上门女婿。这个女婿是绍兴人,从小给人放牛。经过专业媒人的几番口舌,讲定了其他上门女婿得不到的好处——子孙都跟阿良姓;女婿可以另外寻找中意的女人,但不能离开阿美。阿美父母从长计议,一一答应。

就在万事俱备只欠东风的时候,阿美的母亲忽然想到了一桩重要的事情:以阿美不超过三岁的智商,她会做女人吗?然而,如果不把这事教会,即将上门的女婿会怎么样呢?如果女婿因为此事不干了,回绍兴老家去,不是鸡飞蛋打,竹篮打水了吗?

正在夫妻俩一筹莫展的时候,那个族长偷偷送给他们一个小包。他们打开小包,眼前出现了一个非常精致的木雕。农村人见识少,开始并不懂得这个就是传说中的欢喜佛。待夫妻两个再三琢磨,才明白过来。上轿穿耳朵,阿美娘如此这般地教了阿美半天,阿美还是不明就里。阿美娘只好叹了口长气,听天由命了。

当时的农村,哪家摔破了一个碗,也是左邻右舍的新闻,何况是婚事,而且是木驼阿美的婚事。表面上,全都是客气话,"阿美娘,阿美爹,恭喜恭喜!"然而从河埠头女人们的话里知道,她们都等着看好戏呢。"阿美也做新娘子了啊。嘿嘿。""木驼懂得这个事情吗?听说有个东西给了她呢。嘿嘿。"

阿美全然不知道这些,她只知道今天穿了新衣裳,欢喜。还有这样多的好东西吃,更加欢喜。她的娘却暗暗捏着一把汗,老天保佑,这个女婿是十八石稻谷换来的,跑了可如何是好。老天,让阿美变得聪明一点,生个一男半女,让我死了闭上眼睛吧。

天还没有亮,阿美父母就睡不住了。他爹,你去看看。有什么可看的,你不是跑了一个晚上了吗?这个倒是,只听见阿美呜呜地哭,后来好像睡着了。这不得了吗,你等着抱孙子吧。阿美娘听到这里,紧皱的眉头稍稍松了下,但还是说,那你不是爷爷了吗,快起来去看看吧。阿美爹看在孙子的面上,终于起了身。

然而,阿美爹刚开了房门,就见门外站着阿美。怎么,这大清早的?阿美娘听到声响,赶忙披衣过来。然而,到底是女人心细,她还看到了阿美背后的阿良。阿美看到娘，连忙扑过来，"痛痛"地连声叫喊。阿美娘虽然做了丈母娘，但算来也不过四十上下，对着这对新人，不知如何是好。

"阿良，天还早着，为什么就起身了？"

"娘，她醒来不见你就吵。我没办法，只好陪她过来。"听阿良说话的语气，似乎满怀着说不出的喜悦，还用一个"她"来称呼阿美，阿美娘顿时放下了一颗悬着的心。只要女婿满意了，天天半夜起床，也心甘情愿哪。

阿美还是对着自己的娘，诉说着无名的痛楚。阿美娘只好对阿良说："先让她在我这里将息一下，你也回去睡个好觉，辛苦了。"阿良见丈母娘这样通情达理，眼睛热了起来，便诚心诚意地对阿美娘说："娘，你放心，以后有我在，阿美不会受到一点委屈。"

阿美回到了娘的床上，一下就呼呼大睡起来。她嘴巴大开，口水直流，好像还在念痛。阿美娘万分怜惜地用衣袖擦去女儿的口水，轻轻摸了摸女儿好像变化了很多的脸蛋，刚要起身，竟然看到阿美手里紧紧捏着那个东西。阿美娘知道这个不可以示人，赶紧收了起来。

东西是可以收起来的，然而阿美的嘴巴怎么封得住呢。小镇的人正对阿美会不会做女人感到好奇，阿美却"痛痛"地对着大家广而告之。羞是羞，但无论是阿美娘还是阿良，心里都是喜滋滋的。阿美娘自然是为了后继有人。阿良呢，花烛之夜呀，怎么还能合上嘴巴。

真是天可怜见的，阿美不负爹娘的苦心和阿良的厚待，如愿以偿接连生了两个儿子两个女儿。都说会生就会养，但阿美只负责生，不负责养——至多现成抱个孩子外面去玩。尽管这样，她还是受到了另外的看待。不要说家里人，就是小镇的人也对她刮目相看起来。

哪家媳妇生不出儿子，或者连个女儿也不见踪影，做婆婆的当面不说，背地里肯定拿阿美说事："哎呀，连阿美都会生，这还不是白吃饭了。"如此，对阿美有时偷了那个东西给孩子当玩具的事情，就一笔勾销了。

阿美的第二件事，发生在她父母都过世后。

那年春夏时节，皇封桥做戏。这本是小镇人的最大娱乐活动，路上会有络绎不绝的行人。阿美本不认识路，也没有懂戏的本事。祸祟出在头天晚上，阿良再三关照她，人家去看戏，你千万不要跟了去。这倒好，自从听了阿良的话，阿美朦胧地知道有个好事要发生。至于是什么好事，她并不知道。

到了第二天，她抱了最小的女儿（我的朋友兰芳）出了门，开始还对自己说，不要去，阿良骂。不要去，阿良骂。但是，看到这样多的人，禁不住诱惑，也就跟了上去。人家看到她，开始还警告，阿美，戏文场下人多，你去不得。但听她口里不住念叨着阿良，心想，或者是阿良让她去瞧个热闹，然后会去接她回来，于是也就只顾自己赶路。

阿良那天没有去看戏，他去了田头钓黄鳝。这是他从绍兴带来的绝活之一,闲着就背个小籇笼,捏个细竹竿,去田间转悠。那天回家,不见阿美,他回头问大牛小牛(儿子的名字),都回答不知道。他赶忙放下籇笼,左邻右舍打探,回答自然是一样的。

这下可急煞了阿良,他用刚刚钓来的一籇笼黄鳝做奖励,说谁要是知道阿美下落,黄鳝就归谁。大家却都不要阿良的黄鳝,反过来跟他说:还不赶快去找,天已经暗了,阿美还带着孩子呢。阿良一下蹲在地上,几乎哭起来。两个儿子说,爹爹,我们赶快去找。阿良还是绝望地说,哪里去找?跟她说得好好的,为什么乱跑?

那个时候,寻找失踪了的人,会拿个很大的铜锣,当啷当啷地敲,边敲边喊失踪者的名字。如果是晚上,还要打个灯笼,至少照个火把。大家看阿良六神无主的样子,回家拼凑出灯笼火把,纷纷去野外寻找。阿良吩咐大女儿看家,带着大牛小牛跑到了前面。然而,黑夜茫茫,哪里有阿美的影子?

夜深了,野外的空气越来越冷。阿良却站在田埂上,用手做成喇叭,声嘶力竭地喊:"阿美——欢喜——"别看这个绍兴来的粗汉子,还真有情义。不过,他叫阿美大家听得懂,那个"欢喜"却是莫名其妙。有个住得近的邻居知道他们新婚之夜的典故,悄悄说:"就是族长给的那个东西啦。"

说来也怪,小镇附近能有几多地儿,能让两个活人隐身?而且,这俩人一个孩子、一个白痴,怎么有本事隐身?寻找了几天后,大家纷纷推测,可能不用找了。但碍于情面,只对阿良说,一个人藏,一千个人寻,慢慢找吧。这个话阿良可不爱听,他是无论如何都要找的,两条人命呢。

也是福至心灵,阿良突然想到了刚才那个人说的"一个人藏,一千人寻"的话,阿美是不是真躲起来了呢?只是,凭她的本事,能藏到哪里去?对了,这几天玉米秆子已经很高,早的也结出了稚嫩的玉米棒,会不会就在那里?随即,他们父子三人一口气奔向那片玉米地。

好不容易跑到了,却只见密密的玉米秆子。阿良泄气了。"爹爹,这里有兰芳的鞋。"正在阿良发呆的时候,大牛发现了小妹妹的一只鞋。阿良喜出望外地说:"你娘就在这里,我们大声喊吧。""恩娘,恩娘!""阿美,阿美!"他们喊了好久,玉米地还是静悄悄的,只有风吹动玉米叶子的声音。

"爹爹,我听到兰芳的声音了。跑,跑!"小牛五岁,刚才见哥哥发现鞋子立了大功,侧着耳朵倾听,终于听到了一点妹妹兰芳的声音。阿良和大牛跟着小牛钻进玉米地,边扒开玉米秆子,边喊。终于,他们发现了阿美——她正躲在玉米秆子下,用手使劲捂着女儿的嘴巴,口里喃喃:"阿良骂,阿良骂。"

阿良奔过去,扬起手掌要打。阿美吓得瑟瑟发抖,嘴里还是"阿良骂"。阿良看到这个样子,一把抱住阿美,颤声叫道:"欢喜!"奇怪的是,阿美听到"欢喜"两个字,马上高兴地说:"阿良欢喜,阿良欢喜。"其时,大牛小牛都抱住了娘的腿,但阿美置若罔闻。

因为有了这样的经历,阿美再次被人称赞起来。是啊,一个女人独自抱个孩子玉米地里过了五天五夜,谁吃得消,你会?至于她用玉米度饥,保存了自己和女儿的性命,更成了小镇日后的奇谈。我的朋友兰芳,因为吃生玉米才没饿死,大家便送了她一个绰号——玉米。

很久以后,我住到了阿美家前面。阿美还是穿着灰不溜秋的大襟衫,头发也还是乱蓬蓬的。她默默地站在檐廊下,难得说话时,依然只有几个音节。阿良给人挑蛇缠,治瘰罗痧,医蛇毒,经常能半夜听到他家堂前有病人在哼哼,或者大声喊叫救命。阿良不慌不忙,给他们治了病,然后喝酒,然后呵呵笑。

两个女儿已经出嫁,儿子大牛小牛也已经成亲,儿媳都是当地的漂亮姑娘。言谈之间提到阿美,都是阿拉婆婆。比起别人家媳妇,她们对自己的婆婆都怀了深深的怜悯之情。小镇俗语,呆有呆福,谓之阿美,还真确切。

冷　清

　　蔡元房东厢的南面两间，住着一家上海人。他们从廊下的对门出入，屋内照不到阳光，显得很暗。依稀见得，楼下的家具不多，八仙桌、太师椅，还有几把藤椅。向东的楼上有几扇木窗，显得很陈旧，又很精细。外窗经常开着，里窗关着的时候居多。

　　上海人家的男主人魁梧，头发斑白，沉默寡言。他原是蔡元房人，在上海学得了吹玻璃的绝活，退休后应聘到小镇的玻璃厂，做了高级师傅。他的老伴从上海纱厂退休，耳朵很聋，口音不是正宗上海的，口齿又不清，因此，她的声音虽然可以震荡整个漕斗底（很久以前，东河沿又叫古里漕斗），听得懂的话却很少。

　　她家喜欢吃下半年的晚米，说它软熟，专门从粮站买了糙米，和邻家换。糙米的价格比晚米便宜，但出饭比晚米多，为此换到糙米的人家也喜欢。换米的时候，需要大秤，时常会到石棉厂借。

但我家一次也没有换到过。当时的我，时常引此为憾事——恨不得住到她家近处去。

他们有一个儿子，一个女儿。女儿小几岁，脸型、眼睛都像她母亲。她说话轻细，是正式上海话。脸上有几块小小的白斑，左边的眉毛上也有。但是，上海姑娘会打扮，短发剪得参差不齐，又时常用火钳卷刘海，远看依然漂亮。后来，她被招工到县城的纱厂，不几年就结婚生子。

儿子比女儿大了好几岁，身材魁梧，脸膛方正。他跟父亲学吹玻璃的技术，每天经过我家门口，人家叫他小师傅，或者小上海师傅。也有人背地里叫他独眼龙，因为他小时从摇篮里爬出来，右眼严重受伤，最终也没有保住——一年四季，他都戴着墨镜。

就是这个原因，小上海人的婚姻很不顺利。高不成，低不就嘛。直到妹妹的孩子会跑了，他还是孤家寡人一个。人家说他太挑剔了，自己残疾，干吗非漂亮姑娘不娶呢？但苍天不负有心人，他快三十岁时，一个南谢的姑娘终于入了他的法眼。

清晰记得，他的新娘经过我家时，我趴在排门口，等了好久。南谢在汝湖旁边，本可以用船接新娘，但她是在八个伴娘的簇拥下，步行过来的。应该是冬天，不论新娘，还是伴娘，都穿着非黑即灰的厚呢大衣。因为这样吧，她们从我家西边过来，我一个个盯住了看，也认不出那个据说非常漂亮的新娘。

我心有不甘，便跑去蔡元房看热闹。但是，厢房里人头攒动，黑压压的一片，怎么也看不到新娘子。好不容易站到那条高门槛上,总算看到了那张新娘桌,但新娘已吃完点心,上楼去了。我快快出来,听一个男孩在嘀咕,小气的上海人,连糖都不分一颗。

第二天,新娘就拎着竹篮到埠头来了。她柳眉杏眼,鹅蛋脸型,鼻梁小巧精致,皮肤白嫩细致,牙齿也整齐洁白,衬着红唇,格外好看。不过,最惹眼的还是她的身材,高挑而凹凸有致,真像电影里的女演员。是的,我们东河沿也有几个美女,就身材方面,都难以超越她。

只是,她不喜欢说话,看上去冷冷清清的一个人。小媳妇刚来埠头,开始腼腆属于正常,但过了好长时间,也总是默默的,就奇怪了。于是,埠头上有人说,这个女人的红脚骨刚刚从烂泥地里拔出,马上就看不起我们了。一个也是南谢嫁过来的女人说,这是她的天性,在娘家非常能干,田里是好手,还是女民兵排长呢。

第二年,女人生了个女儿。过了一年,又生了一个女儿。按照规定,大女儿的户口跟了娘,报在南谢。小女儿的户口,开始藏在自己口袋,后来政策变动,可以有一个报居民了。算她运气,跟小上海报到了居委。奇怪的是,同样漂亮的两个女儿,大的个性随了娘总默默的,小女儿却很活泼。

不知道什么时候,上海老人都过世了,他儿子也少经过我家了,因为我们大队在蔡元房晒场造了玻璃厂,聘请他做了师傅。从此,他每天上班,只要跨出门槛,再穿过一条石板路就到了。但有一次,我却看到他带着女人,经过了我家门前。他西装笔挺,头上飘着一个个烟圈。他女人一身素衣,静静地跟在他后面。

东河沿人家

十多年后,我住到了他家前面的小平屋里。屋后有口深井,"扑通、扑通",早晚总是女人打水的声音。也有女人们的说话声、笑声,却总听不到他那个漂亮老婆的声音。奇怪,这个女人难道哑巴了吗?有时,我从后窗张望,却也看到她在井边忙碌的呀。

一天傍晚,我看到了至今也难以忘记的一幕。女人正坐在井台旁边的藤椅上乘凉,她家的朝西门里突然跳出了她的丈夫。他铁青着脸,先远远地盯了女人一阵,然后竖起两个指头,笔直地指着女人,咬牙切齿地骂道:"身为女性,我为你感到可耻!"我惊讶极了,这上海人骂老婆,还真特别呀。

更加奇怪的是,这个被指责为可耻的女人,竟然一声不吭。她也不起身,顾自摇着芭蕉扇,整一个没事人似的。过了好久,我才听到她的几声叹息,压抑的、幽幽的,非常轻微。而她的两个女儿,也对这样的场景习以为常似的,只顾忙自己的,后来都跑出去了。

第二天,我知道了这个女人的罪名是,没有为男人钉上衬衫的纽扣,而他早买好了舞厅的票,准备晚上穿着这件新衣去跳舞。

阿 棠

太阳还没有下山,我家埠头已经挤满了男男女女。男人来洗澡,女人来洗衣。这时,会出现一个小女孩,拎着杭州篮,静静地等在岸上。她的篮很小巧,篮里只有她自己的几件小衣服。

女孩叫阿棠,是蔡元房五间朝东屋的女儿,五官精致,白净娟秀,长得非常漂亮。她喜欢蓝色,衣服粉蓝,鞋子深蓝,头顶上的蝴蝶结天蓝。为此,阿棠从蔡元房出来,常会有人说,蓝蝴蝶飞过来了。有时,阿棠搽多了痱子粉,浑身又香又白,人家又叫她小白洋人。

阿棠有三个哥哥,没有姐妹,缺少玩伴。我虽然有一个哥哥,还有一个姐姐,但他们比我大很多,不肯和我玩。可能是这个缘故,我后来去了她家。只是,她家的摇门很高,我敲了半天,她奶奶才来开门。我进去后,她奶奶转身对着楼梯口,阿棠阿棠地喊。阿棠的回音很远,好一会儿才下来。

东河沿人家

我们开始是踢绒线穿起来的纽扣,穿线绷,这是我带去的。玩到后来,她就拿出一把四五寸长的细竹签,"啪"地砸到桌子上,堆成一个乱草蓬。我们从各自的边上拾取一根,小心翼翼地挑那个草蓬,谁挑得的竹签多,谁就是胜利者。忘记了胜负,应该平分秋色吧。我在家里和爷爷也玩过这个游戏,用的是火柴棒。

难忘的是她的五个沙包,四四方方、粉蓝带了白色圆点,个儿挺大,沙子放得不多,向上抛去,会发出沙沙的声音。阿棠说,这外面的布包,是她在衣鞋社上班的母亲踩着缝纫机做的——我用针线缝过,沙子马上漏出来了——沙子是她的三哥从人家工地舀来,洗干净,晾干,再缝进去的。

读小学了,我和她不在同一个班级,玩得少了。但是,她家门外的石板官路,是我上学的必经之路。因此,时常出现的情况是,我走到她家的圆洞门口,她刚刚开了摇门出来。我们相视一笑,说着自己班级的情况,不知不觉就穿过蔡元房晒场和那条阴暗的舒季里弄堂,到了我们向西的学校大门。

不久,从她家的摇门内传出了悠扬的笛声——至今也不知道,这是她的父亲还是哪个哥哥吹奏的。同时听到的,是初学的嘘嘘声。这个自然是阿棠——后来,我果真看到,她横着一管紫笛在学,还时不时地舔一下笛子,再摸摸那张薄薄的竹纸。可能她感到不好意思,很快把笛子藏到了里间。

然而,阿棠的歌喉极好,清脆优美,百灵鸟似的。从小学到中学,她的独唱都是保留节目。台上的阿棠,化了淡妆,一身蓝点的连衣裙,再戴上那个天蓝色蝴蝶结,飘逸极了。常见报幕员才提到她的名字,台下就是热烈的掌声。如此到了高中,好些男同学已经叫她蓝蝴蝶,并暗暗追在她后面了。

那个时候,我和阿棠的交集是经常一起纺石棉。她家的正门朝西,对着蔡元房第二进仪门内的石板道地。这里的公用走廊很宽,放上石棉车,再过稻草担也不碍事。我们一边纺石棉,一边讲故事、唱歌。这个时候,蔡元房里的小屁孩们围过来,都听得乖乖的,一点也不吵闹了。

高中毕业,她去了农场,我去了滨海。不久,高考恢复,我再次去了她家,一起复习。我们在摇门的后半间一张带铜把手的老式书桌上复习。她父亲嫌日光灯发出的"嗡嗡"声难听,搬来梯子,为我们换上新的灯管。她有一套数理化习题,一本本地做。那年我也报了理科,但对理科题目非常外行,总是请教阿棠。

一次,她忽然要去楼上的房间拿资料,让我也一起去。我跟着她,穿过两扇腰门,看到她家另外还有一个楼梯,和我们复习那间的楼梯一模一样,都古色古香的。到了楼上,房间空荡荡的,陈设着暗红色家具——我小时就听说过,她母亲当时的嫁妆有四大航船,物件都是双双配套。遗憾的是,我刚看到阿棠房间的楼窗——开着,非常亮堂——她已拿好一本书,从房间里出来了。

阿棠考上的是化工专业,而她的悲剧就发生在她毕业后分配的化工厂里。记得那是一个冬日的午后,我正休息在家,忽然听说朝东屋的女儿在县城的厂里出事了。我急速跑到她家,已经围了一大堆人。又听说大会堂前有她厂里派来的汽车，我再匆匆跑去，跳上了其中一辆。

卡车，军绿色帆布篷盖，里面很暗。过了好一会儿，我才看清车上已有很多人了。他们说，是化工厂毒气泄漏，阿棠来不及逃生倒在过道里了；还说，中毒的有好几个，都全身发紫，可能没得救了。听到这些，我紧紧抓着卡车护栏的手出了汗，而从帆布缝隙钻进来的阵阵冷风，又让我时不时地打个寒颤。

到了医院，根本见不到阿棠。我们站在两扇玻璃大门前，看着几个穿白大褂的医生进进出出，也不敢问，只知道里面在抢救。既然在抢救，阿棠还是有希望的吧！但是，直到太阳落山，还是没有好消息传出来。因为我第二天必须回学校，那天傍晚我就回了家。后来的事情，是姐姐在信里告诉我的。

她说，阿棠终于没能救回来，那天晚上就去世了。第二天，她被接回了家，整个蔡元房都是来看望她的人。阿棠的父亲，不顾习俗——外面殒命的人，不能进入自己的家——让阿棠从蔡元房里面的正门进去了。给阿棠入殓时，阿棠的父亲又坚决不让人给她换内衣。他说，阿棠还是姑娘家，必须冰清玉洁地回到她来时的世界去。

姐姐还说，夜深人静的时候，阿棠的灵前来过一个神秘的年轻人。他是阿棠化工厂的同事，俊朗潇洒，神色哀戚，久久不忍离去。最后，阿棠的父亲把那个天蓝色蝴蝶结送给了他，他才含着热泪，一步一回头地走了。

敬义堂

东河沿人家

五婶的长头发

蔡元房西南是敬义堂,俗称三房。三房是个四合院,临东河沿漕斗。南房十多间,居中一间做了廊式院门,我们叫它墙门头。这个墙门宽台阶,高门槛,夏天有河上吹来的穿堂风,非常凉快,我经常去那里玩耍。

据镇志记载,三房是明朝谢迁阁老的祖父谢莹给当时谢氏十八个家族的分房序列之一。三房的始祖,就是谢阁老的三祖父。当然,今天的三房只保留了四合院的风致,里面的住户已经变更过,不姓谢的占了一半。不过据称,我家后邻五婶家却是正宗嫡传。

五婶家朝东,三间全木结构小平房,檩梁挺直,门窗古色古香。屋前是一个东西向的大院子,一条石板小路通向一个小墙门,小墙门对三房的石板道地。墙门人字顶,油漆已经完全脱落,成了灰褐色。门栓也磨得尖细了,关不严紧,晚上用一把光脚扫帚

东河沿人家

挂着。

我幼时见过五爹，一个瘦高而满脸皱纹的老人。他的嘴很瘪，光牙床上留有几个残根。他用一个景泰蓝的盖杯喝茶，用手按着杯盖，默默看着院子。五婶很胖，近视，有沙眼。她的眼睛长年红肿着，忍不住时，站在道地上，擎个镜子，用尖头镊子拔睫毛。

五婶戴耳环和戒指，这在当时很少见。她对自己的矮胖非常得意，说以前还要胖，大腿粗得像岳庙廊柱呢！说着，她就撩起宽大的老式裤腿，露出雪白的皮肤，果真胖乎乎的。五爹看着，低头喝一口茶，不说一句话。不久，五爹去世了，也不知道什么病——当时的小镇老人，大多数是这样无疾而终。

五婶引以为豪的，还有她的长头发——她落地后，只在满月时剪过一次。她把长发盘成一个特别大的髻，用发网罩住，用银针别紧实，垂在后颈。早上起来，她只用刨花水抿一抿散出来的发丝。偶尔打开，头发油亮亮的，粘连在一起，倒是真的很长，几乎拖到地面。

五婶的头发，一年只洗一次。日子也固定，每年农历的七月初七。为什么是这个日子？好像有出典。《越谚》，这本记载吴越风俗的小书，说七月初七妇人洗发，头发会变得乌黑。如此看来，五婶懂点老俗事——她的这个习惯，是从二十里外的娘家带过来的，还是三房固有的，旁人并不知道。

七夕那天，天还蒙蒙亮，五婶就让大儿子阿德装煤炉，自己站在道地上拆发髻。黑色丝网，银色发夹，全部除下，有一大堆。头发太长,她只好站上灶底搬来的矮凳,一寸一寸篦。篦通了头发,水也开了,她再搬出一个旧方凳。这凳子是老古董,不能坐人了,平时只放在屋角积灰尘,五婶洗头时才用到它。

开始,她在一个荷花形的铜盆里洗。盆小,发长,五婶用两手捏着发尾,蜻蜓点水般地在铜盆里蘸几下。头发只湿一半,水就溢出来了,又连忙换成大脸盆。她家的大脸盆是白色搪瓷、内外印有朱红色的语录。这个脸盆用得很仔细,没有磕破的痕迹。

德哥把院子里的月季花扯成一片片放进脸盆,深红的花瓣在水里一漾一漾,好看极了!五婶却说:"哎呀!从前我是用槿柳洗头的,那样就不会生出白发了。"不需要有人回应,她就顾自说下去:"哎!这是老底子的事。现今,哪里还办得到那样的东西呢?"

德哥是五婶的大儿子,半聋半哑。他把热水冷水兑到合适的温度,递给五婶,却把头扭到一边去,笑着说:"那,恩个油花格秋(娘,你的头发这样臭)。"五婶不恼,把头发高高举起,只说,快点快点,烧饭要来不及的 —— 我坐在后门口,也闻到了那股难闻的气味。

五婶的头发再次没进水里,脸盆里的水一片浑浊。头发上过肥皂,水变成黑色,那几个红字被遮住都看不见了,连脸盆外壁也涂满了黑色。"那,恩个油花……"这次,不等德哥说完,五婶的眼睛横了过来。德哥赶紧住口,皱了几下眉头。

五婶家屋檐下有条浅浅的小沟,半尺宽,通她家的菜园。下雨天,屋檐的流水落进这条小沟,小沟泛起白色泡沫。晴天,小沟

东河沿人家

慢慢干涸、龟裂。此刻,五婶的洗发水也倒进这条沟,泡沫却变成灰色的了。真怪!明明是黑色的水,为什么倒进沟里变了颜色呢?

不知道过了多少遍清水,五婶终于洗完了头发。她让德哥抓住发尾,站远,绞干头发。再爬上矮凳,弯腰,伸着脖子晾发。这时,五婶再次开口说话了:"七月七洗头,本该傍晚,但头发太长,怕晾不干,所以只好早上了。"原来,这还是改良版的七夕洗发。啧啧!听五婶的口吻,忙乎了半天,还不是事呢!

这个时候,太阳正从小墙门上探过头来,照进院子。五婶的长头发又黑又亮,映照在阳光里,冒出阵阵雾气。她用手指拨弄着,让它们像柳丝一样摆动,还念念有词。我侧耳倾听,居然还很好听。我问五婶在念什么,她显得神秘极了,说:"这是经卷,现在算是'四旧',不能说出去哦!"

然而,五婶好不容易洗干净的头发,马上又变得油腻腻的,因为她洗完头发就去烧饭。烧饭也罢了,她还有个挠头发的习惯性动作。她这天熬的是旗鱼,又舍得油,几条几条地熬。熬完,用铲子装到碗里,再用手指拨弄几下,让它们整整齐齐的。然后就用这油腻腻的手去挠头发,挠完头发,继续几条几条地熬鱼。

这样的饭菜,她家人已经吃惯,我也看惯了。后来,她家来了上海知青晓岚寄饭,看到五婶一边挠头发,一边用手拨弄碗里的菜,赶紧买了一个红泥小缸灶,一把眼泪,一把鼻涕,自己学着烧饭吃了。晓岚偷偷对我说,五婶一年洗一次头发,不痒才怪呢。

五婶的小儿子结婚了,媳妇水瑛(我叫她年嫂)是皇封桥朝东屋人。年嫂和气,会做,也会吃饭。她生了个女儿,粉妆玉琢,可爱极了。五婶坐在道地的竹椅上,把孙女抱在怀里,一边和她玩,一边挠头发,常说,哎呀,你看,孙女多好看。过一会儿又嘀咕,唉!可惜是女孩。

　　过了几年,年嫂又生了个胖儿子。五婶还是抱着孙子,边逗弄他,边挠头发。此时,五婶不再嫌弃年嫂吃饭多,只说,他娘印奶(母亲的养分变成了充足的奶水),你看,我家孙子多壮。有时,她突然直起身体,把孙子举到空中。孙子"咯咯"笑了,她再亲一口,才罢。

　　孙子长大了,再不要五婶抱,他说娘娘(奶奶)的头发臭臭。直到此时,五婶不得不改变了一年洗一次头发的习惯。不过她还是舍不得剪短,哪怕只少一寸。她说,要把这把头发带进棺材里去。当然,带进棺材去的,肯定还有她动不动就挠头发的这个小动作,我想。

秋 姐

后院的长女秋英，五婶常叫她大娘，我叫她秋姐。东河沿的父母时常这样叫自己的大女儿，时褒时贬。秋姐的刘海不多，但一个卷又一个卷像潮水扑向岸边，使人想到洋娃娃。她的大眼睛遗传了五婶的近视，也时常眯缝着。她逢人先笑，说话清脆响亮。我坐后门口，常能听到她的笑声。

她家在五婶家围墙外，朝南，三房神堂的旁边。她丈夫高个，瘦脸，白皙。姓楼，可能比秋姐大许多，大家叫他阿楼，我叫他阿楼伯伯。姐姐，伯伯，我把他们夫妻的辈分叫错了，但这是我们当时的邻里间经常发生的错误。秋姐她自己叫我母亲是姊姊，而叫我父亲却是伯伯，都没有人较真。

因要远送，田要近种，秋姐却住在娘身边。据说，秋姐和阿楼伯伯是在解放初的扫盲班碰到的。当时，阿楼伯伯在粮站工作，晚上做扫盲班老师。秋姐是农村姑娘，做了阿楼伯伯的学生。一来二去，两人找了对象。阿楼伯伯的家在后街，兄弟姊妹多，住房又少。他们结婚时，五爹找了上海的堂房，把神堂旁边空关着的两间作价给了他们。

秋姐务农，是一小队的妇女队长，每天早出晚归。她有顶大草帽，印有红色五角星，挂在后背，走路时荡来荡去。她会挑稻草花秆这样的大担，迈上高高的墙门头石阶，那是生产队分给社员的。她也会挑了灰箩粪担，艰难地跨出门槛，去自留地施肥——凡是田地里的活计，她都不让阿楼伯伯搭手。

阿楼伯伯也不闲着，每天到万安桥西的粮管所（明朝的阁老府）上班。他戴手表，拎黑色皮包，是我们邻里唯一的国家干部，也是最早的模范丈夫。这不，上班之前，他上街出市；出市回来，到埠头把菜收拾干净；下班回家，他又烧饭、洗衣，管儿子仕铭读书、写字。

家里出了犯难的事情，也是阿楼伯伯出场。一次，他家隔壁神堂的檐廊下，出现了两个字，还打上了叉叉——立案的话，可以凭此定罪。他们的儿子仕铭平时爱闹，有人以为是他写的。阿楼伯伯不干了，他不顾秋姐的阻拦，站在墙门头说了很多响亮的话，神闲气定，带了点笑，还句句在理呢！

然而仕铭确实顽皮，整天在五婶家的院子里游荡。他爬上饭桌，偷吃五婶刚刚烧好的饭菜。五婶大叫，大娘，快来把你儿子领去。他欺负小女孩，惹得她们哭哭啼啼。告到他家去，秋姐要打，阿楼伯伯护住儿子说，男孩小时皮，大了会好。随即，他带仕铭出去转一圈，回来让他在秋姐面前认错。

秋姐家西边有一条小弄，宽不过两尺半，但它分隔了三房和太傅世家，又通向我好朋友阿红家二房厅。我常去阿红家，又怕大人阻拦，就从后门口溜出，走这条小弄。经过秋姐家檐廊，常常朝里张望。东间的玻璃窗擦得洁净明亮，里面只有一把藤躺椅。西间石板地，八仙桌太师椅，几乎没见过灰尘。

一次，她家的藤椅上，坐着一个生病的姑娘，说是阿楼伯伯的小妹。她一会儿坐起，一会儿躺下，忙个不停——不断打嗝，怎么也止不住。看过无数医生，说需要静养。秋姐把她接了来，煮粥，煎药，细心照看，不出一个月，居然好了。从此，我认识了这个姑娘，后街看到她时，总会微微一笑。

秋姐虽然住在娘身边，但她很少来闲坐。凡是她来，总有点什么事。盛夏季节，他们一队经常分桃子（一队桃园的桃子出名地香甜），秋姐挑大而熟的，装在小杭州篮里送来。然而，她的小妹不领情，说秋姐把最好的桃子送到后街婆家去了。秋姐嘀咕，这个小娘，专门寻事头。

德哥嘴巴说不清，耳朵也聋，但脑子不笨。他见小妹做的事情不对，就拿出哥哥的身份，比画着说她几句。妹妹自恃最小，哪里肯听，对他瞪着眼睛，骂他聋子、哑巴。德哥发急，"哇哇"直叫，几乎动起手来。五婶见状，不劝，站到道地上，大吼一声："大娘，侬还不过来！"

顷刻，秋姐急急而来，一脸严肃。她刚进墙门就说，没一天安静的。进了屋，她就数落开来，一个嘴巴不会说，一个脑子缺根筋，你们在做什么？老娘还有几年可活，要把她活活气死吗？才说了这几句，她就哭起来。见此，五婶默默流泪，德哥低下头去，只有小妹还嘟着嘴巴。

我十二三岁的时候，阿楼伯伯经常出差去。秋姐胆子小，让我晚上过去陪他们。我这才见到他们家的卧房高大宽敞，不比五婶家的整一间小，旁边一个空荡荡的灶间，还带着后院。原来，我经过小弄堂时见到的无花果、向日葵、葡萄架，都是秋姐家的。

这时，仕铭有了弟弟建铭，已不再那么顽皮。建铭的眉眼和仕铭一样漂亮，皮肤更白。和全家桥大阿伯的几个儿子一样，他们兄弟俩也喜欢听故事。我在大床上讲，他们在斜对角的小床上听。很快，他们就睡着了。秋姐做完了家务才上床来，问我被头够不够热。

被头不但温暖，还特别干净，白底蓝条的斜纹布夹里，带着太阳的清香味道。然而，她家的老式床里边，有一排床屉。我习惯靠紧里面的床栏睡觉，好几次早上醒来忘记了是在别人家，"嘭"的一声，脑袋撞到这排床屉，痛得我眼冒金星，又不好意思吱声。仕铭和建铭偷笑，秋姐使劲给我揉，骂他们猢狲。

秋姐既然有两个儿子陪着，为什么还会害怕呢？这事当时没想过，只莫名的，为能去她家住一个晚上而喜滋滋的。现在想来，可能因为隔壁就是曾经的神堂。神堂的门长年关着，里面有一个精致的低阁,破"四旧"时,请出了阁上的牌位,俗称木主的。木主像塔,高的一尺,矮的八寸,米白、浅棕,全抬到蔡元房晒场烧了。

我高考复习的时候,经常坐在后门口,对着五婶家的道地看书。仕铭为应届生,也报考了大学。但他不喜欢看书,还是跑到五婶家的院子里玩。两个舅舅指着我说,看,人家在读书,你还不回去吗。仕铭却说,看书的都是木驼子孙,会考得进吗?特意休息在家管儿子的秋姐,不等五婶叫"大娘",就匆匆赶来。她不出一声,悄悄拉着仕铭回家去了。

高考那天早上,五婶买了大鲤鱼,让仕铭去她家吃饭。鲤鱼跃龙门,真是好彩头。但当时参加考试的多,懂得这个的却少——五婶家到底是三房的正宗嫡传,行事就是和别家不同。记得那天,我吃完午饭,又坐到后门口看书,听到五婶家还在吃饭,不时劝仕铭把鱼脑吃了,气氛热烈,好像每个人都很兴奋。

结果是我和仕铭都没考上,正像仕铭说的,我用功没用。不过,他的鲤鱼也没用。这话当然是我暗地里说的。不久,镇上增加了一个大集体企业,全居民户口(父母都是居民)可进,单方居民户口的,部分也可以进。仕铭很快成了这"部分"中的一个,做了工人。

后来我终于考上了大学。去学校报到的那天早上,去邻居家辞行。东邻达琛姆妈家,前门进,后门出。五婶刚刚去世,我站在她家道地上,只和廊檐下的德哥挥了挥手。出小墙门,来到秋姐家。秋姐对我说,一辈子顺风顺水哦。这话本来没啥,但因为那天下大雨,就显得秋姐会说应景话。

我大学还没有毕业,仕铭就结婚了。那天,秋姐来邀我喝喜酒,说去新娘子桌坐。我家和她家素不走动,我也不喜欢热闹,本不想去。后来,阿楼伯伯也特意来邀,我只好从命。这才知道新娘是我代课时的学生,名叫繁花。还真是名如其人,繁花的身材脸蛋,不但当时没得挑剔,就是后来也一直是东河沿的样板。

时间过得真快,不经意间大家都老了。前几年碰到秋姐,她的卷发全白了,皱纹也密密的。但她的精神很好,声音还是银铃一样的。阿楼伯伯早已退休,却更忙了。两个成家的儿子虽然另外造了房子,但每天都拖儿带女来吃饭。那间神堂的门已经洞开,做了秋姐家的客堂间。

如此人丁兴旺,秋姐再不会害怕了吧!我想。

老大哥

那时,有个叫老大哥的老人,每天来后院报到。他是五爹的侄子,年纪却比五婶大。小阿叔,大阿侄,是婆婆和媳妇同时生养孩子的结果,这在从前很常见。

老大哥魁梧、白皙、斯文,只是身体虚弱,伛偻着腰。他拄一根龙头拐杖,笃嗒、笃嗒从小墙门进来,走到五婶家堂前,专坐房门口那把旧藤椅。他坐着也不放开拐杖,用两手扶着龙头,下巴抵在手上。和在世时的五爹一样,老大哥也绝少说话,只默默地看着院子。

五婶烧好了饭菜,一碗碗摆上饭桌,再用一个绷着纱布的方形食罩罩住。老大哥依然坐着,看着她忙碌。直到五婶也坐下,两个老人才说几句话。"今天旗鱼新鲜,还是带子的。"五婶的声音响亮、沙哑。"噢,有贵点吗?"老大哥说话低沉、缓慢,偶尔咳嗽一下。

德哥他们从生产队放工,叽叽呱呱地走进小墙门。老大哥一手拄拐杖,一手攀藤椅的边沿,慢慢站立起来——藤椅轻轻摇晃几下,发出"吱吱"声。笃嗒、笃嗒,他消失在后院。午睡之后,他会再来一次,还是那根拐杖、那把藤椅。傍晚年轻人收工,他再回家去。

印象中,他夏天穿真丝上衣,中式的,一件淡灰,一件米色。冬天,则一身黑色呢绒衣服,一顶藏蓝绒线帽。这样的穿着,在东河沿老人中很少见。像我爷爷,夏天白,冬天黑,这个没错,但都不过是自家纺织的粗布,哪有老大哥这样的精细布料。据此,我认定老大哥是个有钱的老人。

也凭此吧,我以为他住着的房子也一定比我们好多了。果然,我后来看到他从墙门头东边的角门进去了。这角门里面的情形我不知道,但我看到转角的南向空关着一家门。这家双扇摇门里面,朱红大门,门环黄铜制作,饰有古雅的花纹。又是凭空的,我以为他的住处一定比这家更加精美。

然而,有一次,我跟着仕铭一帮小孩子玩抓人、捉迷藏,游戏结束,仕铭直接进了大大妈的前门,还说是回家去。他回家不是走墙门头的吗,为什么穿这里?因为仕铭是五婶家的外甥皇帝,三房的大多数地方他可以直进直出。那天我感到好奇,也跟了进去。

这大大妈的房子在三房南屋最东边,和最西边的我家对称。门外就是古时官路,过路的行人很多。以前这里开过小店,我常来这里听故事,算是熟悉的。但仕铭那天带我走进后半间,却让我吃惊不小。原来,里面的房子漆黑一片,弯来弯去,门槛一道横一道直,好像进入了地下迷宫。

就在我后悔跟进来的时候,转角忽然出现了一线光亮。那是从里边的一张亮瓦斜射下来的,这光亮却增加了恐怖的气氛。借着这光,我看到幽暗的里角落,竟然躺着一个像老大哥的老人。这是老大哥吗?他住这里的?我又震惊又疑惑,在跨出第三道门槛的瞬间,又转头瞥了一眼。

没错,这侧着身子歪在床上的,就是老大哥。他靠着床顶头的板壁,没脱衣服、鞋袜,两脚斜搁在床边——他的床用两根凳子搭成(叫桥铺眠床)。一顶灰黑的蚊帐垂挂着,几乎碰到了他的身体。床边一把旧太师椅,椅旁立着那根龙头拐杖。

这幕情景似真似幻,真的太出乎我的意料了。老大哥终年穿得文质彬彬,只以为他是有钱老人,住在比谁都好的房子里。如今,竟发现他住在洞穴一般的地方,真的是他吗?为了探个究竟,后来我又进去过一次。这次,我又有了新发现,老大哥居然和大大妈拼用一个灶间。

那是穿堂后半间,低矮,更加黑咕隆咚。老大哥呆呆地站在一个灰缸前——算是他简易的灶台——好像在等待饭熟。宁可拼天下,不可拼厨下,就是说,人不到万不得已,绝不和人家共用一个灶间。这老大哥究竟为何这般落魄呢?实在不懂。

我独自进入大大妈家的第二天,德哥就对我说了很多话。我不懂他的意思,旁边的年哥做了翻译——以后不要在大大妈的房子里穿进穿出。不穿人家住房,小镇有这个习俗。德哥他们到埠头来,绝少从我家后门进入,总是绕远道,从墙门头过来。我知道自己错了,不好辩解,就低下了头。

不过,我马上问他们,老大哥为什么住在那样的地方,他难道没有像样一点的家吗?年哥说,怎么会没有,穿堂门口两间关着的房子,原先就是他家的。我漏听了"原先"两字,更加好奇起来,老大哥可真是的,好好的房子关着,偏要躺在一个角落里。

那天,看我一副打破砂锅问到底的样子,年哥给我讲了老大哥儿子媳妇的故事。

从前,老大哥算是殷实之家,拥有几间祖宅,还有十几亩水田、二十棵桑树。他有一个儿子,名叫望安,十分聪明,四岁在老大哥的膝上开蒙,七岁上小镇的诚意学堂,上虞春晖中学毕业后,去了上海,在一个洋行里做事,受到洋行老板的器重。

二十岁上,他回乡完成了婚姻大事。他的新娘叫月琴,是小镇附近水阁周人,独养女儿,花容月貌。他们成亲那天,东河沿瞧热闹的排成了队。啧啧!瞧人家新娘,相貌又好,嫁妆又多,这个新郎可不是一般的福分哪!老大哥夫妇自然喜不自胜,只盼着早日抱个孙子。

三朝回门过后,新郎就带新娘去了上海,和人合租了一个亭子间,过起小日子来。然而,好景不长,过不了几天,小夫妻就闹起了别扭。原因竟然是亭子间过于逼仄,新娘又太害羞。新郎愁容满面,又无计可施。不出两月,新娘找了个借口,逃到了乡下。

老大哥夫妇,连同水阁周的月琴父母,都急成了热锅上的蚂蚁。他们连劝带哄,想让月琴回心转意。而月琴外柔内刚,怎么也听不进去。好在她聪明能干,采桑养蚕,描凤绣花,样样拿得起。她还长年累月地侍奉俩老,让老人不觉间把她当作了自己的女儿,相依为命地过了下来。

上海的望安呢,老大哥竟然连劝的机会也没有,跟朋友去陕北公学读书了。读书毕业,他又接受秘密使命,去了东北。他来过几封信。第一封,报告离开了上海。第二封,说不要担心他的安危,总有一天,他会回来。过了整整十八年,他才来了第三封信,竟然要求和月琴破镜重圆。

月琴听得消息,决然拒绝。望安到的那天,她把房门紧紧关上,任凭望安在板壁外面好说歹说,也不为所动。望安一半出于对月琴的内疚,一半又为自己的使命着急——上级命令他带了家小去上海开展工作,以开店做掩护。这样的话,又不好明说。所以,他只能耐心等在月琴房间外,只差戏文里那样下跪求饶了。

两个人隔着板壁讲和,旁边听着的有老大哥夫妻,还有从水阁周赶来的月琴娘家人。月琴倔强地沉默,她的母亲第一个着急,说:"你这样一个人能过到老吗?你没有孩子,谁管你的后半辈子?你爹娘公婆都要老死的呀!快快开门!快快开门!"

月琴在板壁内,默默流泪。她不怨天不怨地,只怨这个外面站着的男人。因为他,自己过的是什么日子呀!想到这十八年来的一切,她不禁痛哭失声。众人听得,赶忙撬开了房门。房门开了之后呢?年哥不告诉我了,只说,老大哥为望安的家庭事业,果断卖掉房屋田地,和老伴一起跟他们去了上海。在上海,月琴生了一个儿子、一个女儿。

那么,老大哥不是在上海的吗,怎么又回到了这里呢?这次的解释是,几年以后,老大哥的老伴过世,望安又将调任四川,老大哥不愿去那么遥远的地方,只想叶落归根,回到小镇来。卖出去的房子,自然收不回来了,他只好安身在大大妈的后半间了。

然而,过不了几年,老大哥连这里也住不安生了。因为年轻守寡的大大妈,在望八之年收了年哥为继子。按照东河沿的风俗,老辈的要把最好的房子让给后辈做新房,大大妈也不例外。如此一来,老大哥犯愁了,万一来的新娘也和自己媳妇月琴一样,可如何是好?

果然,年哥的新娘也是顽固不化的性格,好长时间没有生养。老大哥焦急万分,接连给儿子望安写信。行将退休的望安还在四川,听闻了这件事,一连写过几封信,来劝解年嫂,还拍了全家福照片寄到后院。那是个牛皮纸信封,贴有好几张邮票,是挂号信吧。信纸很薄,背面都可看到黑色钢笔字印迹。

我没看信的内容,照片却瞧仔细了。五寸黑白照——当时的东河沿人很少拍这么大的,即使是全家福。月琴,果然是眉清目秀,风韵犹存。望安像老大哥,魁梧、清隽,神态凝重。他们的背后,站着一对儿女。年哥说,左边的儿子,刚上大学,右边的女儿,也将高中毕业了。

　　非常奇怪,对于后来的老大哥,我竟然没了印象。他去了哪里呢?是不是在我外出代课之际,他寿终正寝在那个后半间了?果真如此,老大哥倒终于得偿夙愿,和老伴一起长眠于沙堰头的松林之中了。

晓 岚

老大哥房子的受主,是三房嫁出去的女儿。她嫁到黄家埠的大户之家,后来跟丈夫去了上海。和年嫂一样,先生女儿,后得儿子。女儿高中毕业,适逢上山下乡。于是,她让女儿回了老家,插队在我们生产队。

姑娘叫晓岚,短发粗黑蓬松,皮肤白皙,戴黑边眼镜,极其秀雅。她父母将她送了过来,匆匆回去了,我没有照面。晓岚开始在五婶家寄饭,从小墙门进来,看见满道地的鸡鸭,就皱着眉头远远躲开。有时,踩到石板路上的一片枯叶,她以为是鸡屎,紧张得大叫,啥米事呀!声音怯生生的,轻细柔和。

过不了多久,她看见五婶边烧菜边挠头皮,就开始自己烧饭。那天,我看见她的屋里冒出浓烟,走过去看。但见她的进门处,放着簇新的红泥小缸灶,旁边放着几根花秆、半把稻草,还有一个绿皮的吹火竹管。人家烧饭在灶间,她把这些放在门口的石板地上,我感到她在过家家——好玩极了的家家。

稻草是刚从五婶家的柴篷里抽出来的,笔直而硬实,还带点潮气。她用一张张报纸做引火,稻草着了,花秆送进去不够及时,稻草烧光,火又灭了。晓岚被烟火熏得够呛,眼泪鼻涕都出来了,用手一抹,脸上的烟灰一道白、一道黑。我真想帮她,可我也不会呀!记得那天我没有看完她烧饭,而此后我就经常去她那里玩了。

晓岚的两间房子都带阁楼,烧饭的是东间——前半间关着,从来没打开过。西间有个小门,进去的半间很空,闲置着三脚棚、晾竿。前半间卧房,有张古色古香的洋床,深紫色的,饰有黑色兰花图案,蚊帐、被褥全是白色。靠窗放着一张书桌,旁边是太师椅,窗外就是熙来攘往的东河沿石板路。

一次,我见她坐在床沿,用针缝一件短袖衣服,来回针脚,笔直细密,和踏车踩出来的一样。我奇怪了,手工也可以缝得这样精密吗?她笑着说:"哪能会得不可以?家里的内衣都是姆妈这样缝出来的。"老人嘛,当然会!达琛姆妈,我外婆,都是手缝衣服的,只是从来不用来回针。

我也见过她洗衣服。一件薄薄的衣服,用足肥皂,冒出五颜六色的泡泡,不断搓,发出"叽叽咕咕"的声音。搓完,她不去埠头,用一个古旧的葫芦勺,舀了门口七石缸里的天落水清洗,一遍,两遍,三遍。我为那些天落水心疼。家里,天落水是爷爷的宝贝,不要说洗衣服,就是刷牙,也不许舀一丁点的。

还有一次,她收到了家信,见我进去,慌忙收了起来。借着这个动作,她好像还从镜片底下擦了擦眼睛。我顺势看到了信封上的字,原来晓岚是她的小名,她还有个大名——岚君。她对我说,这是爸爸起的名字,信也是爸爸写的。她还说,弟妹的字都很好,都是跟爸爸学的。

此后的空闲时间,她喜欢练字了。钢笔行书,"沙沙"地写在白纸上。白纸,在我看来非常难得,她却有厚厚的一沓。她不按格式,随心所欲地写,写完就让我看,问哪个字最好。她写字时,把小手指伸到无名指外面,样子很好看。我学了她握笔的姿势,至今还是这个样子写字。

她也会口琴,看着歌谱吹奏。五线谱,我叫它们小蝌蚪,一点也不懂。她说,她母亲从小镇的诚意学堂毕业,琴棋书画样样都会。不用说,她的口琴自然是她母亲教的。她每次吹口琴,都站起来,面对着我,神情变得非常忧郁,似乎要哭的样子。

她也唱歌,是样板戏。她说,她会唱很多外国歌,但这会儿不能唱。于是,她就唱"穿林海,跨雪原……"别看平时晓岚讲话轻柔,唱起歌来却慷慨激昂,音调很高。有时,我和她一起表演《沙家浜》里的"智斗",还抢着唱阿庆嫂——窗外的过路人肯定听到了我们的疯闹。

关于晓岚下田劳动,我没什么印象。这是件奇怪的事情,因为我从初一开始,就参加暑假里的"双抢"劳动。可能是晓岚不在我们孩子的割稻拔秧组,也可能是她太沉默,旁人注意不到她。

但是,我却见过中午从田里回来的晓岚,脸红得像关公,浑身是泥。进门,她先打水洗脸,白毛巾蒙住脸,好久都不移开。我疑心她在流泪。她拿掉毛巾,却对着我莞尔一笑。

人以群分,晓岚却很少找上海知青凑热闹。她唯一的去处,就是上海。每年过年,她都回去。年内去时,简装出行,轻轻松松;年外回来,大包小包,一路风尘。每次回来,她都显得脸更白、酒窝更深,连说话也爽朗多了。她给我讲黄浦江畔的烟火和大剧院的杂技,绘声绘色,令人神往。

上海知青为了接受再教育,不肯轻易纺石棉。晓岚开始也这样,后来放弃了这个努力。于是进门那间的缸灶旁,摆了辆石棉车。她的年纪越来越大,上海的父母越来越着急。我隐约听得后邻的五婶在托人,但像晓岚这样的,还真难以找到合适的。几年过去,她成了大龄姑娘。

大约是我高中毕业的那个春节,晓岚准备结婚了。新郎刚从部队转业到粮管所,身材魁梧,对人和气。后来知道他姓蒋,大家跟着阿楼伯伯叫他小蒋——不难推测,介绍人是粮管所上班的阿楼伯伯。结婚前夕,晓岚的父母都来了。这次我看清了,晓岚的父亲胡子拉碴的,儒雅而寡言。她的母亲斯文雅致,晓岚的五官非常像她。

变戏法似的,他们从晓岚进门的前半间搬出了整套家具,放在外面青石板道地上,三门衣橱,写字台,独脚金鸡,式样都是当时最时兴的。更加奇怪的是,这些家具雪藏了几十年(晓岚母亲当年的嫁妆),清水擦拭一番后,几乎和新的一样。紫檀色,古雅,精致,和晓岚正在使用的洋床书桌竟是配套的。

晓岚的丈夫是滨海那一带人,老家名下有房子,可以做新房。从我家埠头下船时,这套家具都贴满了德哥剪的纸花,系上了红缎花球。摇船来装嫁妆的,是男方的族亲。他们和岸上的晓岚父母打招呼,非常亲热。晓岚父母的神情好像是欢喜,又好像是落寞和无奈。

结婚第二天回门,小夫妻两个就出现在我家埠头上。小蒋的裤腿挽得高高的,下到水里,晓岚站在埠头的高处指挥。他洗的是被单,簇新的洁白的被单。小蒋不断地把它甩向远处的河面,发出"啪啪"的声音。过了一会儿,他笑着看晓岚,意思是够干净了吗?晓岚含羞脉脉地点头,两人才把被单绞干。

不久,小蒋分得粮管所宿舍,他们从墙门头搬了过去。宿舍也在阁老府,朝东的墙门进去。我去西街头,走阁老府那条市弄时,碰见过晓岚。她对我笑了笑,用手指着里面的一间房子,说那是她的家。后来再经过,我总是朝里张望,却再没碰到她。看来,她深居简出的个性还是没改。

很多年后,我教的班级来了晓岚的儿子,是一个五官像小蒋的漂亮男孩。聪明,调皮,能说会道,性格一点不像晓岚。他可能知道我和他母亲的渊源,对我很恭敬。从这个孩子口中知道,小蒋已经下岗,正在和人合伙做生意。他和晓岚的户口已经迁到上海,但晓岚在社办企业上班,没去上海。

孩子毕业时,我去阁老府的晓岚家家访。家里坐着几个男人,气氛不是很对头。晓岚看到我,赶忙迎出来,外面站着说了几句。她说小蒋的生意失败,欠债很多,里面坐的就是来讨债的;还说儿子就要去上海读高中,而她还是要留下来陪着丈夫。她说话的语气,还是和当年一样细致温柔,只是多了深深的忧戚。

又过了很多年,再没有晓岚家的音讯。没有消息,便是好消息,大家的生活都在好转,他们至少也该进入稳定状态了吧!不料,两三年前,却听说小蒋已经轻生,为了避开那些无良债主,晓岚也不得不东躲西藏。难以想象,以晓岚温文尔雅的性格,怎么经受得了这样的磨难呢?

我向来厌恶不实之词,但这次却真的希望,这只是以讹传讹。

德 哥

一

德哥高个子,宽肩膀,白皮肤,络腮胡子。他遗传了五婶的近视,戴一副黑框眼镜。他的手掌大而结实,并没有过人之处。但是,他在生产队是一把好手,自家院子里养花种草,也不在话下。奇特的是,德哥还会飞针走线,做得一手好女红。

农闲,或者雨天,德哥就坐在他家窗前做针线——那扇玻璃窗,就在我家的后屋檐下。开始,他不过缝个纽扣,打个补丁,后来竟然纳起了鞋底。这纳鞋底可不是简单的事情,先要糊布巴,再剪鞋样,然后搓鞋底线。女人拿个鞋底可以到处逛,东家长,西家短,德哥只坐窗下自己做,他怕羞呢。

纳完鞋底,他就做鞋帮。最后,一双簇新的布鞋,从他的手里出来了。那个时候,五婶已经七十多岁,眼病更加严重。她见德

东河沿人家

哥的鞋做得周正,就让他包了家人的。后来,上海的亲戚也听说了,写信来求。这下,德哥可带劲了,起早落夜,做成就寄过去。

上海的亲戚穿了德哥的鞋子,就买了绒线送给他。德哥去西街菜场顶头的邮局取了包裹,顺路又在照相馆门口买了竹针。到家拆开包裹,驼色的全毛绒线在阳光下闪闪发光。德哥笑啊,说啊,手舞足蹈。他平时的话我就听不清,这会儿连笑带说,更加不懂了。然而,在我的印象里,这是德哥最快乐的时候。

至今记得,德哥坐在窗前结绒线的情景。虽然是双扇玻璃窗,但我家后檐挡住了一半光线,德哥就侧着身子,努力靠近光源。我站在窗外看他,他趁抽线工夫,挥一下手,让我别挡住光亮。我不肯走开,他就带了毛线活计,矮着身子,从什么地方拿本小人书来。我拿了书,才回到自家后门口。

这件鸡心领的绒线衫,德哥穿得非常仔细。去生产队劳动不穿,家里做力气活也不穿,怕出汗呢。然而,傍晚时候,他却穿了出来,沿着河边走一遍,再走一遍。人家故意问他,阿德哥,这件新毛线衫哪里来的,你自己织的吗?他就咿咿呀呀,然后高兴地回家了。

小镇万安桥边有一个谢老师,书香门第,书法绘画都很出色。这个谢老师早年外出读书,不知道从什么地方学来了剪纸功夫,现在年纪老了,很想找个弟子,听闻德哥的手比女人还巧,特意上门来看。德哥只拿剪刀试了几下,谢老师就拍拍德哥的肩,让他空了过去。

自此，除了生产队劳动，德哥就去万安桥边。谢老师家是老房子，外面一道大门，涂着桐油。进去几步，却是摇门。摇门里面，还有大门。东河沿大多数人家有摇门和大门，但三道门的只有谢老师家。我没有进去过，但德哥是他们家的常客，经常在那几扇门里出入。

学成之后，德哥就坐在窗前，剪他花花绿绿的纸头。先双喜，后龙凤呈祥，再花花草草，都精细美观。渐渐地，五婶家的后院热闹起来——来的都是家里有喜事的妇人。她们一个劲地催德哥，德哥笑着说话，妇人们听不懂意思。他就拿个日历本，翻给她们看，意为哪天来取。

我结婚的时候，德哥剪的花样更多了。我母亲跟他打了招呼，不出几天，成套的剪纸就送了过来。我惊讶地问德哥，为什么要这样多。他开心地笑着，用手比画，意思是什么都需要纸花，越多越好。果真，不多的嫁妆，在五花八门剪纸的映衬下，我家成了红彤彤的世界。我连声道谢，德哥忙忙摆手，意思是自己人，不用谢的。

后来，我回娘家，看到德哥急急地经过我家门前，腋下夹着围身包裹着的锅铲、薄刀。母亲说德哥现在学会了烧菜，这会儿正做出门工去。小镇的厨师，最高级别为坤林师傅。坤林师傅白发苍苍，年事已高，难不成他也招德哥做了徒弟？母亲笑说，正是这回事呢。我对母亲说，这样也好，德哥可以积点钱防老。

然而，德哥越来越弱，经常生病。几年之后，他又得了青盲，四处治疗,不见好转。他不得不放下这些,徒然坐在窗前,抚摸自己的手了。

二

偌大的后院一分为二,左是道地,右为菜园。无论是道地,还是菜园,都见缝插针地种满了花花草草。当然,这都是闲不下来的德哥,利用田头劳动之余打理的。

道地南端,是我家后屋檐。挨着屋檐,有一株王子花树。王子花,可能是我们小镇的叫法,它的学名,为栀子花。德哥给这花筑了圈旧砖,算是花坛。花坛里外,蹲着鸡呀鸭的。还有几只大白鹅,伸长脖子扑来扑去,吓得我不敢靠近。然而,我喜欢这棵王子花,尤其在它开花的时节。

这花树比人还高,德哥把它修剪成圆形。冬天不落叶,春天苍翠欲滴,油亮亮的。端午前后,长出米粒大小的青色花蕾。春雨潇潇,花蕾渐渐鼓起,变成橄榄形。又一场细雨,花蕾裂开,露出几道螺旋形的白纹。很快,这里那里的绿叶丛中,开放出一朵两朵王子花,小小的,香香的。

第二天,德哥就拿着剪刀,站在凳子上,细心地挑拣,哪朵可以,哪朵还要过一天。剪完,分派去处——自家,秋姐家,当然还有我家和达琛姆妈家。我把分得的捧回家,找出一个玻璃瓶,用清水养着,放在板壁前的八仙桌上。王子花的香味特别浓郁,整个屋子都能闻到。

河埠头的妇人,从门外闻到了花香,都进来细看。啵——啵啵——她们深吸着气,不断夸赞德哥的好手艺。几个特别喜欢的,偷偷从我家后门出去,摘了一枝两枝。德哥知道了,咿咿呀呀一阵,意为他数好的花蕾,已经少了几个。我却不好意思起来,好像他的花,是我偷了似的。

菜园围墙,用各种各样的断砖砌成,外边的高,里面的低。门前的围墙旁边,还搭了块洗晒台。台基还是断砖,上面搁块石板。石板的用处一分作二,里面洗晒衣物,外面搁花盆。花盆有大有小,有瓷有瓦。两个瓷盆,一个米黄,一个秋香绿,都种了含羞草。

含羞草细弱文静,非常好玩。用手轻轻一碰,叶子就缩起来。过一会儿又慢慢张开,极像电影里的慢镜头。有时,用手掌盖住整棵含羞草,它所有的叶子居然都紧贴到枝干。德哥见了,马上赶过来,扶住花盆,心疼得咿咿呀呀——含羞草娇嫩,这样玩弄,它会受伤的呀。

为了避开德哥,我就挑他去墙门头午睡时去。盛夏时节,骄阳似火,他们家的洗晒台尤其热,几乎近不了身。含羞草也被晒得没了力气,无论是收拢,还是张开,速度都慢多了。最终,我也心疼起它们,小心地回家来了。此时,我母亲已经睡在后门口,很怕惊醒了她。过几天手又痒,自然再去。

德哥的瓦盆也分两种,一种粗瓦,绛紫色。还有一种,用瓦片做成——四张瓦片围成圈,用铅丝紧固,放进泥土,成了名副其实的瓦盆。这种瓦盆种万年青、仙人掌。仙人掌扎手,人不轻易碰它。它的生命力强,不怎么侍弄,也会开花。红黄蓝,非常漂亮。

德哥的太阳花,是我仔细观察过的。墙门头的太阳刚刚升起,细弱的花茎就露出一个又一个头。这是花苞,已经隐隐看得出颜色。到了八九点钟,它们渐渐开放。中午时分,全部盛开。当时曾想把太阳花开放的全过程看一遍,但没耐心的我,从来没做到过。

下午两三点钟,太阳花逐渐闭合。傍晚,花瓣完全枯萎,黏糊在花茎上。那时,我总是以为第二天开放的,还是第一天的花 —— 它们不过和人一样,晚上睡了一觉。后来从书上知道,每天早上的花蕾,是晚上重新孕育的。哦,太阳花的茎干这样细弱,生命力竟如此旺盛 —— 这怕是德哥也不知道的科学原理吧。

靠近洗晒台的里边,德哥种植了一丛月季。说它一丛,也不确切,因为我从来没有进去细看过 —— 菜园的入口只有一个,是五婶家的灶间后门。入冬之前,德哥会剪枝,矮了一大截的月季花树变得光秃秃的。有时飞过一只气球,挂在枝干上,飞呀飞。飞到第二年春天,吊气球的细线还挂着,那块橡胶皮已不见了。

春天,月季花树的枝干逐渐变色,由褐转青,再由青转红。叶片细柔,枝干婀娜,它比王子花早一步,就开放出满树的花来。月季的好处,在于鲜艳欲滴的颜色,香味却不及王子花。我那时的心愿,就是摘一朵月季花,养在瓶里。然而,直到花瓣变淡,凋落,我也没有到手过一枝。

这树月季的里面,以种植蔬菜为主,也栽有果树。桃树一棵,在灶间后门的围墙下,遮阴,叶茂果稀。梨树三棵,高大挺拔——靠近他家小墙门,太阳晒到的时间长。梨花开时,一片洁白,满园清香。蝴蝶飞舞在梨花丛中。蜜蜂也来了,成天嗡嗡叫。但是,梨花好看,梨头却不好吃,和秋姐桃园里分来的真没得比。

可能是德哥的花种下了我对花的热爱,此后,凡是看到鲜艳艳的花朵,我都感到亲切、神往,有时会驻足观望好久。有了家庭后,也在院里种过花。王子花、太阳花、含羞草,竟然都不难。就是月季,可能品种没有选好,也可能缺少了德哥的细心,花色淡淡的,全然没有小时候看到的美感。

德哥呢,没有成家立业,孤独到老。我每次回娘家,总见他忙进忙出。那些花草还继续被他侍弄着,只是没了旧时的好模样。

三

德哥不怎么识字,但他经常从教他剪纸的谢老师那里借来一本本小人书,放在饭桌靠墙的地方,或者窗前的长桌上。我有空时,就去他家翻看。那些小书都很破旧,没有封面、封底,皱巴巴的,但它们是我最早的文学读本。

第一本是外国故事,应该是俄罗斯的。一个女革命者,被投入了监狱。北风呼啸,大雪纷飞,她穿着开裂了几道口子的破衣裙,坐在监牢里。后来,她生孩子了,没人帮她。她自己撕下裙子的一片,给婴儿包裹上。她把他抱在怀里,万分慈爱和不舍。

第二天,她被拉出牢门,像是去某处处决。那件裙子少了几片，露出斑斑血痕。荷枪实弹的宪兵跟在她后面，怕她跑了似的。故事应该还没有结束，但这已是最后一页。这个女英雄什么名字，孩子去了哪里，这本小书叫什么题目，直到今天也不知道。

但是，这是我第一次看到外国人。第一次知道，小人书里的风，可以用几条斜线来表示，婴儿的哭叫，也可以用几条向上的虚线表示。甚至于牢房，不过是一个空空如也的大笼子，一点也不可怕——这影响到我后来读《红岩》，仿佛渣滓洞里，也不过如此罢了。

第二本也是外国的，是小鸭的故事。因为前面缺页，故事从鸭子在水里游玩开始。小鸭受到欺负，来到了另外一个池塘。冬天，树叶落光了，鸭子感到寒冷。池塘里的水结冰，鸭子快要被冻死了。一个男人把它带回了自己家。鸭子在温暖的屋里苏醒了，紧紧靠在男人怀里。

这个故事当然是安徒生的《丑小鸭》。现在，关于这部名著，不但有纸质的，还有五花八门的视听版，而我的中小学时代，没有这样的故事书可读。读大学时开了书禁，却已对这样的故事失去了兴趣。因此，非常遗憾，这个答案是我做妈妈后才知道。由此感慨，什么年龄读什么书，都有它自身的规律，错过就错过了，后来很难弥补。

完整的连环画也看到过，那是《牛郎织女》。最深的印象是古人的服饰、发型，竟然和我们的完全不同。他们孩子的头发，分不清男女。因为这本书，我还记住了那座七夕之夜的鹊桥——喜鹊的翅膀多么神奇，居然搭成了横跨天河的天桥。更加奇特的是，牛郎织女依偎在鹊桥栏杆上，并不会从鹊桥掉下来，落进天河里去。

大了一些，看到了《马克思传》。这本书很厚，全新。封面有马克思头像，胡子那么长，头发那样卷曲。翻开扉页，还有一幅椭圆形的女孩肖像——燕妮。那样美丽的外国女孩，也是第一次看到。漂亮的五官，华贵的气质，直到今天，觉得能和她匹敌的，还是不多。

从这本书知道，马克思和燕妮一见钟情，私定终身。然后，马克思外出求学，燕妮拒绝了很多王公贵族的追求。其间，马克思给燕妮写了无数情诗，每段结尾，差不多都是"燕妮呵"。他们终成眷属，燕妮却不会柴米油盐。幸好有一个叫恩格斯的人资助他们，才使他们不至于忍饥挨饿。

有一个细节，燕妮要去参加宴会，但没钱买礼服。百般无奈，她竟然从窗帘上剪了一块布料，自己缝制成漂亮的衣服。还有，他们孩子很多，都直呼马克思名字。马克思经常坐在圈椅上，以演算数学作为休息，他最后也是在这把椅子上沉睡而去。

至于马克思的理论，这本书很少讲到。《共产党宣言》和《资本论》，皇皇巨著的名字，我几乎没有留意到。甚至于巴黎公社的血腥味，也没从这书中闻到。这本厚书，我读了很长时间。实在放不下，就请求德哥让我带回家读。德哥勉强答应，但不放心地比画——要保管好啊。

后来读的，是《列宁传》。也是新的，薄了一点。人的名字太长，怎么也记不住。看到后来,才从一长串的字里,找到密码似的几个字。看到这几个字,大约知道了是谁,但并不说得准名字。这个,和后来的读繁体字相似,放在中间,会认,单独拎出来,就不会了。

列宁没有浪漫的爱情故事,倒记住了关于他夫人的一个细节。她坐牢,让人带进去一本字典。凭借这本字典,她学会了一门外语。为什么坐牢,学的哪国语言,都没记住。学外国语言这样简单吗,这是当时的想法。后来自己学习,当然不是这么回事了。

对了,终于刻意记住了列宁名字的开头,弗拉基米尔——不知道对不对?她夫人的名字,开头一个字好像是"娜",还有"卡娅"。当时不断读,记住过它,此刻,还是忘记。但是,读过了这两本书,以后对名字难记的外国书倒不再害怕。

只是,德哥为什么有这样的新书呢?开始,从谢老师家借过来的,都是旧书——这样的新书,哪里来的呢?后来隐约听得,德哥那时也常去小镇的一个干部家走动(德哥和那家交往的由来、具体情形,都不清楚)。此刻推测,这书就是从那家借来的。

总之,是不识字的德哥借来的那几本书,开启了我的读书旅程,使我终身受益。

四

"那(娘)——"一声凄厉的哭喊,把我从梦中惊醒。坐起,倾听,又是德哥在哭。自从五婶过世,德哥白天好好的,到了晚上总是这样恸哭。

记得第一次听到他的哭,我真被吓蒙了。德哥不但号哭,有时还用手拍打床沿,发出"啪啪"的声音。其时,正是我高复的时候,德哥每夜的悲鸣,很快成了我起床看书的信号——老房子,只隔一层单薄的墙,他们房间里的脚步声,也时常可以听到。

也是,五婶的两个女儿已经出嫁,小儿子年哥也成家立业了,独有这大儿子到老还打着光棍。按理,年哥过继到大大妈名下,这三间朝东平房成了德哥的,德哥就经济上头该是上等的,至少住得宽裕。然而,令人料想不到的是,德哥的心里还藏着一个娶妻的梦想。

这男大当婚,娶妻生子,不是正常的事情吗,为什么于他却是梦想呢?原来,德哥出生之时,眉眼俊秀,人见人爱,但四岁时的一场高烧,让他成了半聋半哑,说话咿咿呀呀,连手比画,还是表达不清意思。不要说外人,就是他弟妹,也常听不懂他的话。懂他的人只有两个,五婶,还有秋姐。

德哥在生产队,肩挑手提,样样不落后。家里养花种菜,还做女红。按说,打着灯笼,也难找这样的好男人。然而,事实却是,不管他如何努力,还是娶不到老婆。本镇的女人,已经不太可能。就是外乡来的,一听说他半聋半哑,也都望而却步了。

记得我小时候,五婶家里来过几拨妇人。那些女人的年纪和德哥差不多,属于梅开二度的吧。当然,和她家来了别的外客一样,我们只听一点热闹声,并不会过去看一眼。于是,那些女人的庐山真面目,我连一个也没有照面过。只知道每次相亲失败以后,德哥总像是霜打的茄子,要瘪掉好几天。

也听说,是德哥不要人家的。理由是,他想娶个黄花闺女。这个说法如果是真的,德哥也真自视太高了。于是,后来的街坊邻居,但凡提到德哥的亲事,总要先四下瞧瞧,看看有没有德哥和他的家人在旁边,再用手蒙住自己嘴巴,免得笑出声来——癞蛤蟆想吃天鹅肉呀。

后来,又有人说,每到春天,德哥就会拦住人,要求人家给他介绍个合适的姑娘。这人,不知道当面怎么对德哥说的,转身,就模仿着德哥的样子,说:"独独独喽咪(大姑娘有吗)?"而且,这个故事越传越神乎,几乎成了事实,只有德哥和他的家人不知道。

然而,我所知道的德哥,是夏天也从不到埠头来洗澡的男人。每天傍晚,他只打水到那只白色的搪瓷面盆里,放在洗晒台上,一遍遍,从上往下擦。对了,德哥手脚的汗毛特别长,黏糊在皮肤上,密密丛丛。那么,德哥是为了这个怕羞呢,还是不想在埠头排队浪费时间?不得而知。

德哥洗完澡,天色已暗。他把脸盆托得很高——怕脏了刚刚上身的干净衣服——从墙门头的台阶过来了。他笑着咿咿呀呀,算是和人招呼。如果把他的客套翻译成"大姑娘",或者"大姑娘有吗",甚至更进一步的,都未尝不可。如此说来,他不是蒙冤许久了吗?然而,对于德哥的冤不冤,又有谁去探个究竟呢?

就是五婶去世,对德哥的打击之大,虽千真万确,但除了我,又有谁知道。——这每天晚上的号哭,拍击床沿,凄惨,悲凉,能让铁石心肠的人也为之动容的呀。奇怪的是，白天的德哥，照样忙进忙出，见人招呼，只不过声音低沉、面容悲戚些罢了。

那年高复，我考上师范，离开了小镇。第二年，我家终于买下已经破败不堪的典屋，拆旧造新。德哥后来怎么度过漫漫长夜的，竟是再也无人知晓了。也好，德哥，不是所有的欢乐都要和人分享，那么，你的悲伤也不必尽人皆知吧。

几年后，德哥病重。听说是胸口的毛病，很急。此时，年哥的女儿女婿已经过继给了他，平时就在照顾他，此番见病势沉重，开车送他去了大医院。然而，医生治病不治命，住院几月，德哥还是不治。再由侄女夫妻料理后事，算是了却了他的一生。

不想，在整理德哥遗物时，竟然看到一个用红色锦缎细细包扎着的包裹。打开，里面还有好几个小包裹。尼龙袜，全毛绒线，的确良布料，分门别类，琳琅满目。底层还有一套纸花，特别齐全、精细。

年 嫂

年嫂,是德哥的弟媳,年哥的老婆。她身材适中,五官分明,瞳仁漆黑,笑起来闪闪烁烁,像寒夜里的星星。和别家媳妇不同的是,年嫂有两个婆婆:一个自然是五婶;另外一个是年哥过继的寡婶——我们称为大大妈的。

这个大大妈,是五婶的大妯娌,花白头发,三寸金莲,年轻时就守寡。她独住在漕斗底埠头对上的几间平屋里,终年纺花——她纺花的堂前间,铺满了古色古香的护墙板。冬天,她穿黑色线呢,夏天穿白色丝绸,都是老式衣服,洁净、整齐。她时常说,从前的缎子结实,比铜板还厚啦!

年哥过继给大大妈,是在他结婚前。那天,几个大队干部从五婶家的小墙门进来,坐着讲了很长时间。从没来过的大大妈,那天也到场了。三头六面讲过、写过,还按了手印。就此,和东河沿的其他老辈一样,大大妈把自己的房间(连同一张精致结实的老式床)让出来,做了年哥的新房。

这间新房朝南,临河,冬暖夏凉,算得上是当时最好的新房了。美中不足的是,新房的后半间住着老大哥,中间只隔了一堵两米多高的木头板壁,顶部是空的。一天,老大哥对五婶说,小夫妻房间里不太对劲。五婶一惊,问是什么事情。老大哥却吞吞吐吐的,说不端详,只说长此下去,五婶会抱不成孙子。

抱不成孙子?五婶大概明白了他的意思——其实,这也是她的隐忧。大儿子带疾成不了亲,小儿子如果再不生个儿子,这可是愧对三房几百年祖宗的事,可还了得。但她转念又想,这是老大哥被从前儿子媳妇的事情吓怕了,现在什么时代了,还会发生那样的事情吗?

然而,大半年过去,年嫂的肚子果真不见动静。五婶在媳妇面前难以启齿,就把儿子叫进自己房间,仔细盘问一番。年哥读过书,是大队赤脚医生,被问到闺房之内的事情,像个做错了事情的小学生,面红耳赤,有口难言。五婶逼得急了,他才如实相告。

原来,结婚这么久,他们小夫妻之间还是井水不犯河水。年哥说,妻子水瑛别的都好,就是太怕羞了。板壁后面住着老大哥,连句亲热话她也不让说,何况别的——说到这里,平日里能说会道的年哥,竟然不管外面偷听着的姐妹,号啕大哭起来。

五婶六神无主地过了好几天,终于想出了一个办法,就是让皇封桥的亲家母过来。亲家母听闻消息,知道出了难事,马上赶到。五婶和盘托出,几乎声泪俱下。亲家母矮小淳朴,比五婶还急,直说女儿是头世人马(不见世面之人),会慢慢开导她。

这个开导的时间有点长,不过,最后还算成功——年嫂有喜了。小镇的婆婆,对有身孕的媳妇格外爱惜。五婶自然更加殷勤,好不容易盼来的孙儿呀!她今天买河鲜,明天买水果。一天晚上,五婶家的大门已经关上,年哥还来敲门问,咸菜缸里的小萝卜可以吃了吗?

还没见形,五婶就忙着猜测,媳妇会生男还是生女——东河沿妇人凡是生过孩子的,对此都有一套自己的理论。只要家里来个小孩,肯定会让他(她)猜一猜,新娘子的肚子里是弟弟还是妹妹。而且,凡是说弟弟的,都有糖果吃。孩子们的回答自然都是弟弟——五婶那个笑呀,真没法形容。

结果却是个女孩——一个比年嫂和年哥都好看的女孩。五婶开始不高兴,但后来看人家都夸奖婴儿漂亮,她才回心转意,高高兴兴地给孙女排八字、起名字。瞎子先生说,孩子和娘是六冲,必须找个属蛇的干妈。这倒不用找,我嫂子就现成。自此,每到年底,她总要给我嫂子送礼——几个纸包,递来递去,直到包装破损还没完。

由此,五婶常念叨:"麦秆喉咙,筲箕肚肠。"——嫌弃年嫂吃饭多而慢。喂奶的女人吃饭多,实在无可厚非。至于慢,更冤枉了她——虽然她是全家吃饭最迟的一个,然而,身为大大妈的过继媳妇,她需要料理大大妈的生活起居。大大妈老了,越来越需要她的关心照顾。

我经常见到,年嫂姗姗来迟。此时,道地里的饭菜已经凉了,牤飞虫成群结队飞舞着。她对这些无所谓,掀开食罩,盛了饭,扒拉几口,一碗就吃完了,再盛一碗,又见底了。吃了两碗,她才抬起头,好像才看到我似的。她笑着说,要吃饭,不用好羹汤,要睡觉,不用好眠床。说完,又盛了一碗。

德哥抱着侄女,在外面兜了一圈回到家里。他指着弟媳笑,意思是"背桌板,洗碗盏"。年嫂接过女儿,给她喂了奶,果真洗碗、擦桌、扫地。里外收拾完,她又抱着女儿,回大大妈那边去。这个时候,河岸上早有扇子"啪嗒啪嗒"响着,那是四邻在河边乘凉、聊天。

我读中学时,课余纺石棉。有段时间,石棉车放在大大妈的穿堂、年嫂的旁边。年嫂纺石棉,看似手脚不快,但她有坐功,不轻易下车。可能是晚上落夜太深,她中午总要打瞌睡。她要我讲故事,说故事能赶跑瞌睡虫。然而,即使我讲着故事,她也会闭上眼睛。

有时,她会突然说一句,打个瞌睡去(后来我读到《大铁椎传》里的大铁椎突然消失在窗外,时常想到此刻的年嫂)。她脱袖套,摘围身,说睡十分钟。我想,十分钟的午觉也有吗?然而,她果真立马就回来了。这下,轮到她给我讲故事。《山海经》里的大头天话,我是第一次听到,有这样稀奇古怪的事情吗?

都说,凡是婆媳,都有背后之言。但是,年嫂对两个婆婆,却是一句也无。不但外人没有听闻过,就是和我一起纺着石棉,她也从不提到一句。人家一个婆婆,常常嘀嘀咕咕,搞不灵清,年嫂有两个婆婆呢!

我常常掐准了时间读书去——步行二十分钟,踩着午睡后的第一遍铃声,到达学校门前的小桥。年嫂郑重告诫我,读书比纺石棉重要,读书机会失去,后悔也来不及的哦!我仔细回想,这样的话,除了年嫂,别人从不曾和我说过。对了,那天她说到了自己,从小背着弟妹看牛,书读少了,所以这样辛苦。

关于年嫂的最后一个印象,是大大妈病重之时。当时的东河沿老人,都是在家里自然谢世。大大妈却有年哥给她挂葡萄糖延续生命,更有年嫂天天细心照看。年嫂不但喂饭给大大妈吃,最后一段时间,还为大妈妈擦身把屎。更为难得的是,年嫂做这些,都是心平气和,从不曾有怨言。东河沿人说,这样的过继媳妇,打着灯笼也难找到。

年嫂后来还生了一个儿子,是个虎头虎脑的胖小子。五婶欢喜得很,不再嫌弃她吃饭多。而年嫂还是闪动着她漆黑的眼睛,一碗接一碗吃饭,然后,该干吗就干吗去。

达琛妈妈

一

我踮起脚尖,开了摇门,跨过石头门槛,想去外面玩玩。而站在门前的大青石踏脚上,又不知道往何处去。此时,河岸上的达琛妈妈看到我,向我招手了。当时的达琛妈妈,是一个穿着古铜色香云纱衣裤的老妇人。此刻,她正坐在河岸边的小竹椅上,做着煤球。

我探下踏脚,走过五六块石板,蹲到了她旁边。达琛妈妈用一个弯弯的缺了一个口子的旧铜铲,把面盆里的黑色煤浆舀到河沿的石板上。石板上的煤浆,都弯弯的,很像饺子。但是,达琛妈妈刮尽了面盆里的最后一铲,这些饺子,又成了列队的黑色士兵。

"小囡,你总算出来了,怎么都不到外面来玩呢?"达琛妈妈起身,拎着小椅子移动位置,低头看着我笑。我专注地数着那些士兵,一排有几个,横竖有几排。可是,用手指点着数,也总是数错,就没有回答她。

达琛妈妈接着说:"小囡,我听过你生下来的第一声哭叫呢。哇——哇——真响!"这样的话,现在的我,很容易理解。我生于父母房间,一个叫五老大妈的妇人把我接到了这个世界。这房间和达琛妈妈家,只隔一堵单层墙,听到我的初次啼哭,非常正常。

但是,那时的我,仰望着达琛妈妈,说不出话。我出生前,外婆做过胎梦,这是我知道的,但是,第一声哭叫也这样响亮吗?

"你一落地就胖胖的,一直睡床上,从来不用人抱。只有早上,你爷爷把你背出来,喂你糊头。喏,就是在这个石凳上。"达琛妈妈指着我家围墙外的那条石凳,笑着说下去,"你爷爷是男人,总是用大调羹喂你。我对他说,尧伯,小囡不能用大调羹,要给你塞死的啦。"

这下,我惊奇了。爷爷对我这样好,怎么会把我塞死呢?于是,我还是抬着头,看定达琛妈妈,期待她说下去。

"也难怪啊。你出生后,你外婆病得很重,你爹娘又要外头赚工分,只有你爷爷管着你。他也要去食堂烧饭,快快喂完你,就把你扔在床上……"

把我扔在床上吗?没人看管我?大人说我一出生就乖,但不知道是这个乖法。忽然想起爷爷给我讲过的狼外婆的故事,害怕起来:"达琛姆妈,我小的时候,没有狼外婆吗?"

达琛姆妈一开始被我问得莫名其妙,后来才会意到我的意思,笑了,说:"狼外婆的故事是有,但那是故事,实际上没有狼外婆。"

真的没有狼外婆吗?为什么哥哥姐姐总是说有的。我要跟了他们一起去玩,他们就说,狼外婆就在摇门外面等着,专门吃小孩的手指头。哥哥还装着狼吃东西的样子,把牙齿咬得咯咯响,再问我要不要出去了。我自然摇着头,不再向往外面的世界。

达琛姆妈见我呆呆的,就给我说起了我在托儿所的事情:"你在床上睡不住了,爬出来掉到地上,家里就送你去托儿所。也是爷爷喂了糊,然后背了你去,傍晚再把你接回来。但是,小囡,你在家里这样乖,在托儿所却总是偷人家的糊头,还记得吗?"

这个事情姐姐告诉过我 —— 我在托儿所的时候,她每天给我送饭 —— 带点讨功的意思。但吵起架来,她却说我偷人家的糊吃,是小偷呢。我自然不承认,还用哭的办法对付她。然而,如今达琛姆妈也这样说,那么我做过小偷这事,却是千真万确的了。于是,我在达琛姆妈面前低下了头,再不敢看她一眼。

达琛姆妈马上说:"小囡,这个事情不能怪你。一来你还小,刚会走路。二来嘛,你姐姐调皮,她给你送饭,半路把你的饭偷吃了去。你饿肚子了,只能再偷人家的。"

关于这件事情,直到很久以后,姐姐也承认了她的偷吃。她说,给我送饭用的是一个小脱篮,每到太傅世家里面的小弄堂,她看看四下无人,就掀开篮盖抓几颗,再抓几颗。还说,我的米饭拌了酱油,比起家里他们吃的糠菜拌饭,实在好吃多了。

我这次出游,和达琛妈妈熟识了。达琛妈妈对我母亲说,秀凤姐(其实她比我母亲大,但当时的女人都以姐姐相称,所谓姐姐也无大小),三岁看到老,你这个小囡聪明,以后会有出息的。我隐约听到以后,见到达琛妈妈,便分外亲热。——按照后来老师教的心理学原理,这是人和人的心理感应。

其实,真正聪明的是达琛妈妈。她娘家在二房厅衍庆堂靠右的那几间——修建于明朝,如今还保存着原样。外婆常说,达琛妈妈在家里排行为三女儿(小镇有"三拐子"之说,谓之聪明),十三岁就能独手缝制长袍马褂。因为她聪明美貌,十五岁被藕荷弄西边的大户人家看中。丈夫出路在上海,是一个高大魁伟的男人。

外婆还说,她家和我家原先也是邻居,被那个有名的"八一台风"刮倒后,都搬到了这里。原来,达琛妈妈家和我家,搬来搬去都是邻居。

二

达琛妈妈家和我家,原来的屋主该是同一个,因为两家的房子拼着黑漆漆的木头柱子,前面的天井也连在一起,此时用一堵断砖实墙分隔着。我家的单衣晾在天井,竹竿的一头,就搁在这堵矮墙上。有时,多放了一根长一点的竹竿,达琛妈妈会在那边喊,过去一点,把我眼睛戳瞎了呀。

外婆讲过孟姜女的故事,南瓜秧生在孟家,南瓜却结在姜家。

这个南瓜剖开，里面还有一个小姑娘。两家争要，就叫她孟姜女。外婆每次都只讲这么多，我就自己想，她轮流住两家的呢，还是固定在一家？记得问过外婆这个事，外婆呷着茶看了我一会儿，没回答我。

那时，我家天井种了扁豆，达琛妈妈家种的是丝瓜。我家藤蔓爬在自己家的围墙上，偶尔才有一条蜷曲的细丝伸到这矮墙上去。眼看着它一寸寸延长，也开了几朵小花，爷爷却把它轻轻地拎了回来。扁豆可以吃了，我让爷爷摘下这条藤上的，剥开，还是一颗扁豆。

然而，达琛妈妈家比我家讲究多了。带人字架的小墙门，双扇大门用桐油涂成黑色。墙门有一个司必灵锁，黄铜色，绘有牛头图案。达琛妈妈常常鼓捣这门的边沿，它开关时会发出清脆、短暂的声音。我几次察看过，却只有一道浅黄的摩擦痕迹——好的门必须发出恰到好处的声音，既能防贼，又不聒噪了邻家。

天井只有几步，但她家有两间，都铺着的角四方的石板。后来听达琛妈妈说过，天井和里屋的石板，都是另外买来铺上去的，花了两百块钱呢。天井里分隔两家的墙壁，我家裸露着断砖，达琛妈妈家的一面却粉刷成白色。天井东边，并排放着两个七石缸、几个小缸。缸盖紧实，连小缸都给盖上了。

达琛妈妈在埠头洗过衣服，回家用这缸里的水过一下，尤其是白色衣服，要过好几遍。我问达琛妈妈，河里洗过，为什么家里还洗。她说，你爷爷大清早拎的河水干净，我去已经被船搅浑了，如果不用清水过一下,时间长了,白衣服会变成黑衣服。我看看达琛妈妈身上的衣服,果然清白,即使旧的,也没落下一点点痕迹。

七石缸对上,两扇花格木头窗门,向外敞开着。里面的一道推窗,我家仍然是木头格子,而达琛妈妈家已经换上了玻璃。玻璃窗里面是房桌,达琛妈妈在这张桌子上裁剪衣服。她有一套纸样,各种形状,用大头针固定在布上。裁剪完,再把它们一片片拆下。房桌东边是小床,里面还有雕花大床,带春凳的大橱柜。

我去玩的是她家堂前间。这里也有两扇高大的木头大门。大门两边,还有齐门高的板壁。无论是大门,还是板壁,都有大圈的木纹。最大一个纹路,高处像傻笑着的孩子脸,笔直向下,变得狭窄,成了小孩的腿,有时似是裙子。但到了门槛处,无论是腿,还是裙子,都找不到了。因为我给这个孩子接上去的脚必须伸进石板去,感觉别扭极了。

堂前间的一堂八仙桌椅,是我看着木匠师傅做成的。漆成金黄色,靠着板壁。达琛妈妈每天擦拭,只正月请客用它。两旁太师椅,也是新的——土木匠不会做靠背的雕花,从别处定制了来。四根长凳正叠反套,藏在门背后,用暗格方毯盖住。吃饭的是白木小方桌,靠着东墙。旁边两把竹椅,竹竿粗大,靠背笔挺。

板壁后面是厨房,厨房后门朝着五婶家道地。后门带着摇门,还比一般摇门高。达琛妈妈用它防猫,但不太管用。厨房不大,达琛妈妈安排得非常巧妙。她把菜橱嵌进大灶对面的墙壁,用着顺手,过道也显得宽绰了。灶桌底下塞进一个小水缸,平时看不见,只在洗碗时,才掀开桌下的盖子。

我喜欢看达琛妈妈在灶头忙碌,尤其是看她洗碗。她把碗放进锅里,"哗啦、哗啦",把汤罐水舀出来,淋到碗上。灶台边摆上大小两个斗缸,斗缸里舀满小缸里的清水。锅里洗过的碗,在大斗缸里洗一遍,再到小斗缸里浸一下。然后用干的白毛巾擦,晾在灶边上,干了才放进身后的菜橱。

这两个斗缸酱紫色,大的绘有奇怪的图案,如今想来是甲骨文。小的那个广口,矮脚,光溜溜的,有些年头了。碗盏都是旧的,仕女图,山水画,少有平光的。一个黛青色大碗,莹洁光润,照得出人影。有对酱油碟,高脚,五彩花纹,特别精致。

达琛妈妈经常拿了一个高脚碗,让我闻碗里的菜有没有馊臭。我"呸呸"地闻了好久,没有气味呀。达琛妈妈说她的鼻子不好,让我小孩子闻过,才可以放心。碗里的菜,经常是一筷腌茄子——头天蒸多了,用盐腌渍,第二天浇点熟菜油,可以就水泡饭。达琛妈妈说,你家人多好吃食。我记住的,却是那只碗内的古代小孩,一个在树下扫地,一个在河边担水。

我最喜欢的,是达琛妈妈家板壁门枋上的日历本。日历本,我家也有,也挂在板壁的门枋上。但是,我家的日历,光秃秃的,过一天,爷爷撕一张,最后只剩下一个钉子。达琛妈妈家的日历,连着一张有图画的硬板纸。几朵祥云,漂浮在天空。孩子坐在箩筐里,男人挑着。女人驾着云头,回头张望。角上,还有一头老牛。

硬板纸陈旧了,黑漆漆的,画也模糊。达琛妈妈见我总在这里仰头看,就让我跪到太师椅上,给我讲图画里的故事。孩子去了哪里呢?织女妈妈再没有回来吗?这老牛真神奇呀。至今想来,这幅画是我接触到的第一个艺术品,如果它也可以算作艺术品的话。

日历本旁边,有一个黄色相框。长方形,五六寸高。照片里的达琛妈妈大眼睛,鹅蛋脸,穿着暗花大襟衫,微微笑着。她的旁边,站着一个五六岁的小男孩,这是她的小儿子达琛。照片陈旧了,带了点黄斑。达琛妈妈说,这张照片是上海照相馆拍的,已经不知道是何年何月的事了。

达琛妈妈说话,会突然冒出一两个文雅的句子,或者词语。

三

一次,我去她家,达琛妈妈忽然想起什么似的,进了房间。她这个抽屉找找,那个盒子翻翻,终于拿了一张小小的照片出来,笑盈盈地递给我看。

这是一个漂亮姑娘,也是大眼睛,灵活明亮。刘海烫卷过,盖着宽宽的脑门。脸像达琛妈妈,也是鹅蛋形。显眼的是围巾,大方格,饰有流苏,紧紧裹在细长的脖子上。我问达琛妈妈,这是谁呀?她轻轻笑着说,这是女儿,上海卫校毕业去了南京,和一个军官结婚了。

达琛妈妈有这样一个女儿吗,我好像没见到过,大人也没提起过。然而,达琛妈妈很快做起了婴儿衣服,称为催生包的。大红毛衫,三件。蜡烛包两个,一个粉红,一个藏蓝底子、白色印花。达琛妈妈说,如果生个儿子,粉红颜色难看勿啦。虎头小鞋,黄色缎面,还用五彩丝线做了流苏,可爱极了。

七七八八地做了很多,最后竟然是尿布。翻棉花的,长长短短就是一大沓。还有纱布的,全裁剪过,两层,四层,六层,分门别类,然后用粗线包了边。自然也有旧被单撕开的,达琛妈妈也细心缝过,说宝宝皮肤娇嫩,毛边会勒伤了皮肤。

见达琛妈妈做的那双虎头小鞋可爱,我也跃跃欲试。趁外婆不注意,偷了她的针线剪刀,从长桌最外边的抽屉肚里,找出几片花布,藏在平时害怕的退堂间,做成了一只单层的布鞋。毛边,瘪塌塌的。把里面翻出来,立在我手上,倒很可爱,我看得得意极了。外婆知道后,只是低下头,从眼镜片下探出视线,不经意地看了一眼。达琛妈妈自然惊奇了,再三说我的手巧。

女儿坐月子前,达琛妈妈带着催生包去了南京,但很快就回来了。她说,女儿家里请了用人,用不到她。其实,她是不放心家里,她的小儿子达琛是寄饭给二妈的吗,如今我一点印象也没有。然而,不到两年,达琛妈妈又去了南京,说女儿又生了。这次,她把外孙女夏敏带了回来,由她抚养。

夏敏很瘦,成日成夜啼哭。达琛妈妈开始以为她吃奶不足,给她找了一个奶娘。夏敏还是哭,越来越瘦。最后,达琛妈妈才说她生了奶痨,抱到方家去挑痨虫了(很小听说那里有个挑痨虫的人,至今也不知道这个大圣是男是女)。记得夏敏在方家挑了痨虫回家,我到处寻找她挑过的洞,只想看看,到底有没有痨虫从挑过的洞里爬出来。

夏敏穿着白底碎花衣裳、红色裙子,在达琛妈妈家的天井里走来走去。我这时正喜欢折叠手帕,一会儿老鼠钻山洞,一会儿手风琴。夏敏看得稀奇,但还不会自己折。有时,我带着她到石洞门口,和人玩丢手帕游戏。她蹲在地上,看背后有没有手帕扔下,非常机灵。

忽然间,达琛妈妈请人造房子了,就在她家后门口的小块空地上。这地该是五婶家的,可能达琛妈妈事先和他们协商过。小小的房子,达琛妈妈用粗大的木头做桁条,笔直的杉树做椽子。木料出白后搁到红砖山墙上,几个泥水师傅站在屋顶,高声喊:"掼馒头啰——"我从后门口出去,馒头已经被抢光。德哥笑嘻嘻地比画——馒头都被三房道地里的人抢去了,他抢到的也不多。

然后,达琛妈妈的女儿女婿从南京转业回来了。他们的儿子还不满周岁,和父母住在新造的小屋里,夏敏还是跟达琛妈妈。儿子叫雪敏,坐在一辆小车里,和他姐姐陌生。很凶,连我也被他咬过一口。达琛妈妈以为自己的女儿重男轻女,只偷偷塞几颗奶油糖给我和夏敏,让我们外面去玩。

达琛妈妈的女婿也是东河沿人,老屋在漕斗南边的义学里,可能此时已没了父母。他高鼻子,大眼睛,说普通话,声音洪亮,叫达琛妈妈恩娘(母亲)。他在供销社楼上做行政工作,常从煤饼厂借来煤饼夹子,在天井里做煤饼。煤屑铲进煤饼夹子,"咚咚咚",用榔头敲几下,煤饼很快脱出来,再不用达琛妈妈排列黑色士兵了。

煤饼码到天井东南的瓦棚,高高的,一排又一排。达琛妈妈紧紧看着,再三叮嘱,码整齐了,倒下来会压着孩子呢。码成,拿出一块军绿色油布,盖得严严实实。达琛妈妈新买了一个煤饼炉子,放在墙门口,晚上封住,早上打开。三餐饭食,十只热水瓶,全在这里烧,为的是煤屑便宜一点。

不到两年,达琛妈妈的女儿女婿分到了宿舍,搬了过去。在西街头,我跟着达琛妈妈去过一次。宿舍新的一排,他们住了两间,而且,他们又生了一个儿子。达琛妈妈总是不放心夏敏,经常烧了她喜欢的菜送去。女儿知道达琛妈妈的用意,背地里笑对人说,我姆妈自己重男轻女,还以为我也这样呢。

女儿的理由,是达琛妈妈送菜,每次都必须把碗盏拿回家来。达琛妈妈听了,却说,都是我年轻时候省吃俭用办的家生(生活用具),只想活着时用用它们。实在,达琛妈妈是怕孩子不小心摔破一个呀。

四

这年年底,达琛妈妈格外忙碌,除了过年,新婚的大儿子夫妻要回家来。

儿子媳妇都是部队里的军医,亲家公是到处换防的军官。儿子结婚前,她不但没和对方父母说句亲近的话,就连媳妇也没见过一面。她只在儿子的口中知道,是对方看中了自己,然后托人做的介绍。

正是奉行婚事简办的时候,部队里的规矩更加严格。他们只是外面旅行了一次,就算结婚了。但是,在达琛妈妈的心里,必须像别人家讨媳妇一样地热闹一番。她是一个处事周密的人,此次是儿子的婚姻大事,当然更加慎重——就怕委屈了新来的人啊。

国庆开始——儿子他们旅行结婚的日子——她就请了泥水木匠到自己家里。泥水师傅把里外墙壁粉刷得明亮洁净,爬到屋顶清理了一遍瓦垄,再给大灶安了风箱。木匠师傅给后面的小屋拉平顶,打制新式双人床、五斗柜,还做了一个带镜子的梳妆台。

达琛妈妈酒菜热饭招待师傅,就够忙的,还让我写了一张清单,趁午饭后的空闲,一趟趟跑街上。被褥她早就准备好,只要晒几个猛火太阳就成。这会儿配置的是枕头套、窗帘、玻璃灯罩、脸盆——她所买的,不但有讨媳妇用的,连嫁女儿的也在内了。

这年冬天特别冷,清早拌的灰沙,不到一个小时,上面就是一层薄冰。达琛妈妈装了一个煤饼炉,放在旁边,才不至于耽误了进程。我每天看着她忙碌,觉得这个时候的达琛妈妈是最快乐的。是啊,东河沿这许多人家,娶到女军医做媳妇的,她家是独一户呢。

然而,泥水木匠将要完工的时候,有件事情让达琛妈妈犯难了。堂前小桌对上的墙壁上,贴着的这许多奖状怎么办?按照达琛姆妈最初的意思,是保留这些奖状,让媳妇看看自己的儿子有多出息。然而,到了这会儿,一切都是簇簇新的,唯有这些奖状却是新旧不一,上面的几张已经泛黄,有一张还少了一个角——如果撕扯下来,至少有几张会毁掉。

当然,达琛姆妈毕竟是达琛姆妈,这点事还难不倒她。她左思右想后,决定保留全部奖状——让木匠师傅依着这些奖状的尺寸,做了个木框。再请漆匠师傅刷上金色油漆。她自己还用几个晚上的工夫,给这个框绣了一条细细的红绸裙边。于是,进来的每一个人,首先看到的,便是这墙壁上的奖状。

新年到,儿子媳妇也到了。达琛姆妈喜滋滋地请客——一拨一拨请,她平时过年就是这样。邻里分发喜糖,和二妈一起。当时的人家,总是硬糖掺和几颗奶糖,而达琛姆妈分的,自然全是上海带来的大白兔奶糖。而按照小镇的习俗,被请到的亲眷,都须高规格回请一次这对新人。

这个时候我很少去达琛姆妈家,达琛姆妈忙着呢。一会儿出市买菜,一会儿装煤饼炉,一会儿又换了新的薄呢灰色罩衫,带着儿子媳妇去赴宴。她的军医媳妇呢,除了出门做客,都帮着达琛姆妈。她穿的是便衣——我多么希望,她能穿上军装啊——外面罩着达琛姆妈的围身。她一点也不娇气,说起话来,我家时常能听到。空了,还拿一本书看,厚厚的,好像是医书。

眼看到了正月初十,我以为他们将要回去了。不曾想到,这达琛姆妈的儿子媳妇,竟然又做大扫除了。达琛姆妈的清爽仔细远近闻名,趁儿子结婚,她又大搞了一番,如今这对新人还有什么可收拾的呢?然而,他们做的事情,不但我想不到,就是达琛姆妈也没有思虑得到。

新郎穿着家里放着的旧衣——每次回家探亲,都穿着它为达琛姆妈做这做那——爬上了阁顶。媳妇也换上了达琛姆妈的旧棉袄罩衫,戴上达琛姆妈的旧绒线帽,站在梯子边帮忙。新郎从上面捧出一堆堆的书,有旧的线装书,有新的他们自己读过的课本——也已经有点泛黄,最后是一包包连环画。

新娘看着这些晒在天井里的书,显得非常欢喜。她不住地这本摸摸,那本翻翻,然后挑了一本线装书看起来。还说,这本《本草纲目》老早就在找的,到处借不到呢。达琛姆妈看着媳妇看书的专注神情,想起自己还没有把家传的蓝宝石戒指给她,竟然犹豫起来,到底要不要现在送给她呢?

"恩娘,我把墙壁上的这几张奖状拿走,可以吗?"媳妇讲的是普通话,但称呼达琛姆妈,学了新郎的家乡话。

"可以的呀,但是,高的几张时间长了,揭下来会不会破呢?"达琛姆妈迟疑着回答。这些奖状有"五好战士""先进学员""卫生系统标兵",三排,十二张。

然而,新娘在部队学过这方面的技术,她让新郎到西街头药店买了点什么回来,放在脸盆里化开,刷在奖状的上面。等了一支烟工夫,奖状竟然全都完好无损地扯了下来。达琛姆妈看得稀奇极了,新郎只在边上微微颔首。新娘从椅子上跳下,蹲在地上,细细地抚摸起这些奖状。

她说,要把书和奖状全带到部队去,给奖状做几个相框,挂在墙上,留给孩子看——达琛妈妈早知道,自己将要做祖母了,听了这话,自然笑得更欢。

当然,她再没有提起戒指的事。这东西算是老古董,这会儿不太合适。什么时候给,不都是一样的吗?这话是达琛妈妈悄悄说给我母亲时,被我旁边听到的。

五

达琛妈妈有几把绒线针,长短粗细,乃至环形的,要什么有什么,还用橡皮筋扎紧,藏在窗下的房桌抽屉里。

粗的钢针天蓝色,头部磨去了表面的油漆,精光闪亮。达琛妈妈嫌它析出来的金属脏了毛线,不太使用。短钢针有点奇怪,因为我那时经常在中街的大百货柜台前巡视,从没见过这样的。想来,是达琛妈妈年轻时去上海买的——她后来经常去扬州大儿子的部队,几乎没去过上海。

毛线黑色居多。粗的织外套,开衫,斜无领。七针平针,一针上下针,组成竖条纹,这个不难。难的是口袋,高低左右,都有讲究。毛线紧凑时,达琛妈妈用颜色相近的旧线织口袋的底片,然后用同样在百货店找不到的毛线专用针缝上去。达琛妈妈在这个口袋放钥匙、手帕,不会耷拉,也不会鼓鼓的。

最难的是那条斜襟——针脚的密度不一样。正身织成,长长的沿襟也好了,缝合起来,经常会高低不平,长短不齐。达琛姆妈缝了拆,拆了缝。有时干脆把整条沿襟拆了,换一号针重新来过。她说,怎么着也是织的时间短,穿的时间长,平平整整,才舒服呀。

外套穿旧,拆了,编织成内衣。让我绷线,常常会看到一截磨损得很细的。她赶紧用手边放着的断头线黏附上去。有时,则在编织之时添加进去。达琛姆妈说,这里面的衣裳,只要舒服就是,新旧无所谓啦。她把内衣织成中领,衬在中式棉袄的小竖领里面,服帖,秀雅。

达琛姆妈织毛衣的动作轻巧,速度很快。中饭后进去,才见她起了头,傍晚放学,却见到已经成了一大截。我惊奇地问达琛姆妈,为什么这样快?达琛姆妈坐在小竹椅上,目光透过偏低老花眼镜片,看定了我说,这做生活(活计)的道理和你读书一样,也需要坐功。

是呀,达琛姆妈除了埠头洗衣和上街买菜,从来不到墙门外闲待一刻,也不随意到别人家走动。对此,达琛姆妈有个说法,一家管得一家事,管人闲事是非多。是的,我从小到大,她好像从没进过我家的门。有事,也是站在我家门口的石头踏脚上说,说完就走。

达琛姆妈唯一的嗜好是看戏。她不只喜欢听广播里的越剧《红楼梦》,大儿子的奖状旁边,还贴着黛玉葬花的剧照。万安桥旁边的六房晒场做戏,她早早背了厨房里的独人高凳去看,而且,总要看到戏文散场,戏文班子落台,台前成了一块白地,她才背着高凳回家。

看过戏的达琛姆妈,总会变得和平时不太一样。神色开朗了,声音响亮了,连忙进忙出的脚步也轻快了很多。达琛姆妈感叹道,哎呀,知道这戏文只是做给人头看看的,但还是喜欢啊。于是,她就给我讲戏——虽然,她看的是样板戏,但给我讲的总是老戏。

达琛姆妈讲《盘夫》最生动,经常连唱带做表演。"哎呀,官人呀官人——"她正襟危坐,念了这句女声,马上又是下一句男声:"哎呀,冤家呀冤家——"故事很长,达琛姆妈从来没有讲完过,但我记住了严兰贞是个温柔善良的女性,她父亲叫严世藩,祖父严嵩是个奸臣。

凑巧的是,后来我听到一个说法,当年严嵩为了巴结谢阁老,特意拜谢阁老的妻子徐氏为干妈。徐氏生日,严嵩造了一座高楼作为贺礼——这高楼,竟然就是达琛姆妈的娘家二房厅。当然,这仅仅是传说,达琛姆妈唱这戏时,也不知道有这渊源。但是,谢阁老从属于谢氏十八房的第二房,是有史书记载的。

我读初中一年级时,父亲给我买了一斤红色毛线。托人从东北带来时,我上街买了竹针,回家缠好了线团,赶忙让达琛姆妈教我。达琛姆妈拿出砂纸为我磨滑了竹针,再拿出一副细针给我起了头,让我自己织上下针,说两寸够了。两寸织完,又教我放十双。然后平针,直到正身完成,再教前身后片。

有了冠冕堂皇的理由,我可以长时间坐在达琛姆妈家。此时,我已经读了点故事书,就卖弄给达琛妈妈听。《田螺姑娘》,是德哥家小人书里看到的,达琛妈妈最喜欢。可能田螺姑娘和古戏里的一个小姐有相似之处,达琛妈妈忽然给我讲了一出戏。题目情节忘记了,只记得她讲得非常投入。有段唱词,全是"我为他"。

唱这戏时,达琛妈妈和平时变得更加不同。她关了墙门,是怕路人听到吧。而且唱得很轻、很柔,好像在倾诉,又好像在哽咽。她说,共计有十八个"我为他",年轻时都记得,如今只会这些了。

六

达琛妈妈的小儿子达琛顶职去上海后,达琛父亲回了小镇。达琛父亲脸型略长,连鬓胡子花白,上牙有点外斜。他戴着白边眼镜,据说是上海铝厂的会计。声音很响,不高兴时,会露出"察奈"这样的上海牌。我叫他达琛爹,他听了总是默然,好像从来没有答应过一声。

其实,他每年回家一次,在过年的时候。那时,达琛妈妈每天大清早起床,出市买来鱼肉虾蟹,然后装煤饼炉,洗衣服。每到十点半,她就烧出满满一桌,让达琛爹先吃。达琛爹独自坐在小桌的朝南位上,剥虾壳蟹脚,斟锡壶里的热老酒,还听收音机,一副优哉游哉的模样。可能菜肴太多,也可能达琛爹人高马大,他坐下后,小方桌竟然显得小了。

这个时候的达琛妈妈,话比平时少,声音也轻。她忙进忙出,看达琛爹的酒差不多了,才盛两碗米饭出来。一碗送给达琛爹,自己侧着身子,匆匆扒拉另一碗。达琛爹不说一句话,接过饭碗,默默吃饭。男人在外面赚了钞票供养自己,女人都必须这样小心伺候的吗?实在不懂。

达琛爹一般住半个月,过了正月初八,就回上海去。也有初五六提前走的,只没有推迟过。他拎一个虎黄的旅行包,坐万安桥码头的汽油船去马渚,再在马渚坐火车去上海。达琛爹回去后,达琛姆妈才收拾起平时不舍得用的碗盏。一个个用报纸包了,藏进菜橱的最高层。然后,仍旧坐在里屋的门口,做鞋结绒线。

然而,自从达琛爹退休回家,这个相敬如宾的模样就难以维持了。开始,两人不断嘀咕,气氛变得沉闷,连我也不敢再去。后来,传出达琛爹的粗重嗓门,却不闻达琛姆妈的声音。再后来,好几次听到碗盏摔在石板地上的声音,"哐零零","哐零零"。我好像听到了小孩哭泣的声音——是不是碗上那两个扫地担水的小孩呢?还是没有达琛姆妈的声音。

最后一次最响,"嘭——"墙壁上瓷器开花的声音。随之,才是达琛姆妈的几声尖叫,凄厉、愤懑、恐惧、绝望。我母亲赶了过去,却敲不开外面的墙门。叫来蔡元房的二妈,二妈见到达琛姆妈满头满脸的血,吓得大叫,出人命啦。这时,达琛姆妈二房厅的娘家人也听闻消息赶了过来,送达琛姆妈去医院,才知道鼻梁断裂了。

这时,街坊邻居都说,夫妻吵架的有,老了,还差点伤了性命的,古时也少见。又说,是不是这老人,年轻时外面就有人的呢,

东河沿人家

出手这样狠毒？也有人说，男人喝酒误事，不能让他胡乱喝酒。然而，喝酒也好，外面找女人也好，都不是家里的女人能左右，尤其是仰仗丈夫供养的达琛妈妈。

过了好些日子，达琛妈妈出来了。鼻梁还贴着纱布，脸上布满血痕。埠头上，有不知情的女人，贸然问她，鼻梁怎么了？达琛妈妈低下头，好一阵不回答。如果旁边有熟人，会牵一牵问者的衣袖。看四下无别人，达琛妈妈就回答，走路不小心，摔了一跤。

她还是默默地，买菜烧饭洗衣服。不同的是，她把烧好的饭菜分成了两桌。她在里面的灶桌吃，达琛爹还是在外面的小桌。本来就是达琛爹吃完，她再吃点剩的，这又有什么区别呢？然而，达琛妈妈好像满意了，因为此刻，她住到了后面的小屋，算是和丈夫分家了。

第二年，达琛爹得了重病，去上海治疗过，最终还是去世了，葬在沙堰头泥水爷爷也在的地方。对于这样的丈夫过世，达琛妈妈当时悲伤吗？三个孩子，怎么看待自己父亲的呢？东河沿人家，后来又怎么评论这老两口呢？统统不知，因为那时我已经外出读书。

然而，达琛妈妈也病了，越来越沉默，最后成了痴呆。如果命运真会和人开玩笑，我见的人中，第一个便是达琛妈妈——达琛妈妈，不是东河沿最聪明的女人吗？最后却成了这样……我几次去探望，她的情况一次比一次差。开始还能自己吃饭，后来，却是什么都要人帮着。自然，也认不出人了。

女儿照看不过来,请了一个沈姓阿姨。这个阿姨人小,力气却大,能抱着达琛妈妈行动。阿姨说,达琛妈妈并没有完全失去意识,不过是不想理人罢了。吃饭前必须给她洗手,饭后也须洗脸。就连大小便后,也要用热水给她洗过。稍有马虎,她就会流眼泪哭。

后来,我母亲右腿骨折,也请了阿姨。我家阿姨动了个好脑筋,天井的墙上牵根绳子,绳的那端挂个小铜铃。阿姨外出,或者休假,让我母亲拉这根绳子,沈阿姨听到铃声,赶忙过来。沈阿姨说,达琛妈妈非常喜欢这个铃声,每次听到,都会咧嘴一笑。

听到这话,我想起了小时候听外婆讲《孟姜女》的事——曾经期待过这堵矮墙上长满了南瓜藤、丝瓜花和扁豆节,一个南瓜特别大,我就是从这个南瓜里剖出来的女孩。然而,已经被大家认定痴呆了的达琛妈妈,为什么也喜欢这个铃声呢?也是不懂呀。

十几年前的一个黄昏,姐姐来电话告知,达琛妈妈过世了。我立马赶过去,到时香烛店已经打烊,没买到花圈之类。那天晚上,达琛妈妈家灯火通明,墙门和里面的大门、板壁全拆卸了。我深深祭拜,眼泪似断线的珍珠,纷纷落下。那一瞬间,所有小时候的记忆都回到了眼前,那样清晰,又那样茫远。

达琛妈妈,再也听不到她喜欢的铃声了。

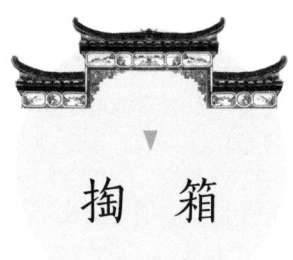

掏 箱

"快去,快去!墙门头宋大妈家掏箱了!嫁妆真好,绸缎棉被,樟木箱子,这一年四季的衣服数也数不清……哎呀,到底是杭州工人,讨的老婆到底不一样!"听到河埠头有人这样喊,我匆匆赶往墙门头。

宋大妈家正对三房的石板道地,朝西两间。右间花雕木门,前堂后灶。左间花格子窗,前节是新房,后节住了宋大妈夫妇。此刻,堂前间里三层外三层,连门槛上也站满了人。大家踮着脚尖,伸长脖子,围着一只敞开着的衣箱。我只能站在门槛外,从人缝里往里张望。

这掏箱是小镇人家娶媳妇的程序之一。嫁妆在结婚的前一天上午发过来,摆在堂前供左邻右舍参观评赏。吃中饭时,堂前间要请帮忙师傅吃饭,大多数嫁妆搬进了新房,单留着两只箱子,靠在墙边。午后,才由家族里手脚完全(一般指夫妻齐全)的妇人掏箱。

给宋大妈家掏箱的,是她的大媳妇。大媳妇住在水路头,平时少来,只常派儿子女儿来探望老人。此时,她接受婆婆的指派,正从箱子里一件件捧出新衣,嘴里念念有词:"二十七,二十八……大家给我记着,已经几件了。我脑子不清,要数错的啦。"

"你话头这样多啦!快点拿出来嘛,我们帮你数着。四十二,四十三。噢,这个新娘子的第一箱就这么多。这些衣裳,她可以穿一世啦,还用做新的啊?高点,捧得高点,后面的人看不到啦!"这些被大家啧啧称赞的衣服,被折叠成四方形,用红色丝线缔住了上面的两个角,掏箱人高高擎着,也不会散开来。

这会儿已经掏到第二只箱子,而且只剩下底部的粗布布匹。别看这些粗布,大多数都是新娘还拖着鼻涕的时候,由她的母亲慢慢积攒的——小镇有养囡养强盗之说——也有从母亲的老箱子里摸出来凑数的。这些粗布大多数是白色底子、红蓝条纹格子,做被夹里用;也有灰黑底子、红白细线镶嵌着的,日后做孩子衣服用。

"坤民大嫂,这布有八匹,我已经数清楚了,不用再拿出来了。我们想看新娘子的压箱钱,压箱钱多少啦?"说话的妇人不但嘴快,好奇心也特别强。其实,她该知道,这一般人家掏箱,只看衣裳多少,而不兴拆压箱红包的。于是,这掏箱的大媳妇为难了。红包自然在第二只箱子的粗布下面,她已经看到隐隐的一个角了。

"婆婆,快来!她们要看压箱钱,要不要拆开来看看?"水路头媳妇碍于大家的情面,回头请示婆婆。

东河沿人家

"拆开来吧！有什么大不了的。独养囡，又收了我两百八十块盘礼，就看看她的底细。"宋大妈矮小结实，鼻子高，眼睛大，经常摇着芭蕉扇来我家，和我外婆聊天。

"噢……"红包打开，大家的声音轻了下去——压箱钱不如预料，和箱子里花团锦簇的衣服也不相称。有人嘀咕，这么多衣服是不是借来充数的呢？当时确实有借来衣服装进箱子里，然后让女儿带回娘家，再还给人家的。

宋大妈的脸搁不住，沉了下去。她和老伴，把这个小儿子培养到高中毕业，又送去杭州钢铁厂上班，只因为儿子老实，自己不会在杭州找对象，他们才在水阁周定了媳妇，说是殷实人家。介绍人说，女方曾经答应，既然嫁给了杭州工人，就是砸锅卖铁，也一定嫁好这个女儿。

水阁周和小镇只隔了三里路，这掏箱拆了压箱红包的事情，早传了过去。新娘家的人，都皱着眉头嗒咪道，这杭州工人难道嫁错了吗？这满箱子的衣服还不够，还拆压箱红包。哼！新娘的几个兄弟更加不耐烦，这工人还不是赚钱吃饭，有什么稀奇的！新娘听了，早已经哭了。

第二天就是大喜的日子。从水阁周过来，不用乘船，走旱路就成，穿过国道线到大会堂，大会堂往南就是蔡元房晒场。新娘子还没到，墙门头早已经人头攒动，全是来瞧热闹的。新娘果然好模样，适中身材，后背拖着两条大辫子。然而，她的眼睛红肿着，到这会儿好像还在流泪。

凡是出嫁的女儿,一定在跨出门槛的那刻,和母亲相拥而泣。父母生养自己不易,此去就是别人家的人,这离别之痛,不但是仪式,实在是人之常情。然而,这新娘的哭又有点特别,已经到了墙门头,马上就拜堂成亲,你还哭什么?宋大妈皱着眉头,说不出话。

"一鞠躬,拜毛主席像……二鞠躬,拜父母……三鞠躬,夫妻对拜!"还是在那个堂前,完成了拜堂仪式。唱喏的是大队书记,他花白胡子,嗓子哑得像雄鸭丘(没骟过的雄鸭)。完成了这程序,他就歇在一旁,单等着喝喜酒——他这样白吃人家,背后总被人嘀咕,而他全当耳边风,装作不知道。

新郎牵着红绸,把新娘引入新房。新房里摆满了新嫁妆,容不下很多人。人们来到外面,贴着玻璃窗,看里面的夫妻坐床。坐床,看似简单,其实也有讲究。宋大妈头天晚上就对坤民说,坐床时一定要坐正中(把新娘挤到床边,她以后的地位就低)。

然而,坤民看着新娘哭得又红又肿的眼睛,心疼还来不及,早忘记了和她抢权力这事。宋大妈又不高兴,人家讨媳妇眉开眼笑,而她一再皱眉。此事又有谁告诉了介绍人,介绍人又偷偷告诉了迟一步就到的舅爷。介绍人的本意,是让舅爷心中有数,行事小心一点。

这舅爷是新娘的兄弟,他们在这天比任何人都贵气——新娘才刚出生,兄弟若欺负她,必有大人告诉他,将来你要坐她的朝南位去,对她要好一点哦!也有舅爷把这天的酒桌掀翻的,目的是为新娘撑腰,你婆家如果敢欺负我家姐妹,看,这个才是开头。所以,小镇妇人和丈夫生气了,有句话是,你是看我娘家无人呀!当然,结婚人家多,这样的事情却少,和为贵嘛!

然而,这天的酒席上,坤民的舅爷果真把酒桌给掀翻了。导火线肯定是席间的招待不周,比如点心不够可口,擦脸毛巾不够热乎,但真实的原因,当然是头天掏箱的拆红包。他们在家里有父母压制着,不好使性子,这会儿将在外,父母之命暂且不受,就借着酒劲,大闹了一场。

"舅爷桌掀翻了!"又有人匆匆报告。噢,这可是难得见到的,快去快去。左邻右舍,路上行人,甚至埠头上的女人们,都站到墙门头穿堂,远远地看热闹。果然,八仙桌已经倒在地上,饭菜倒了一地,几个穿得漂亮的后生家站在一旁,怒气冲冲的。宋大妈讲着好话,新郎坤民站在一边皱着眉头,新娘子正哭着恳求兄弟们,别闹了,回头父母要骂的。

这几个舅爷本来就是乘着酒性吵闹,如今看到亲家母求情、妹妹哭,才知道闯下了大祸。很快,为首的老大挥了挥手说:"我们不吃饭了,赶紧走吧!"这下,新娘哭得更加伤心,拉住兄弟的袖子,说:"这是我家的第一餐饭,怎么可以不吃完就走呢?"亲眷朋友也纷纷上前劝解,舅爷们才答应留下来。

晚上洞房之时,新娘还是哭个不停。新郎坤民无可奈何,叹了口气说:"你怎么像林妹妹,总也哭不完的呀!"因为新郎的这声林妹妹,日后大家都跟着这样叫她,再没有人记得她本名了。

碎　瓷

　　隔着神堂,和秋姐家对门的,是芷君姐姐家。不过,秋姐家的正门朝南,而芷君姐姐家无正门,只有神堂沿廊下一个出口。和三房的其他人家不同,她家是楼房。东西朝向,门内一个不足两米宽的天井;围墙很高,超过了神堂屋顶,骑马形状,墙面斑驳陆离,有些年头了。

　　其实,这房子是蔡元房西厢房,不知何故,她家不从蔡元房出入,而走了三房。据镇志记载,三房的历史起于明朝,而蔡元房建于清代中期。如此,或者能够推测,这蔡元房的主人谢蔡元,本来就是三房子孙,不过他发达了就另立门户,依着三房的东北角,建造了一座闻名后世的高楼。

　　这不,芷君姐姐家的南边,原有一条条石步道通向蔡元房,此时用一道断砖矮墙,把三房和蔡元房分隔了。如果能找到三房族谱，或者能证明芷君姐姐家的血缘和谢蔡元隔得不远——她的哥哥叫宗义，而蔡元房漪婆的弟弟叫宗仁，同着一个"宗"，该是族里的平辈。

这芷君姐姐家，虽然是楼房，但出入门户改变后，成了闷屁股屋——没有后门采光通风。而且，天井里面的靠南第一间，是别姓人家——那家从蔡元房出入——她的家在里面。就是说，她家只有天井里的那线光可照个亮。于是，即使白天，她家也同洞穴一般，黑咕隆咚的。

然而，芷君姐姐、她的瘦小白皙的母亲、她的眼睛鼓鼓的哥哥，经常在这天井里干活——绩麻。她哥哥把麻片放进缸里，泡软。芷君姐姐戴着手套，剥离麻片表面的纤体，撕开，晾干。她母亲把它们纺成细细的麻绳，再由她哥哥绕成一卷一卷。

这样的麻绳，商店里用得到。副食品店，用它扎纸包。其他店铺的小件货物，也用它紧固。西街头的药铺，细麻绳的用量最大。柜台角落，搁着这中空的绳团，线头吊在半空。配药的人，从这个抽屉抓到那个抽屉，忙手忙脚一阵，然后把药包对折起来，用这绳包扎。他们不用剪刀，用手转几下，"啪"，绳就断了。

芷君姐姐的老父亲就在这药店上班，但他不在柜台前，而在里面的办公室。这个老人留过洋，学过医，吹拉弹唱，会的东西不少，但他学成之后听了父母的，回家娶妻生子，继承了家业——不但开着这家药铺，另外还监管着家里田地的账目。于是，土改定了他地主，公私合营又把药店给收了。

还好,他懂疑难杂症的药方,药店还是留用了他。后来,药店领导看他家日子难过,就把绩麻这事照顾给了他。那时,我每天看到他戴着眼镜,佝偻着身子,经过我家上班去。我爷爷执旧礼叫他寅店王(从前,小镇的有钱人都叫店王),他总是微微颔首,好像答应了,又好像没答应。

芷君姐姐的身量比她母亲高,五官也漂亮。她圆脸,方额,两根辫子,眼睛大,眼珠带点棕黄。和她家人的沉默寡言不同,芷君姐姐开朗大方,说话声音响亮。她比我大十多岁,本做不成伴,但我喜欢看她家绩麻。去过几次后,她来我家埠头,总是先招呼我,非常亲热。

芷君姐姐洗衣,比一般人仔细。在我家埠头的东边石板上,她格外用力地刷衣,而她的衣服大多数是花布,又穿得干净。"唰、唰",好像她有使不完的力气,需要在这件衣服上使出来。刷完还不够,她要在石板上搓;搓完,再到埠头漂洗。漂洗,她还有套固定的程序。

一件短袖运动衫,她分四个边洗。每边,她又分成左中右三段,每段搓三下。换个边,还是分三段,搓三下。洗完四边,"啪嗒",把衣服翻过来,复制一遍刚才的动作。最后,把里面翻出来,在水面拍打几下,才算大功告成 —— 这是我跪在窗口的高背竹椅上,经常看到的。

这还没完。她回家就背出比别人家粗重得多的三脚棚——竹竿两端打磨得光光的,上部有机器打出的眼子,用一根精细的

东河沿人家

藤条扎紧——这是她家旧物,真是百足之虫死而不僵。搭好晾竿,只晒她的几件衣服。一般人家讲究衣服的收晒时间,不会让一件洋布衣服这样暴晒。芷君姐姐却说,衣服需要消毒,还不让她母亲早点收进。

一天,她家门口的沿廊下,出现了两个小字,还用一个叉叉上。因为这两个字特殊,可以视作性质严重的标语。我看到过这两个字,粗铅笔写的,看到吓了一跳——听说过这样的标语被公安局立案的话,可是不得了的事情。说实话,我那时想去报案,但不知道向哪里报,便溜回了家。

第二天,阿楼伯伯站在墙门头说了许多话,我心里有鬼似的,竟然不敢走拢去听。此时,三房里的人,个个面如土色,如惊弓之鸟,怕惹祸到自己身上。芷君姐姐家,更不用说了。她家本是地主,如今标语(虽然是半条)又写在她家门口,嫌疑不是最大吗?

果然,居委叫去了寅店王,如此这般盘问一番。寅店王到底吃过洋墨水,这点风浪还经受得起。他一五一十地汇报了自己家的情况,居委主任奈何不得,想放了他。然而,小镇的什么小组听闻了这件事,把他关了几天。虽然最后不了了之,但他回到家,芷君姐姐已经出了状况。

她开始也不过和大家一样有点惊慌,但老父亲被叫进去后,她就吃不下饭,睡不着觉。她怕父亲再也回不了家,也怕抓了另外的家人去,更怕自己被牵连进去。于是,她把家里的老东西烧的烧、砸的砸,她母亲哭着哀求,也阻止不了。这时,三房里的人都说寅店王的小女儿疯了。

真的疯了吗？没人知道。她家南边矮墙下的草丛里，我倒真看到过一堆碎瓷。青花瓷壶、五彩盖碗，都成了碎片。有个绿莹莹的瓷瓶高及五寸，只缺了个边上的小口。我把它捡回家，放在板壁前用来插花。第二天，它就莫名其妙地消失了，也不见有人向我说明：为什么不能用它插花，或者它去哪里了。

我看到过三房里的人，站在青石板道地上，对着芷君姐姐家指指点点，说她又犯病了。确实很久不见她，然而出来，却见她依然满面笑容，亲热地招呼我。有人说，她生过这样的病，自己并不知道呢！真的是这样吗？我疑惑地看着芷君姐姐，她似乎显得更加神秘了。

后来听说，她家当时合营了去的店铺，作价赔偿了。该有很多钱吧！并不清楚。但是，此后的芷君姐姐和她哥哥宗义，都进了社办厂。她哥哥还结了婚，对象是个高高的农村姑娘。她嫂子接连生了两个女儿，空时还和婆婆一起绩麻。只是，芷君姐姐的终身大事耽搁了下来，直到三十好几，还是没有嫁出去。

过了不少年，芷君姐姐终于结婚了。对方四十多岁，是个退伍军人，穿着褪色的军装，好像外地的，做小生意，发妻过世，孩子都大了。他们住在中街的小弄堂里，我偶然看到过芷君姐姐——她正在小天井里晒衣服。芷君姐姐见到我，邀请我进去坐坐，依然亲热。

我没见到过她和丈夫走在一起，也没听到过她丈夫的声音，虽然经常走过他做生意的摊位前。但是,芷君姐姐的父亲寅店王过世时,他却最出力,里外操持,晚上代替芷君姐姐守灵,处处以孝子自居。

芷君姐姐没有生养,到老,她板正的身材也没走样。

面店里的两个光棍伯伯

达琛妈妈家东隔壁,开着一家面店。面店里住着两个光棍伯伯,一个叫阿基伯伯,一个叫润泰伯伯。

面店两间,出入门户和我家相仿,独门,旁边排门。不同的是,我家的排门八扇,上下各四扇。他们只有上面的四扇,而且半新不旧。排门下面,是带槽的实心墙。天气阴晴不定时,阿基伯伯把晒面的案匾搁在上面——晒在外面,如果突然下雨,会淋糊了面条。

阿基伯伯是个六十来岁的老人,可能不到这个岁数——我当时还小,总是估不清楚大人的年纪。他矮小结实,手脚灵活,把不多的头发往后梳着,露出发根之间亮闪闪的头皮。眼睛黑而圆,转动灵活。脸膛红黑油亮,连耳朵脖子都是赭红颜色,东河沿人叫他黑皮阿基。

东河沿人家

阿基伯伯天没亮就起床。他要在街坊邻居起床之前打好面条，好让人买去做早饭，虽然这样的人家不多——时人水泡饭居多，也有头天晚上灰缸煨粥的。他有个广口小缸，用来和面。打面机靠着迎门的腰壁，靠手柄转动的力量，打好第一批面条。

家里有客人的，用一碗清水面条，加半调羹熟油，算是上好的招待。也有犯了胃病的，烧碗面顺肠。我嫂子怀孕后，不喜欢汤食，只喜欢干的。大清早烧米饭不是理吧，母亲就买了阿基伯伯的潮面，让爷爷煮透，捞起，拌上酱油、熟菜油、味精，再加一把葱花。面条香气扑鼻，看得我垂涎欲滴。

我扒了水泡饭读书去，走过阿基伯伯的面店。此时，阿基伯伯已经在门口晒出了面条。木头做的晒面架子，形状很像后来的不锈钢晾衣架。架子上端的两根横木上，里外钉有整排的木头钉，面条就挂在木钉上。刚刚从打面机出来的面条，散发出生面粉的清香，还有点涩涩的碱味。

太阳从石洞门口的树梢上斜射过来，面条变成了金黄的颜色。清风从河上吹过来，面条轻轻摆动，像春天里的柳条。风大的时候，阿基伯伯怕面条掉到地上不干净，就在架子底下铺一层报纸。这样，即使是捡拾起来的面条，他也可以当作断面贱卖给人，或者自己吃。

中午放学，我看到那些面条成了白色，笔直笔直的。阿基伯伯在几个面架子底下钻进钻出，他在收面。干面极脆，稍不小心就断了。阿基伯伯轻手轻脚地从木钉上脱下长面，向上弯着身体，高举着面条,小心翼翼地放在案板上。再用那把总是沾有干面粉的薄刀切,"咔嚓、咔嚓",一长条挂面成了五六段。再过秤,用报纸包好,放进带盖的细篾竹箩。这是他的第二拨面条。

生意好的时候,中饭后阿基伯伯打第三拨面。我上学经过,喜欢进去看看。这次的面粉少,他只在铝面盆里和面。阿基伯伯往盆里洒点水,面粉竖立起来,形状像雪花。阿基伯伯使劲揉搓,铝盆跟着他的手,在面板上跳舞,发出"啪嗒、啪嗒"的声音。直到面团不再粘盆,也不再粘阿基伯伯的手,才把它放进打面机上部的斗里。

这个斗连着滚轴,滚轴的下面是一条木头槽。阿基伯伯摇动手柄,滚筒转动,面片跟着滚筒飞奔而出,这是粗片。这片太厚,也不均匀,必须再次放进斗里,继续碾压。直到厚薄均匀,阿基伯伯才拉出一条带齿的横档。这下,出来的才是面条。

面条宽窄均匀,整齐划一地从滚筒里飞泻而出,让我看得眼花缭乱。阿基伯伯摇得手酸,有时转过身,用左手摇。他怕我们小孩子摸他的面条,即使背着身体,也张着那只空着的手,挡住我们。这个时候的阿基伯伯眯缝着眼睛,好像沉浸在无比快乐的享受之中。

阿基伯伯整天忙碌,到傍晚才空闲起来。他搬个小矮桌到河沿,桌上有水煮小白虾、凉拌豆芽。这些平常。不平常的是,油炒花生米、一碗黄酒。阿基伯伯赤膊坐在河沿上,话也多起来。喝得高兴了,他会分几颗花生米给孩子们,因此他的小桌旁总是

东河沿人家

很热闹。

此时,田里的农人刚刚回家,看到阿基伯伯这样悠闲,不无嫉妒地说:"一个人,活神仙,生起病来叫皇天。"阿基伯伯不恼,继续喝酒。不久,他的脸更加红了,说话也结巴起来。有个和他熟络的男人说:"还不快点,迟到要挨骂的。"阿基伯伯这才喝完了酒,装上排门,出门而去。阿基伯伯什么时候回来的呢?没有人知道。

阿基伯伯还没出门,就来了拎着一个夜壶的润泰伯伯。面店的里间,有两张桥铺床。朝北的那张,是阿基伯伯的,蚊帐洁白。朝南的这张,是润泰伯伯的,帐布陈旧、灰不溜秋。润泰伯伯把夜壶放在床底下,低头从门里出来,踱着慢步,来埠头洗澡。

这润泰伯伯的年纪,和阿基伯伯不相上下。而且,他的脸更黑,黑得像乌金子。众人既然叫阿基伯伯为黑皮阿基,按理,润泰伯伯该叫黑皮润泰吧。然而,东河沿人给人起绰号的讲究是抓最突出的特点——因为润泰伯伯长,长到进面店必须弯腰低头,所以叫他长脚润泰。

润泰伯伯可真是长,他从面店过来,不需要几步,就到了我家埠头。看埠头人多,他就退后几步,靠在我家排门上。哎,润泰伯伯的头,竟然抵近了我家屋檐,他的长腿几乎和我家排门一样高呢!他来洗澡时,我已经吃完饭坐河边乘凉了,如果想看清楚他的脸,还必须抬起头来。

润泰伯伯有黑色的八角胡子,头发浓密杂乱,向上冲着。他鼻梁很高,左脸有颗大痣,眼睛很大,黑白分明。可能,他本来不是很黑，只是因为这双黑白分明的大眼睛，才让人误以为脸黑了。而且，润泰伯伯的眼睛常常呆滞着，一动也不动，让我想到长年和他做伴的那条老牛，感觉怕怕的。

润泰伯伯和秋姐一样，属于一小队。不知道是因为他的技术娴熟，还是因为他人高马大，生产队长指派他经管着一头老牛。后来，这头老牛和润泰伯伯有了感情，被别的人驾驭，它总是使性子，唯有润泰伯伯近前，它才服服帖帖。于是，夏收季节的润泰伯伯特别辛劳。

沉默地站了好一阵，终于轮到他了。他走下阶梯，脱下上衣，露出和外面的皮肤绝对不同的白色——原来他的黑，都是太阳晒出来的，取绰号的人真没搞错。他蹲下身子，沉浸在清凉的河水里——看到岸上还站着这么多人，他总是很快上岸，站在埠头石阶上擦干身体。然后回家，搬出一把竹椅，默默坐在河岸上乘凉。

润泰伯伯排行为大，下面还有两个弟弟。他的老母，和他的小弟住在蔡元房路东的三间瓦屋里。他白天在田里干活，三餐饭寄在小弟家。吃过晚饭，他才拎着那个夜壶，到面店来睡觉——别把这个夜壶看得太简单，如果他不拎到小弟家去，可能会被人指责为败家。

润泰伯伯的老母，是一个把白头发盘成圆髻的老人，每天端着米淘箩来埠头，仔细挑出米箩里的谷粒。她喜欢和我说话，但是我怕她，因为她有一身白斑——头上、脸上、眼皮上，连手指上,都是一块块瘢痕。一天晚上,我去蔡元房找兰芳玩,冷不防看到路灯下走动的她,拔腿就往家跑。

润泰伯伯的小弟媳,是一个鹅蛋脸的女人。她眼睛很大,说话爽朗,生了三个儿子,每天拎着他们的衣服来洗。好好的,这个妇人竟然得了大病。和小镇的大多数病人一样,她去了杭州半山治疗。记得她手术后还到埠头来过,不出几个月,还是不治。这年年底,润泰伯伯的老母也身亡,这个家只剩下大小五个男人。

这时,我才听大人说,润泰伯伯原先娶过老婆。只因为女人没有生养,就按照老母的意思,一张纸把她休了。这个老婆模样好,脾气和顺,和润泰伯伯成亲后,从没红过脸。被棒打鸳鸯后,那个女人还来找过润泰伯伯。润泰伯伯本来没嫌弃过老婆,因此,两个人或明或暗地来往了一阵子。

然而,润泰伯伯的老母不答应。她听到风声后,搬到润泰伯伯这里同住了起来。那个女人听闻消息,断了心念,另外嫁了出去。后来,润泰伯伯的老母到处托人找媳妇,但因为他家对待前妻这样薄情,就再没女人愿意嫁给润泰伯伯。多年以后,他们就把房子分租给了开面店的阿基伯伯。

阿基伯伯日渐苍老,再摇不动打面机的手柄,买了一台新打面机放在进门处。这新的打面机是电动的,人们就说,机器打的面条不好吃。大人还怕两条外露的电动皮带危险,不再允许我们小孩子去凑热闹。面店从此冷冷清清,阿基伯伯只好关门歇业。

阿基伯伯真是个奇怪的人。他开面店时,谈笑风生,引得大人小孩一堆一堆的。他的关门,悄无声息。只看到他把机器拆了,把和面的小缸搬走了。最后,一个白脸的妇人来挑了他的被铺行李去了。就此,阿基伯伯消失在东河沿,再没回来过。

润泰伯伯呢,自从阿基伯伯搬走后,他对我们孩子竟然变得和善了许多。夏天的晚上,他和人聊天的声音,隔了几间屋,我也常听到。原来,润泰伯伯说起话来这样响亮。有人说,看到过他之前的老婆了。这是真的吗?润泰伯伯的笑,就是因为他的前妻来过了吗?不得而知。

从此以后,润泰伯伯高大的身体移动过来,我不再那么害怕。这阿基伯伯到底去了哪里,大人好像从来没提起过,唯有我们小孩子还时常惦记着他。

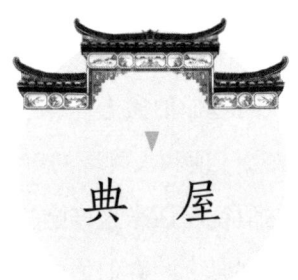

典 屋

我家原先是楼房,在藕荷弄西边的会元墙门里(清朝武科会试第一,称作"会元")。但是,它在我出生之前就被著名的"八一台风"刮倒,因此,我不但没住过,而且连"你们都住过楼房,而独独少了我"这样的怨恨之话也无从说起。

更加难以想象的是,台风到来时,整个小镇如何被扫荡肆虐,我的爷爷(其实是外公,而且是养外公)、外婆和父母又如何惊慌失措。"哗啦啦"似大厦倾,这话说说容易,真的轮到自己家,可就是灭顶之灾呀!爷爷,你当时奋力保护着什么?外婆,你一定紧紧抱着刚满两岁的姐姐吧。父母,作为上有老下有小的中年人,你们有没有感到厄难来临了呢?

然而,大人们好像忘记了这件事情,从来也没向我述说过。他们只在说别的事时,顺口提到那年的台风把石洞门口的石洞吹倒了。据查找资料知悉，这石洞是咸丰十一年，为防备太平军从南路进攻小镇，用巨石垒成的。连它也倒了，小镇民居的倒塌，当是不计其数。到底几家呢？没有记载。

可以设想的是，台风过后，从废墟里挖掘可资生活的物件，哪怕是一件旧衣服，都成了宝贝。至于某个角落，还存留着一个还完整的瓷碟，自然成了一时的惊喜。留下最多的是木料——横梁、直柱、椽子、楼板，拿它们怎么办呢？一家人商量后，决定让父亲把它们运去上海。上海有两个舅舅，想来总有办法把这些换成现钱。

母亲也没闲着，她在找新的住处。没积蓄的家，造新房想也甭想，拼拼凑凑买几间偏远的旧房倒还可以，只是需要搬到别处去住。这个不合适，不说人总喜欢熟悉的环境，就是当时的田畈，同一生产队的社员，都住在附近呀！最后她看中了三房西南角上的两间半平屋，房东在上海，祖上留下的物业，也不卖掉，只愿意出典。

不知道具体经过究竟如何，最终商定的是，典住三年，典价三千六百斤稻谷。典契藏在父亲床前房桌的抽屉肚里，我看不懂字的时候，就偷偷拿出来玩。读了书才知道，房东姓谢，是三房的子孙；介绍人是房东的弟弟，我们生产队副队长；还有当时的大队书记的名字，讲中大人（父母官）；还有代笔的，是一个戴眼镜的毛姓老人——我长大以后，他还在做这个义务行当。

这房子正屋两间，东邻达琛姆妈家，西边一个倒披间。中间为堂前，独门，却有个摇门。独门西边为八扇排门，上下各四扇，中部有根上下带槽的横木。必要时,可以连同独门全部卸下——当时三房的所需之物,都是从我家门前的埠头卸下,然后从这个门进来的吧。

我小时候,只开一扇排门,算是我家的窗户——爷爷早上卸下,晚上装上。窗下是一张小桌,桌子旁边有一把高背竹椅。我就跪在这把椅子上,望着路上的各色行人、埠头上男女老少,以及小河里的往来船只。可以说,那时的我,就是从这个窗口打量外面的世界。

这堂前间带四五米深的阁楼,是泥地。中间一道板壁,靠板壁放八仙桌和太师椅,爷爷和外婆带我们姐妹俩在这里吃饭。父母和哥哥在堂屋中间吃饭,在那张从窗下移过来的小桌上。小桌的饭菜全是新鲜的,大桌的碗数不少,但大多数是头天吃剩的。

板壁后面是爷爷和外婆的房间。外婆的洋床比较大,朝东。爷爷的桥铺床朝南,抵近后邻五婶家山墙——我们自己家没后包沿,雨水用一条铅流水通向外面,雨大时经常飞溅出来。房间昏暗,阁楼上的一张亮瓦是白天唯一的照明。然而,这里却是我和姐姐的乐园,因为我们跟了爷爷外婆睡在这里。

东边那间房子分为三节。南边是一个小天井,有水缸、晾竿、农具,还有扁豆和葡萄架。扁豆藤蔓到处蔓延,爬过围墙顶部,垂挂到外面。浅紫的扁豆花,结成了深紫色的果,爷爷隔天爬上高凳,摘下扁豆,让我撕不能吃的两个角和两条细筋。我却喜欢掏里面的豆,放进嘴巴嚼,一股青草味。

天井后面是父母的房间,有地板、双道花格窗,是我们家最好的房间。母亲的大床靠北,父亲的柜床靠东。我是几岁开始和母亲睡了呢?没确切印象。我只记得,有一天早晨,踏床上的鞋子漂浮到地板去了,地板外的堂前也是积水,石头门槛外全是水,再看不到河岸。据镇志记载,一九六二年的水灾厉害,整个小镇被围了很多天。据此推测,我那时四虚岁。

父母房间的后面,是一个退堂间,从爷爷的床边进出。进门有个很大的东西,外婆的寿材——她大病时给准备的。小时候,我最害怕的地方,就是这里。幸好每年都要翻出里面的衣服晒霉蒸,才使我的想象不再那么丰富。寿材顶头是哥哥的朝西竹床,动一下就"吱吱嘎嘎"响。他居然一点都不怕棺材,就这点我非常佩服他。

朝北有个门,出门就是五婶家的道地。我喜欢去五婶家,看她喂鸡,看德哥浇花,看他们家的小人书。好些书,德哥不让带回家,我就坐在这个后门口看。年哥是赤脚医生,他家后来有本《家庭实用手册》,我也坐在后门口看——父母忙着在外面挣钱,从来不教我们生活常识,我的好些学问是从这本书得来的。

长大后的我,倒真和这房子结下了不解之缘。典期三年很快到了,但房东没钱赎回——经济危机波及了大城市。他们只说让我们住着,不收房租,自然也不还三千六百斤谷钱。父母没奈何,只好住着。但是,年份长了,房子破旧不堪。外面落大雨,屋里落小雨,家里摆满了接漏水的盆盆罐罐,发出"叮叮当当"的声音。雨过天晴,家里还滑溜溜的。外婆是小脚,她一跺一跺走路,

东河沿人家

特别小心。

时光荏苒,我们这些小孩子都长大了,需要增多住房。尤其是哥哥,我们家的宝贝,已经十七八岁,母亲早在托人寻找媳妇,这婚房在哪里呢? 这时,我大约小学四年级,虽然学校里闹革命的多,学的东西少,但母亲不管这些,硬逼着我写信给房东。我参照上海舅舅写给我们的书信格式,竟然也写成了。只是,上海房东几乎从不给回信,只在给他们弟弟的信里捎个话,没钱赎回,继续住下去吧!

开始一年写几封,两年五六封。后来越写越多,因为哥哥定了对象,要结婚了呀! 母亲再三央求房东的弟弟也写封信去,这下总算讨来一个口风,说以后一定卖给我们。于是,父母决定大修,同时在西边草蓬基上盖了个草房。父母的房间腾给哥哥做新房,爷爷外婆的房间让给父母。姐姐继续跟外婆,我继续跟父母。

然而,母亲还是让我写信,说既然知道了他们的意向,就要抓紧落实。结果自然是拖。我高中毕业那年,母亲带着我和姐姐去上海,坐的棚车,一整天才到。小舅舅的家狭长,好像是另一个棚车。我整天晕乎乎的,走到弄堂口,就找不到路。上海人的极大优点,是对问路的人非常热心,会仔细告诉你怎么左转再怎么右转。

我们先去找了大的房东。那里白天开着日光灯,桌椅都很干净,比舅舅家宽一些。他看我们母女进去,没让我们坐。母亲站着说了把房子卖给我们的话,他的回答是,和他弟弟商量了再答复。于是我们继续去他弟弟家,这次我们连门都没进,在弄堂口的电线杆下说的话。他的回答是,和他哥哥商量一下。我呆呆地看着他们，觉得这些年的信都白写了。

我大一那年，家里忽然来信，说上海同意卖房子啦！真是天大的好消息，竟然有种得来全不费功夫的感觉。遗憾的是，我人在外面，不知道父母用多少钱买了房子，那当初的三千六百斤稻谷，又怎么折算的。我也顾不得这么多，听得买下马上就翻修的时候，更加兴奋，从新江桥下买了十来斤鲜蟹，屁颠屁颠带回家去。那个卖蟹的听到我的口音，马上说我是绍兴人。我笑着，懒得解释，急于登车呢！

我到了家，看到的是块空地。人就是这样，千盼万盼，一旦成真，又有点空茫。那些请来的师傅，看到我手里的鲜蟹，都笑得乐开了花。这么多鲜蟹，即使是过年，也不会有人家买的。我却尝不出蟹的味道，因为从父母口中知道，有家邻居对我们的翻新很有意见。农村都是这样，为了几寸土地，会闹得天翻地覆。好在我母亲人缘好，说话婉转，恳情下面，终于成了大局。

自此，我家结束了二十几年的典房历史，住上了自家的新房。三间，朝南，临河——即使对现在的我来说，也是理想的住处。我得了一个退堂间，利用旧板壁隔出来的。板壁用赭红油漆刷过，非常亮丽。房门安装了一个司必灵锁，"啪嗒"把门一关，就是个理想的小天地。

遗憾的是，我爷爷恰在造新房前一年冬天过世。好没福气的爷爷呀！

太傅世家

东河沿人家

通眼管

莉君是我小时的玩伴,住在我家后面的太傅世家。太傅世家,据说是明朝谢阁老的出生之地,可能当时确实气象不凡,如今只剩几个小院落。莉君的家,就是这样的老房子。因为朝东,人叫朝东屋。

门口一个高而窄的墙门,人字顶,上面立有稀稀疏疏的十来棵瓦松。墙门关不严紧,用一根扁圆的木棍挂着。门内泥院,晴天贴着一层龟裂的地表皮。下过一场大雨,浮泥化开,粘在脚后跟,怎么也甩不掉。但是,院墙脚下的美人蕉,明黄,大红,鲜艳艳的,煞是好看。

正房五间,是低矮的楼房,以中间的堂前为界,分作大房和二房。大房靠右,老人早就作古,年轻的也搬出去了。二房的老祖母——莉君奶奶还在,她很瘦,眼睛很大。她的手受过伤,不能梳发髻，就剪掉长发，披散了短短的一截。有时用一个黑色发壳罩住，发尾竖着露出来，走动时一颤一颤的。

莉君奶奶喜欢坐在门口晒太阳——脚下一个火熜，手上一个手炉，佝偻着腰。火熜和手炉都很考究，绘有精细的图案。她也喜欢喝茶。茶杯有两个，一个五彩盖盅，一个景泰蓝大直杯。盖盅泡茶娘，再把茶娘兑在大杯的白开水里。她总是仰着头喝茶，咽下去时发出"咕咚咕咚"的声音。

老人有两个儿子，没有女儿。大儿子吃银行饭，一直任小镇银行行长。大媳妇文静秀雅，是妇女干部。他们生了几个女儿，大的叫莉君，和我同年。本该一起上学，但她跟了经常调动工作的母亲，在母亲单位附近读书。当然，寒暑假她还是回老家，我所记得的玩伴，大约就是假期里的事情。

一个冬日的早上，我去找她。她刚刚起床，正端着一个饭碗，站在墙门口吃早饭。是水泡饭，够平常的。但是，隔了几步，我看到她的饭碗里有一块红烧肉。这肉煮透了，裹着深紫色的肉冻。肉冻弥漫开来，水泡饭渐变成粉红——直到今天，我还是忘不了那碗热气腾腾的、浸泡着一块红烧肉的水泡饭。

还有一次，应该是暑假。我带去了一条红丝线，想和她一起玩花线绷。她转身进了里屋，拿出一个碗口大的托盘。盘里放着大红花生、绿皮甘蔗。我们分吃了这些邻家送的催生果，再玩花线绷。记得托盘朱红颜色，铜箍闪闪发亮——以后，我再没见过这样小巧可爱的托盘。

也是这个夏天,我走进了她的家。她家的地板,全是宽阔的长条子,走起路来,会发出"的格、的格"的声音。一不小心,踩到塌陷的一块,身体会往下一沉。所以,我在她家走路,显得小心翼翼,怕踩坏了地板,也怕踩出太响的声音,让莉君奶奶心烦。

我也跟莉君上过她的"绣楼"。楼梯窄而陡,紧靠着后墙,光线幽暗,让怕楼梯的我差点打了退堂鼓。但是,到了楼上,倒是明亮。一张洋床挂着当时少见的尼龙蚊帐,一张带铜把手的两屉书桌靠在窗前。从窗口望,她家楼下的墙门、美人蕉变得小了,四周的平房尽收眼底,连我家屋顶也看到了。

有时,来了莉君的父亲。他高瘦,戴着亮闪闪的手表,看到我和莉君玩着,总是笑一笑,非常和蔼。莉君的母亲,则来给婆婆剪头发。莉君的小妹妹,是一个披散着黄头发的小姑娘。她不喜欢我,拿了那根拄墙门的木棍,站在门口挡着。从此,我就少去和莉君玩了。

假期之后,我又去了她家。那是莉君奶奶知道我会通眼管,而特意让我去的——我外婆病痛很多,我从小就给她做这做那。通眼管,其实是很简单的事,拉起眼皮,找到眼管,拿一根棕榈丝扎进去,转几下就是。然而,给莉君奶奶通眼管,却碰到了意想不到的难处。

她人太瘦,眼眶深陷,怎么也拎不起薄薄的眼皮。而且,一两次提不起来,她的眼泪就流出来了,难度更大。我一次次拿了她的大方格手帕,擦干她的眼泪,好不容易翻开了她的眼皮,却看到

东河沿人家

眼管口子比针尖还细。怎么扎进去呢？我又犯难了。

莉君奶奶见我犹豫，问我怎么啦？我说不敢，你要疼痛的呀！她再三保证，一定不怕痛，我才硬着头皮，拿着那根新的棕榈丝——当时，非常后悔家里的那根没有带去——扎了进去。"哎，哎哎——"莉君奶奶本能地叫起来，等棕榈丝转动几下，她就笑着说，好了，好了，这下舒服了。

其实，当时的我更害怕她的脸。平时只是感到瘦一点罢了，凑近了看，她的两颊凹陷蜡黄，鼻毛密密匝匝，舌苔厚实深黄，还有一股难闻的气息直冲向我的脸面。我那时还小，并不懂得卫生知识，当然也没有问问她，生了什么病——那时的老人大多如此，并不把此当作什么了不得的事情。

有时，她丢了之前的那根棕榈丝，我就自己拿出门背后的棕榈笤帚，倒着翻转，寻找中意的。挑到了一根，我便从紧固笤帚的麻线里把它拉出来，"哎"的一声，用手指捋几下，就成了我的眼科器械。临走，我还要求莉君奶奶保管好，但是，下次去又找不到了。

这样去过多少次呢？不记得了。只记得读中学时，莉君成了我同班同学。她的母亲调到小镇做文书，她的家也安在镇政府进门第二间（当年的成之庄，如今已经修复，成了小镇一景）。我自然成了那里的常客——后来，为了读她母亲保管的那套不能外传的《红楼梦》，简直昼夜不分地坐到了她家的后窗口。

就在这个时候，悲剧发生了——莉君的父亲不幸病逝。后事自然回到朝东屋办理，哀乐在太傅世家里面低回了三日三夜。

前来吊唁的,除了亲朋,都是小镇的头面人物。我几次想去看看,都见那两扇平时松垮的墙门半开半关着。我不敢进去,回家来了。

直到这年年底,我才去看望莉君奶奶。她躺在床上,奄奄一息,见到我就说,为什么不能调换了她去呀!见我手里捏着的棕榈丝,她又说,这整日整夜的眼泪已经把眼管冲刷干净,再不用通了。是呀,我怎么没想到这个呢?可能,那时的我太年轻了。

第二年春上,莉君奶奶也过世了,朝东屋几乎成了空巢。然而,院墙脚下的美人蕉,还是按着季节开放。金黄,深红,越开越热闹了!

阿 杜

阿杜家在太傅世家最里面，是一个小墙门，门缝很宽。每次去借她家的米筛，我总是一边敲门，一边从门缝里张望。来开门的，常是一个穿黑衣的老人——阿杜的祖父。他的耳朵很聋，院子很大，真不知道他怎么听到敲门声的。

这位老人可能姓谢，但阿杜的父亲姓戚——和我父亲一样，他也是入赘女婿。女主人瘦长，眉目清秀。他们的子女都很漂亮，尤其是大女儿。她叫瑞香，但左邻右舍不叫她名字，只跟了她的弟妹叫她阿杜——小镇"大"的口音和"杜"相近。

阿杜白得出奇，两腮还带了点胭脂红，尤其是做过体力劳动以后。她有双杏眼，是双眼皮，眼珠棕色。她走路很快，仿佛带着一阵风。她的声音柔柔的，但她很少说话，见人只微微一笑，再点个头，很有气派的模样。也是，她是长女，弟妹面前早练出了一种特别的风范——最调皮的,见了她也没有办法。

忽然间,她跟了华君娘来我家,要求我母亲帮忙,想进踏棉车间。石棉厂就数踏石棉最苦,如花似玉的美人,怎么会要求做这个呢？原来,她家后门在华君家的小弄口,听闻踏石棉赚钱多,才做了这样的决定。我母亲看她诚心要求,找个机会让她去了。果然,她不怕脏累,又因为年轻脑子好使,渐渐成了骨干。

踏棉车间在石洞门口晒场旁边,她上班必须经过我家。可能踏石棉果真赚钱多,以后她一连穿了好几件新衣出来。尤其是夏天晚上,风还没吹到她家院子,她就拿了一把蒲扇,坐在我家乘凉的门板上,看天上的月亮,吹河上的凉风,听人谈天说地——她还是不怎么说话。

一天正吃着晚饭,有人神秘兮兮地来向我们报告,阿杜找对象了。有这样的事吗？我们一副茫然的样子,然后继续埋头吃饭。然而,自从那天之后,果然见到一个平时不来的年轻人,也来凑热闹了。这个人叫阿江,住藕荷弄顶头的老屋里,我家大人都叫他阿江师傅。我有时也这样叫他,有时叫他阿江哥。

阿江哥高个,瘦得结实,一张笑脸,说话声音特别好听。他哥哥在蔡元房旁边的小屋开面店,嫂嫂在义嘉桥饮食店煮馄饨,他自己在船厂上班。船厂在三门堰头,我很少去。印象里船厂小小的,也没有新船,但每当盛夏,就会派师傅到各地维修木船。阿杜踏石棉的这年,阿江师傅被分派到了我们生产队。

烈日炎炎的午后,东河沿少了行人。然而,石洞门口的晒场

东河沿人家

上,却响着阿江师傅修船的叮当声。木头船平时泊在我家门口好好的,把它翻过来,船背满是大大小小的洞眼。阿江师傅头裹湿毛巾,一手凿子,一手榔头,凿开破洞,敲进小木块,再用石膏填,柏油涂,清漆罩。下过几场大雨,它就在一大群男人的吆喝声里,被拖下了河。

五百次的回眸,才修得同船一渡。阿杜和阿江师傅,却在一个夏天的敲打声里,芳心暗许,终成默契。原来,阿杜踏石棉的位置,有个朝南的小窗。她踏着石棉,从窗口看着外面修船的阿江师傅。阿江师傅擦了把汗,喝了口水,不经意地回头间,看到了一双迷人的眼睛。

不知道他们是怎么约好的,从此以后,阿杜总是晚饭后来我家。她面向小河坐在那块门板上,不说一句话,两手扶着门板的边沿,两只脚在门板下晃荡。

"今天好热,这里有风吗?"阿江哥人还没到,圆润的声音先送了过来。

阿杜并不回头看他,只挺了挺背。大家知道了他们的秘密,找个由头走开去,独有我不解风情,和阿杜同坐于门板上。

"阿杜,你带我去你家,好不好?今天就去吧!"阿江哥的话很轻,却很恳切。

"我家有什么好去的,比这里热多了。"阿杜还是没有回头,说话却很温柔。

"热有什么关系,总比白天的日头阴凉。去吧,去吧,就让我今天去吧!"几乎是哀求的声音了。

"我家并不重要,你家才是呢!"阿杜终于转过了头,定定地看着阿江哥。月光下阿杜的脸,闪着耀眼的洁白,眼睛晶莹透亮,真像天上的星星。

"你还不知道我家吗?父母没了,只有哥嫂。他们肯定听过我们的事情了,并没有反对呢!"忽然,阿江哥变得十分郑重。

"真的不反对吗?那也要去征求意见才好,不要临时抱不住佛脚。"阿杜的声音更加低沉了。她的心里,仿佛横着一条河流。这条河,比天上的银河还要宽哩!

"既然你要这样,我就去说。我今天晚上就说,你等好消息吧!"阿江哥听得只要兄长那里通报一下,好像事情已经十拿九稳,几乎手舞足蹈起来。

然而,事与愿违,哥哥给阿江师傅的答复是,绝对不可以。而且,拿出了当时老父的遗言,婚事当听凭兄长做主。原因自然是大家都知道的,阿杜是农业户口,而阿江师傅是地地道道的居民。

阿江师傅听了这些,像霜打的茄子似的,瘪了好几天,任凭阿杜独自坐在我家门板上,看了好几个晚上的月亮。

我母亲看在眼里,急在心里。到了第五天,她以买面为由,去找了阿江哥的兄长。答复几乎和阿江哥得到的一样,毫无商量余地。母亲对他说:"现在婚姻自由,阿江师傅情愿,你就放开了手吧!"那个脸上有几颗麻点的打面人,转过脸对我母亲说:"人家叫你全国粮票,你还真管得宽呢!"我母亲听了这话,只好回家了。

东河沿人家

就在阿杜和阿江哥将要一拍两散的时候,忽然传来一个消息,他们二小队的土地将要建造国营公司,吃到土地的人家,可以安排一个子女到公司上班 —— 当时管这个叫土地工。

真是喜从天降的消息呀!阿江哥的兄长特意跑到我家,对我母亲说,如果阿杜父母能让女儿进公司,这事就算成了。我母亲跑到阿杜家,对他们说了这个意思。然而,阿杜的父母又为难了,因为阿杜的大弟高中将要毕业,他们必须让儿子先进公司。

小镇有八百年历史,居民大多从绍兴一带迁移而来。而且,凡是古时有的风俗习惯,到了这会儿,还是一点没变。这里的父母坚守着老辈的传统,嫁出去的女儿,泼出去的水,凡事只要和儿子有冲突,一定儿子为先。就是说,阿杜父母宁可让名额空置到大儿子毕业,也不能让阿杜先进公司。

然而,这年冬天,事情又有了新的眉目,这便是阿杜的大弟参军。

这个弟弟有双和阿杜一样的大眼睛,人也聪明。他有个心愿,出去当兵。当然,这是他的小秘密 —— 当时肯送儿子参军的不多。然而,正是阿杜婚事的节骨眼上,他父母再三权衡,最后同意了。于是,好事成了双,阿杜大弟参军前,阿杜和阿江师傅结了婚。

婚后的阿江师傅,总是带着一副袖套,连正月到丈母娘家拜年也不忘记。干吗呢?原来,结婚后阿杜马上有了身孕,阿江师傅什么都自己做,把个阿杜宠得白白胖胖。他们的爱情结晶是个更加漂亮的女孩,十几年后成了我的学生。我去家访,阿江师傅还是戴着袖套,笑眯眯的。

其实,这个时候的阿江师傅已经下岗在家——我家门前的小河,先是长满了水花生,后来干脆填满,上面铺了一条宽宽的马路——船厂早就关门了。他想找个事做,阿杜知道丈夫不是赚大钱的人,只让他开了个面店。从此,阿杜白天到公司上班,早晚到街上卖面。她还是不太说话,只会用一双大眼睛,亲切地看着每个顾客,至多点个头。

去年春上,我回小镇。嫂子忽然说,阿杜走了。我听了一惊,什么,阿杜吗?嫂子说,是的,得病到最后,只有三个月时间。嫂子还说,你们经常说的阿江师傅(阿杜和阿江师傅找对象时,嫂子还没有嫁过来)整日整夜不离身边。阿杜走后,他一夜白了头发。

听了这个,我一时说不出话来——他们的往事还历历在目,而伊人已随风而去。我嫂子却说,夫妻也不能太要好,不然,走的时候太伤心了。

草 垫

太婆的第二房,在达青哥家隔壁的平房里,只隔了一条小路,也是两间,低矮了一些。

太婆的二儿子,人称老牛,是生产队会计。他面孔精瘦,眼睛清亮,一身老式衣裤,一副心事重重的模样。他的女人,大眼睛,大发髻,大襟衫。他们没有女儿,只有两个儿子。大儿子已经会挑稻担,小儿子还是半大孩子,却也落了田头。

每天傍晚,女人拎着一家大小的衣服来洗。这洗衣服,在我们东河沿,几乎是女人们的天职,本没有什么好说道的。而老牛的女人患有严重的气喘病,她来洗衣服,就显得与众不同了。

"呼哧、呼哧",她人还没从我家西边的小路出来,就先传来这样的声音。这是有一口痰,在她的喉咙里堵着。有时她是咳嗽,连续不断地咳,咳得几乎透不过气来。每次咳嗽,她须停了脚步,放下竹篮,因此,已经听到她的声音了,还是要等好一阵子,才能看到她。

人家女人只拎一只篮,她却有两只。一只是家里三个男人的,一只是她自己的。女人的衣裳不能和男人的混在一起,这是她婆婆的规矩,所以,即使病得走不动路,她也是两只竹篮。此外,她的腋下还夹一个草垫,用来放在埠头上坐的。草垫是老牛用稻草盘的,金黄颜色,一尺大小,圆形,中间有个小孔。

埠头上的女人看到她来了,纷纷让她一角。也有人给她拎下了衣服篮,甚至连草垫也给她铺到埠头上,就差代替她清洗了——这是不能被她婆婆知道的事情。"呼哧、呼哧",待她洗好衣服,又有人帮她拎上篮子,递上草垫。

"她都病到这个程度了,他们干吗不自己来洗衣服?男人洗了衣服,手会断掉吗?"一个女人气愤地说。

"并不是男人不想洗,是她的婆婆不让啊!不要说洗衣,就是有人代替她烧饭,也要偷偷摸摸的。"一个和他们住得近的女人这样说道。

"这个老太婆真是好死不死啦!现在又不是旧社会,哪里还找得到这样的恶婆婆……"这是第三个女人的话。

三个女人一台戏。不要说女人总是张家长李家短,今天她们说的,可句句在理。

至于老牛的女人为什么这样气喘吁吁,据说和饥荒年代(三年困难时期)的五斤粮票有关。

东河沿人家

那时,灾害已经有两年,大家都没有了吃的。不要说正经的粮食,就是地里的草根,也快掘光了。偏偏在这样的时候,老牛的女人把五斤粮票弄丢了。这是早饭后婆婆交给她,让她去买米的。这下丢了,可怎么是好?

女人不敢声张,只是悄悄地寻找。她记得清清楚楚,把粮票和钱放进了小布袋,再把布袋塞到抽屉肚里。这样仔细地藏着,怎么会不见了呢?她一边找,一边嘀咕。老牛问她什么事情这样着急,她也不敢说出来。直到半夜,她的五斤粮票还是不见踪影。

天快亮了,粮票还是没有找到,老牛的女人感到了绝望。五斤粮票的米,拌上糠菜,一家人能少饿多少天?这一下丢了,还怎么过日子?还有,明天婆婆问起,怎么回答?思来想去,都没有办法,女人想走绝路了。她悄悄出门,来到河边,纵身跳进了河里。

所幸,老牛听到了开门的声音,一路追过来,救起了她。问明原委,夫妻俩抱头痛哭,好像是劫后余生。但是,这人是救起来了,粮票还是找不到,老人面前怎么交代呢?老牛想瞒天过海,不让老母知道这事。女人深知婆婆的精细,知道怎么着也瞒不过去。

果真,他们到家,老人已经坐在太师椅上,一脸愠怒。女人赶紧跪下,老牛也陪着跪下。老人却既不打,也不骂,她只是说,丢失粮票,是重要的错,找不到粮票就去投河,这是错上加错。婆婆又说,家丑不能外扬,马上干活去,再不要提起粮票的事。

但是,女人感到自己这次真错了,她想惩罚自己。她不吃早饭,也不换衣服,硬是去了田里。正是初冬时节,穿着这样的湿衣服,挨到中午回家,早已经瑟瑟发抖。老牛听从老母的吩咐,到西街买药让女人喝下,但是,这气喘的病根终究还是落下了。

关于此事,埠头上的女人讲过另外一个版本。她们说,这粮票丢失得实在蹊跷,肯定是这个老太婆不放心,从抽屉肚里摸了出来,而没有告诉老牛女人。她们的理由甚至是,这次这个老太婆显得太和善,不像是平时的她。

记得老牛女人最后一次来洗衣服,两只篮子是她小儿子代拎的。那天,她没有把草垫带回家去,而是一把推了出去。草垫浮到小河中心,转了几个圈,又顺着风向,漂到了河对岸。

对岸也有一个埠头,埠头上方有一棵如盖的皂荚树。皂荚树落光了叶子,正在寒风里瑟瑟颤抖。

婉 云

婉云住南石洞,比我大几岁。她父母带点上海口音,好像从那里精简下放而来。姐弟五个,婉云最大,也最出挑。她圆脸,白皙,皮肤细嫩,眼睛大而分明,眼睫毛长,低头时像足了洋娃娃。身材也好,亭匀苗条,宛如一棵小白杨。无疑,她是东河沿的一枝花。

她也特别爱干净。种田,人家穿深色衣服,她偏偏喜欢浅色——纯白,粉蓝,黑白细格。为了不让衣服粘上污泥,她的动作特别轻巧,只用指尖小鸡啄米似的把秧苗插到水田里去。两脚向后移动的速度很快,但看上去悠悠然,好像有轻功似的。

然而,偏偏有人捉弄她,是那扔秧桩的振民哥哥。他平时不声不响,但扔秧桩特别有水平。他把好的秧桩远远地扔到婉云的脚后,水却不会溅到她的身上去。婉云得了这样的秧,速度更快。换秧时,她直起身子,往后看一眼振民哥哥,好像在表达谢意。

距离太远,振民哥哥失手的时候也有。婉云看到自己的衣服脏了,扭头就骂:"眼睛乌珠贼瞎了呀!"众人见了,哈哈大笑,说是"抛绣球"。婉云含怒带羞,盯了振民哥哥一眼。振民哥哥怔在田埂上,望着远处的婉云,说不出话来。

振民哥哥瘦高,黑脸上长满了疙瘩,眼睛也小,但并没有瞎,亮得很呢!他是太傅世家著名的在行人(足智多谋,能说会道者)的长子,继承了父亲的聪明能干,话却不多。你看,他看上了婉云,不会说话,只用一个接一个的秧桩表达情意。

被婉云骂的那个晚上,他就上门去了,带的是自己做的木莲软糕,吊在家门前的古井里凉过,特别清甜可口。婉云的弟妹看到好吃的,马上就抢个精光。婉云来不及阻止,只好对着振民哥哥笑一笑。这一笑,给了振民哥哥极大的鼓励。秋后,他就每天去婉云家。

这次去婉云家,他送去的是翻园头(精心培植蔬菜秧苗,用来出售)的技术和力气。

婉云的父母不太会种田,自留地里种的不过是些毛豆、白菜。振民哥哥家在小镇著名的大园(大园茄秧,古来闻名小镇四方)有块自留地,以前他父亲经管,他母亲挑着秧苗去卖,如今却是振民哥哥在侍弄——这门技术说难也不是很难,但如果不是手把手教,很难学成。

当然,从此以后,振民哥哥就成了婉云家的义务劳动者。他除了生产队的活计,早晚就在大园和婉云家的自留地里忙碌。婉云和弟妹,都跟着他学。不久,婉云的母亲也用两个大竹筐,挑着绿油油的秧苗去街上卖了。这样一两年后,振民哥哥和婉云结婚了。

振民哥哥的兄弟姐妹更多,房子却只有一间半。门前的空地上,水泥桁条,毛竹椽子,泥水木匠"叮叮当当"敲了一阵子,就搭起了两间小瓦房。再贴一个大红喜字,挂一个门帘,就是他们的新房。那时,我已经过了赶热闹的年龄,没有去看婚礼场面。但是,每天穿过太傅世家去读书,经过这间新房,我总要看那个大红碎花布幔一眼。

开始,有人为婉云惋惜,说她一朵鲜花插到了牛粪上。然而,结婚后的婉云,每天拎了衣服来埠头,动作更加轻巧,说话更加温婉,一双眼睛更加明亮,真如秋水一般。有时,她施施然经过我家门口,微笑着回娘家去,手里拎一个小巧的杭州篮,里面是一碗振民哥哥烧的时鲜。

第一个女儿出生后,公婆和他们分家了。

分家,必须请公证人,干部有之,婆婆和媳妇的娘家人都要列席。但是,他们家有规矩,但凡长子结婚,第一个孩子出生后,就自动离开家门。而且,除了媳妇房里的嫁妆,父母只给那块大园的自留地。当然,要住在家里也可以,大园的自留地就自动放弃,让下面的一个兄弟继承。

婉云哭啊哭,但振民哥哥劝慰她道:"我们不是还年轻吗?我有力气,保证你们母女过上好日子。"她的婆婆也说:"阿婉,我和他爹当时除了这块大园的地,只有一篮米、几个碗,不也养大了这么多孩子吗？振民手里捞得起，尽管放心地去吧！"

开始，夫妻两个只在大园自留地的一角搭了间草屋；第二年，浇筑了两间水泥地梁；第三年，簇新的瓦房终于建成。此时，他们的第二个女儿也出生了。凑巧的是，小镇重心逐渐东移，大园这块风水宝地逐渐成了中心。只是，后来大家连棉花水稻都懒得种，各自的自留地也多荒芜，大园茄秧再卖不出去。

于是，我每次上街经过他们家，总看见婉云坐在石棉车上，白帽，围身，口罩，全副武装。婉云依然和别人不同，漂亮，干净。

棉花秆

我母亲年轻的时候,给人做过很多媒。其中一个,是把她二姐的女儿,介绍给了太傅世家里头的达青哥哥。

母亲的二姐,嫁到青山的一个小村庄。我很小的时候,就喜欢去她家住几天。黄昏的时候,我又很想家,还哭着要回家来。邻家的一个男人虎着脸说,再哭,以后就不用来了。我乖乖地不哭,跟了二妈,睡到她大床上厚实的粗布被窝里去。二妈家是老楼房,连着好长一排,而他们只住两个后半间,终年不见太阳。

二妈有两个儿子,一个女儿。女儿居中,我叫她阿圆姐姐。阿圆姐姐中等个子,脸型略圆,眼梢往上翘,说话像我二妈,不是很婉转,只会实话实说。二妈说,做一日囡,当一日官,洗衣烧饭,到了婆家,总有得做,家里少做一点吧!因此,阿圆姐姐被当做官囡养大,她田里的手脚比灶台上快。

母亲做媒，是后来的事情。阿圆姐姐出嫁的头天，我就去二妈家住了。第二天早上，阿圆姐姐刚刚还在堂前走动，听到外面吹吹打打的声音，就赶紧睡到那张大床上去。一个老妇扶她起来，用一条细长的白线给她绞面，去掉了脸上的汗毛。之后，又给她穿上一件又一件新嫁衣。

外面吹打的声音越来越响，房里看新娘的人越挤越多，一碗上轿饭从人堆里被递了进来。这碗饭用了一个海碗，米饭满到了尖，前面一个鸡头，后面一个鸡尾巴，两旁鸡翅膀。阿圆姐姐没有动筷，那个妇人说，这是你在娘家的最后一餐饭，非吃不可。阿圆姐姐这才接住送到嘴边的几粒米饭，含着眼泪咽了下去。

接新娘的，是两只木头船。前面一只坐吹鼓手，后面才是披红挂彩的新娘船。阿圆姐姐坐在中舱的太师椅上，椅子铺着大红锦缎棉被。我握着由长绸条折叠成的红花球，坐在船尾，看着一路的青山绿水。船到了我家埠头，阿圆姐姐踩着一条麻袋铺出来的小路，进了太傅世家。

达青哥哥家，是当时的殷实人家。两间高平屋，宽阔、方正。堂前有六扇大门，此时已经全部卸下。阿圆姐姐和达青哥哥，在众人的围观中，拜了堂，坐了床。等随后就到的新舅爷喝过糖茶，吃过冰糖莲子点心，擦了热毛巾，再喝一口热气腾腾的出泡茶，喜酒就开始了。

达青哥哥的父亲——一个大眼睛红脸膛的石匠，他过来对我说："哎呀！今天全亏了你，你不把新娘子接来，他们都没酒席吃了。"同桌的人纷纷赞同,听得我非常高兴。还有达青哥哥的母亲——一个小巧的老妇人,她也过来对我们客套了几句,声音沙哑轻柔。

还有一个老太太,她不说话,到处巡视着,眼神特别犀利。她是达青哥哥的祖母,以治理儿媳严厉闻名,动不动就罚两个媳妇跪香,有时还用烧火棍打。如今她七十多岁,已是太婆了,两房的大小事情,还须由她做主。因此,对于我母亲的这次做媒,我外婆当时就断定要"伤媒将"。我母亲却说,代隔代,避格避(祖辈不需管孙辈之事),孙媳妇那里,她还能怎么样?会嫁嫁新郎,难得达青这样成器。

然而阿圆姐姐结婚不久的一个深夜,达青哥哥来叫我母亲了。"笃笃、笃笃",开始,他用手指敲我们家的排门,然后轻轻地叫:"三阿伯,三阿伯(小镇的姨妈姑妈,时有人叫阿伯)!"待我母亲出去,达青哥哥说,不好了,阿圆跑回娘家了。我母亲赶忙披了衣服,追了过去。

母亲出去后,我一直想着阿圆姐姐。好好的,怎么会跑回娘家去呢?青山离小镇十里路,有一段路是沿着山脚的。不说深夜的山上有各种可怕的声音,光那些阴森森的坟墓,就够吓人的。阿圆姐姐的胆子,可真够大呀!当然,我很快又睡着了,并不知道母亲什么时候回来。

第二天吃早饭的时候,母亲对外婆说:"还是你有先见之明,阿圆到底还是吃足了这太婆的苦头。"扒了口饭,她又说:"阿圆手里也真捞不起,连饭也烧不周全,难怪这个太婆发脾气了。唉!这女儿,到底不能当官来养的呀!"母亲说这个话时,看定了我的眼睛。

原来,阿圆姐姐娘家的青山属于稻区,盛产稻米,少种棉花——那里近古代的汝湖,河网密布。然而,我们小镇却是半稻半棉——小镇由杭州湾开垦而来,适宜于种植棉花,但大半的土地得到了近千年的改良,也可以播种稻谷了。就是说,阿圆姐姐不是不会烧饭,她只是不习惯用棉花秆烧饭罢了。

这棉花秆的火头猛烈,饭镬水上来的时候,必须放慢进柴的速度。尤其是到最后,只要将火红的炭火对着镬底做成尖头,饭自然会恰到好处地熟了。阿圆姐姐怎么也掌握不好这火候,不是半生,就是烧焦。有时,中间还是生米,底部却是整块乌黑的镬焦。

在这件事上,最苦的要数阿圆姐姐的婆婆。她自己受苦受难一辈子,只想让儿媳少受点罪。然而,太婆的眼睛日日盯着,她又不敢明里帮。一天,她知道太婆将要发作——这是多年积累起来的经验教训——就悄悄让达青哥哥转达,让阿圆姐姐小心点。

达青哥哥是男人,笨嘴笨舌地转达后,阿圆姐姐气得脸色发青。人家只有一个婆婆,自己凭空多了个太婆,好啊,姑奶奶我不干了。达青哥哥千般劝说、万般请求,阿圆姐姐勉强答应了下来。到了晚上,她越想越不是事,就悄悄跑回娘家去了。

那天晚上,我母亲追上阿圆姐姐了吗?什么地方追上的?直到今天,我也不知道。但是,我母亲的媒将终于没有伤。因为阿圆姐姐第二年就生了个大头儿子,太婆让阿圆姐姐少上灶,尤其不让她用棉花秆烧饭了。

灯 花

每当夜幕降临,爷爷就长叹一声,说又做了一日人客。然后,他念叨着"无钱买补食,早困早将息"这句老话,装上排门,去里间睡觉了。

外婆可不一定,她要看有没有完成当天纺花的定数。她白天忙了别的事,没有纺完我给她卷的棉花锭——用一根筷子和一块拖花板搓成的——晚上必定补上。她重新拉开摇车,点亮美孚灯,放在摇车顶头。玻璃灯罩每天擦,特别亮堂,大半个屋子都照得着。

大桌上的煤油灯,刚刚从灶间移出来。它用小铁罐做成,盖头上有一个两寸长的灯头。灯头上的棉线浸透了油,经常爆出大大的灯花。有时,"呲"的一声,竟然灭了。父亲紧靠着这盏灯,在大桌旁边放一条蛮凳。凳头套上小木耙,将几缕稻草拴在木钉上,用来编制草鞋。我坐在房门口,看着父亲的一举一动,饶有兴趣。

不一会儿,摇门开了,进来了振民哥哥——一个瘦瘦高高的、红脸膛的年轻人。他坐排门下小桌旁的高背竹椅,好像在看着我奶奶纺花。其实,他不过闲坐着,或者等着别的人进来,一起聊天。

果真又来了一个——漕斗底南石洞里面的阿牧伯伯。他个子高,必须低头进来。走到天井门口的竹椅旁,他弯腰坐下,椅子就发出"吱吱嘎嘎"的声音——这把椅子的一条横档被虫蛀空了,他每次坐下去,我都怕他连椅子带人摔倒。他说话响亮,节奏缓慢,可能刚刚喝了老酒,鼻音很重。借着酒劲,他还常常教训振民哥哥,让人莫名其妙。

最后进来的,必定是太傅世家里边的海婆婆和她儿子阿海。海婆婆七十多岁,矮个,白发,一张笑脸,一件旧大褂,一副盖得过男人的大嗓门。海婆婆的名字没有人知道,因为她的儿子叫阿海,人家才这样称呼她。阿海沉默寡言,四十多岁还打着光棍。

这天,振民哥哥和阿牧伯伯争论着我家围墙根的圆石墩子到底多重。两人争得面红耳赤,差点要到外面比武。此时,海婆婆却道:"你们两个人不要空头廿三,折了腰骨可不是玩的!有这个力气,还不会明天早上多挑几担水啊!"两个大男人听了,都乖乖不再声响。

"阿凤娘,你家新米吃过了没有?我今天晚上第一次尝新,可真够香的!多煮了两碗,准备明天早上吃水泡饭。"海婆婆和我外婆同辈,也最合得来。

外婆还没有回答她的话,她又自己说下去:"这个新米饭煮水泡饭,功夫一定要到家。先不要放饭,水开后倒进去,塞一捧稻壳,让它自己熬……"

她们的话题经常转移,说到最后,肯定是鬼怪。这天,振民哥哥又提起了他常说的,就是他们太傅世家里面的一个白胡子老人。还没有说到一半,海婆婆就打断了他:"后生家,不要光说这些。什么朝代了,还记得祖宗十八代的事情。白胡子,你叫他出来,让我看看。"说完,她转头看了看我 —— 示意振民哥哥,不要吓着我。

是的,我生来胆小,怕狗、怕蛇、怕黑、怕打雷,更别说他们经常说的什么白胡子、黑无常了。每当他们说这些时,我的手就紧紧抓住椅子,仿佛真有什么鬼怪会闯进来似的。然而,他们如果不来,或者来了不说,我又有所失落,好像这天晚上显得特别无聊似的。

父亲看我紧张兮兮的,就从大桌上提了油灯,送我进房间睡觉。房间就在堂前隔壁,房间门口的地板,还斜斜地照着油灯的光亮,我却非要点着灯进去。有时让父亲留着灯,我看着它入睡。如果爆出一星灯花,我就更加乐了。

这个事情,我家里的人都看惯了,独有这个刚刚阻止别人说鬼故事的海婆婆,有时要说句闲话:"老汪,你这样惯着小女儿,对她不好的。你如今这样宠着她,她的胆子怎么大得起来呢?"父亲怎么回答,我没有听到。因为我父亲在外面发火时声音很响,但在家里,尤其关于我的事,他总是和颜悦色,此时肯定只是低头一笑。

东河沿人家

有时,外婆已经纺完线,也带着美孚灯到里间睡去了,堂前成了一个黑暗世界。奇怪的是,他们这时也会高谈阔论,有时却一阵静默。就在他们一声高一声低的说话声里,我睡着了。

因为海婆婆在我父亲面前说了我的"坏话",我好长时间不肯再叫她。晚上,家里人多,灯光又暗淡,蒙混过去容易。到了白天,可真尴尬。清晰地记得有一次,她托着米淘箩从小路出来,我正想进去,当时真有冤家路窄之感。我想叫她,最终匆匆跑了。海婆婆在我后面轻声笑着嘀咕:"小下作虫,长大了呢!"

不久,海婆婆少来我家了。过了一阵,完全不来了。她病了,还病得不轻。这个时候,大家晚上的聊天内容多了一项,就是海婆婆的病。有说不妨的,有说过不了冬天的。当时有人得了大病,总是以能否挺过冬至作为对病人的最大考验。

有一天,振民哥哥说,海婆婆已经病得很重,但咽不下最后一口气,她是不是有什么心事呢?大家听了这个,先是一愣,而后才若有所思似的。之前,海婆婆几次说过,一个人的好福气,不仅要活得长久,更要把一个凡壳脱得快点。如今,她却又为什么迟迟咽不下气呢?

"对了,你们两家不是都被'八一台风'刮倒的吗?你家从藕荷弄搬到了这里,她的老屋基地在朝东屋的墙门口,也是没有能力在老地基上新造房子,才住到两间旧小屋去的。"这是振民哥哥忽然想起来的事情。他还说:"海婆婆好几次对人说过,不会死在人家屋里,总有一天,她会回到自己的老地方去。"

外婆点了点头说:"是有这回事。台风过后就是几天几夜的大雨,镇上人都死了好几个。我们家人多,拼拼凑凑总算典住了这里的两间半。她孤儿寡母的,做不了大事,才住到里面去了。本来,她只说暂时住一下人家的空房,但一拖两拖就到了现在。"

第二天早上,我跟着外婆,去那个小院探望海婆婆了。海婆婆的家,在朝东屋对面小院的东厢。这个院子的正屋还结实,如今住着家祺哥哥一家。南厢房已经倒塌,只剩下一截残墙。海婆婆的小东厢歪歪斜斜,也快要倒塌了。

"老姐妹,你要挺牢呢!马上就要过年了,熬过去就成了。"我们进去,见海婆婆独自躺在里间的大床上,果真只有出的气,少了进的气。外婆拉住海婆婆的枯手,嘴巴贴在海婆婆的耳朵旁,轻轻地说着。

海婆婆艰难地睁开眼睛,好像听懂了我外婆的意思,但她摇了摇头,眼泪顺着太阳穴流到被单上,"啪、啪",一滴,又一滴。

"你有心事,就对我说吧。是想着自己的老屋吗?老姐妹呀,你是不是想回到老地方去?"外婆说到这里,自己也流出了眼泪。

海婆婆的眼睛忽然放出几丝光亮,然后,用力点了点头。外婆见此情景,掖紧她的被子,退了出来。

这天晚上,外婆把这个意思对大家说了,大家都感到事情难办,主要还是钱。商量来商量去,最后决定,把海婆婆的光棍儿子阿海叫来,帮他兜个会——农村常见的互助形式,房头里再凑点,帮他们在老地基上搭个草屋。

海婆婆的儿子平时不声不响,那天却非常坚决地说:"只要你们肯成全,借多少债,以后都愿意偿还!"于是,不出几天,钱就凑齐,一间草屋搭成了。草屋泥墙,草顶,竹门,竹窗,还没有铺平地面,人们就抬着海婆婆住了进去。当天晚上,她就闭上了眼睛。

　　后来很长一段时间的夜晚,爷爷还是念叨他又做了一日人客,外婆还是纺着棉花。两盏油灯旁边,还是坐着那几个人。他们谈天说地,声音一浪盖过一浪。然而,海婆婆的光棍儿子再没有出现过。

秀楠恩娘

秀楠姐是上海知青,戴白边眼镜,秀丽文静。她是我姐姐的朋友,姐姐经常提到她。她做赤脚医生后,我也在医疗站认识了她。后来,为了借她的书,我去了她的家,由此认识了她的母亲。

她们寄住在太傅世家后面、二房厅东边的新公房里。新公房有长长的一排,住了四五户人家,单身汉阿豪在最西边。他傻头傻脑,说话很响,喜欢装出可怕的模样,吓唬叫他木驼阿豪的小孩。小时候我很怕他,所以,第一次去秀楠姐家,还真是忐忑。

想不到的是,这里并没有我之前想象的可怕。两间小平房,东间的小门进去,前堂后灶。西间也中间隔断,各做了阿豪和秀楠姐母女俩的房间。阿豪不在,秀楠姐也不在,一个六十多岁的老妇人正坐着吸烟。她穿深灰大襟衫、黑色绒线马甲,脸容清秀,眼光比一般老人睿智。

我说明了来意,她马上站起来,用略带沙哑的声音对我说:"秀楠上街去了,马上就回来。你进来吧!"不用说,她就是秀楠姐的母亲了。不过她的模样这么像上海人,口音却是小镇的,我放心了似的,果真进去了。

"你是巧珍的妹妹吧,她经常来的。你也不要见外,喜欢看书,去里面找吧。"

顺着她指的方向,我果真看到里间窗下的书桌上,放着几本书。开始我感到不好意思,但在她的再三鼓励下,还是走了进去。

房间很小,却很亮堂。墙壁新粉刷过,水泥地上还留有几滴白石灰的痕迹。两张小床,一张朝南,一张朝东。蚊帐新的,被褥旧的,都很洁净。进门处的小角落,刚好塞进一个小柜。柜上叠着两个皮箱,皮箱上再搁几个纸箱,高高的,非常整齐。

"你看我们的地方小吧,但上海人都住不上啦。"我正惊讶房间布置的精巧,秀楠姐的母亲过来,站在房门口,笑眯眯地看着我说。这样小的房间,上海人住不上?这对于一个少乘汽车、多坐汽油船的我而言,真的又是一个意外。可能是第一次见面,我讷讷的,没有多说话。

不巧的是,那天秀楠姐一直没有回来,我只好告辞。秀楠姐的母亲说:"她可能有什么事情耽搁了,以后你和姐姐一起过来。哎呀!年轻人都要有朋友的,你们不来,我们秀楠一个人,太冷清了。"看她说得这样热情,我不知不觉地点了点头。

回家以后,我把这件事情告诉了姐姐,并对她说,难怪你这么喜欢去秀楠姐家,原来她母亲这样客气。旁边的父亲听见了说,这位老太太,原来是小镇西街周家的女儿,漂亮是出了名的,嫁了一个上海丈夫,跟着去了上海。如今,小女儿下乡,她也跟着一起来了。

后来,我果真跟了姐姐,常去她们家了。我去多为了借书,姐姐和秀楠姐的年龄相仿,成了知心朋友 —— 她们如今还像姐妹一样走动着。后来,我和秀楠姐的母亲变得很亲热,跟着姐姐叫她秀楠恩娘 —— 恩娘是小镇人用来叫母亲的,远在上海的秀楠姐家也如此,我又感到了意外。

有一次,秀楠恩娘留我们吃饭,一张矮桌放在门口的太阳下。满满一桌菜,把我吓了一跳。这样丰盛的饭菜,小镇人家只有贵客临门才有。炒青菜碧绿,海蜒汤热气腾腾。一碗家里每天吃的旗鱼让我特别难忘,足有半尺长,用菜油煎得油光光的。我不敢下筷,秀楠恩娘一再说:"吃啊,吃啊!"

也是那天饭后,秀楠恩娘收拾完碗筷,坐在太阳下吸烟,慢悠悠地对我说:"我们小镇,真是一个好地方,没有比它更好的地方了!"

我再次惊讶,定定地看着她。她好像知道我心思似的,继续说下去:"你们一定觉得上海比这里好吧!怎么比呢?上海人多,空气不新鲜,这样的鲜鱼活虾,又怎么吃得到?哎呀!你是没有去过外面,去过就知道了,不要说浙江,就是全国,也是我们这里最好啦!"

东河沿人家

她说的每句话都让我惊异！什么，我们小镇是全中国最好的？连大上海也比不上它？记得听到最后一句的时候，我问了一句："全国也最好吗？"秀楠恩娘看着我，毫不犹豫地回答："就是。"

后来，当我第一次坐火车去北京，看到列车在荒野里跑了那么长时间，我想起了秀楠恩娘的话。当我去到西北，看到著名的黄土高坡，莽莽苍苍，无边无际，我也想起了她的话。再后来，一个年轻同事告诉我，就因为我们小镇是全国百强，她才路远迢迢地应聘过来。那时，我也想起了秀楠恩娘说这番话的情景。

第二年，这个小屋来了秀楠姐的姐姐。她在湖北的襄樊，为生孩子来到了这里。这也使我感到奇怪，因为那时生孩子是危险的事——有说，女人生孩子，一只脚棺材外，一只脚棺材里，因此只有从乡下到大城市去的，哪里有反过来的道理？再说，这么点地方，还住得下人吗？

然而，秀楠姐和她母亲把窗前的书桌移掉，又搭了张小床，不久，一个据说白胖的婴儿出生了。那时，我去过几次，看到她们偏着身子，从那扇只能开一条小缝的房门进出着。我很想看看那个特地赶到小镇来出生的孩子，但直到满月，也没有如愿。满月不久，孩子父亲就马上接母子回去了。

秀楠姐总是在过年的时候回上海，那里有她的两个哥哥。我姐姐总是和她结伴而去，再和她一起回来。秀楠恩娘不去上海，我就去看她。她总对我说，再过几天，她们两个就回来了。一次，她说到了上海的事情，大儿子当兵，大媳妇特别漂亮。她说，冬天时候，媳妇从外面进来，脸红扑扑的，真像个山东大苹果——那个时候我还没有见过那样的红苹果呢！

此外，她就讲一些小镇的掌故，后塘河的血战如何激烈，成之庄的大地主如何被点了大蜡烛（一种处死犯人的方式）。她的话让我犯了迷糊，之前她不是一直住在上海的吗？怎么脑子里记着的，都是小镇的事呢？最后她说："树高千丈，叶落归根。人老了，都喜欢回到血脉之地的啊！"

几年以后，秀楠姐考上了师范，秀楠恩娘还是住在这小屋里。秀楠姐毕业做了老师，结婚住到了宿舍，秀楠恩娘还住在这里。后来，秀楠姐和丈夫回了上海教书，秀楠恩娘才住到了那个宿舍（房子已经变更为私有）。我最后一次见到秀楠恩娘，就是在那个小房子里。

那是中秋前的一个傍晚，我忽然想起了秀楠恩娘的病。那次是她自己来开的门，进门却有另外一个老人躺在客厅的沙发上。我迟疑着坐下，秀楠恩娘笑着对我说："这是我年轻时的小姐妹，身体也不好。我请她过来，住在一起，相互陪陪。"那个老人歪着身体，不太说话。秀楠恩娘转身对她说："这是巧珍的妹妹，如今也教书的。"

我问她的身体——看着不像有大病的样子。秀楠恩娘却说："我已经全部准备好了。不但衣服被头，连要烧的纸钱，都挂在里面了。"说着，她指了指关着的房门。她还说："他们大老远赶来，马上就要回去上班。我把东西都备好，他们来了，只要把我往棺材里一塞,抬到山上就好了。"

听了这个,我忍不住跟着她笑了笑,心想,这样健谈风趣的人,怎么会说走就走呢?不过,秀楠恩娘说话的时候,还真有点气喘。可能,是她的心脏不好,这病发作起来危险,过后却还能行动。当然,也是秀楠恩娘不想给孩子多添麻烦,才请来了年轻时的姐妹陪着。

结果却是,不出几个月,姐姐告诉我,秀楠恩娘真的很快过世了。她好像知道自己的大限,给一个个儿女打好电话,就进入弥留状态。直到最远的襄樊一家赶到,她就呼出了最后一口气。

第七块石板

东河沿古朴的石板路,除了供人走路,还是临河人家的生活场所。而且,各家各户,虽没有明里分过楚河汉界,但都知道自己有几块石板可以使用,绝不会越雷池半步。

我家两间半房子,门前本来有十块石板,因为河埠头占去三块,只剩下七块。

埠头边第一块做了众人的刷衣石板,我爷爷每天打扫清理它。

第二块不平,踩上去会发出"的格"声。下过大雨,踩着石板,石缝里会溅出一股泥水。爷爷很想铺平它,但需要把旁边的几块撬起,这不是他能力所及的。晚上,我总是在这块石板的"的格"声里入睡。后半夜的声音更加清晰,因为此时经过的是小镇附近的农人们——他们挑着棉花秆或者稻米来镇上售卖,脚步特别沉重。

东河沿人家

中间那几块,是我们家的主要活动区域,尤其是夏天的夜晚。"哗、哗哗",大约四点半,我就和爷爷一起,从埠头拎了水,倒在石板上。石板发出"呲呲"声,一股热气扑面而来,我赶紧逃进屋里。不多一会儿,石板干了,再泼一次。洒过三遍,就能感受到河面吹过来的一阵阵凉风了。此时,我再和爷爷一起,把家里的桌椅板凳全搬到河沿上去。

白木小桌,三边竹椅。朝北的高背竹椅最难放,必须尽量靠近了河岸,而又不能离它太近。这是父亲的专座——他水性好,即使掉下去也无大碍。小桌的东边横档上,插进去一块窄长的门板。这板的另外一头,放一根长凳。这块门板,就成了太傅世家里面的人来我家乘凉的座位。

我家吃饭比别家早,因为爷爷外婆很早就准备好,只等着父母和哥哥姐姐。他们从田畈归来,就坐到小桌边吃饭。有些收工迟一步的,挑了一担稻草,刚刚从石洞门口过来。他们来到我家门前,我们朝南坐着的人——一般是我母亲和姐姐——要把椅子的两只后脚翘高,身体向桌沿贴近,等稻草担过去了,再恢复原样。

偶尔,会有一头牛过来,这可是了不得的事情。它硕大的身躯,即使贴着我家的墙壁走——事实上,它也不会这样做——也过不了这剩下的石板路。于是,正在吃饭的我们,赶紧端了各自的椅子,站在边上。有时,还会移动一点桌子。等这头大肚子的水牛过去,再继续吃饭。

一天,也是这样兴师动众了一番后,我和邻家女孩坐在小桌上玩游戏。可能是太高兴了,我忽然从小桌滑到高背竹椅上,再和竹椅一起掉进了河里。到了河里,我竟然不怎么害怕。夏天的河水浅,我紧抓着浮起来的竹椅子。河底却有坚硬的东西扎我的脚,我这才大叫。当然,父亲很快从埠头下到河里,抱起了我。

然而,当父亲抱着我刚跨上埠头,忽然听到埠头角落里有人在说话:"今天老汪是怎么啦?这样不小心,让宝贝小囡掉进河里去了。"父亲有点惊讶,又有点不知所措,最终没有回答她。我当时就听出来,这个妇人叫张郎忝人,她的声音特别清脆,很容易辨认。

我换过衣服,爷爷就给我喊魂灵 —— 在门口的青石踏脚上,烧煤头纸。这样一折,那样一叠,嘴里念念有词。火熄灭,他撮了一点灰,抹到我耳朵里。他又用报纸裹了剩下的灰,来到我家最东边的那块石板,把它撒进小河里,又念叨了一阵。

这是第七块石板,平时很少用它,空着的时候居多。之前,我总是以为,这块石板是我家和隔壁达琛妈妈家的分界,两家都客气地不用,才让它空着的。但是,如果真是这样,今天爷爷又为什么把喊过魂灵的纸灰撒到了那里呢?是趁着天黑,达琛妈妈看不到,爷爷才把它撒到那里去的吗?

然而,当我换过衣服,躺在小桌上,迷迷糊糊将要入睡的时候,听到旁边的一个人在悄悄地问:"这个事情有几年了,好像四五年了吧?"

另外一个说:"五年嘛,肯定有了。那天,张郎忝人披头散发,哭得真伤心。要不是这么多人拉着,她早就跳进河里去了。"

"今天我下河去救小囡,着实吓了一下。她怎么不声不响地蹲在埠头角落呢? 不过,也难怪啊⋯⋯"这是我父亲在说话,他的声音更轻。

"你们没看到吗? 她经常蹲在这个埠头角落的。女儿就在这个地方出事,做娘的怎么会不记着呢?"

"噢! 她总是来得比别人迟,原来是有道理的。不过我们说得轻点,我小囡胆子小,不要让她知道这件事情。"我父亲一边用扇子给我赶着蚊子,一边对那些人说。

人都一个个回家去了,我好像睡着了,梦见了后来经常梦到的场景。

一个发大水的时节,门前的河水涨得特别高。泊在河里的船,几乎要爬到岸上来了。我在后院玩着,爷爷忽然来找我,小囡,小囡,喊得惊慌。待看到我,他一副放心了的样子,然后牵着我的手,去他烧饭的灶底,给我在稻草灰里煨豆。豆熟了,他又一颗一颗地剥给我吃。

其时,我听到我家的门前很热闹。很多人跑过去,又跑回来。也有后院的德哥年哥,匆匆从我家后门走近路,来河边看热闹。小镇的旧俗是,不能把人家的住屋当成走路——这叫穿房。平时他们戒忌,总是从墙门头来埠头。有了心急的事情,他们才先说出理由,从我家后门进来。

外面有人说话了,但都轻轻的。忽然,"咚",什么铁器扔在船上的声音。

"哎呀！我的囡啊——"最后我听到了一个女人的声音。没错，就是那个我熟悉的、清脆的声音。

我吃过午饭，跪在排门口的高背椅子上，外面的一切似乎恢复了原样。但是，我家门前最东边的石板，显得湿漉漉的，还躺着一只小布鞋。那只木头船上，到处是人的脚印，船尾更加乱七八糟，还横放着竹竿、麻绳、铁耙之类。埠头上的妇人在洗衣，时不时地说一句，这样的大水，大人怎么不管住小孩的呢？

船，有时离我很近的船，仿佛只要一脚就跨上去了。真的到了船上，从船头到船尾也只要跨过中间船舱就行。我想爬过去，但又怕掉到船和河岸的缝隙里。正在我犹豫的时候，船底下探上来一个女孩的脸，她在向我招手。看我犹豫不决的模样，她好像要爬到岸上来了。

"啊——"，我吓得大叫，几乎哭了起来。坐在我旁边的父亲，赶紧拍着我的后背："做噩梦了吧？不要紧，不要紧，明天就会好的。"

我很想告诉父亲，他不想让我知道的事情，我其实小时候看到过，如今都记得。父亲把我背进屋，放我到母亲的大床上，我又睡了过去。

在这以后的很长时间里，即使是最热的晚上，我都不敢单独在河边乘凉。即使有人陪着，我也不敢去瞧一眼那块神秘的第七块石板。奇怪的是，那些来我家乘凉的人，他们再怎么挤，也不愿意把椅子端到那里去坐一下 —— 记得那个时候,我经常确认这点。

当然,那个叫张郎岙人的妇人,她依然喜欢趁着夜色来洗衣服。她总是悄悄地来,又悄悄地去,让坐在河岸上乘凉的人,不知道她已经来过。

家祺哥哥

"尧伯,尧伯,你还管不管埠头啦?"晌午时分,一个大婶站在我家摇门外,向正在灶间烧饭的我爷爷大声叫嚷着。

东河沿石板路半里路光景,却有十来个埠头。如论热闹,我家门口的绝对第一,因为它有我爷爷看管着,非常干净。

夏天,他不让十几岁女孩下河,就是男孩也不准从高高的树上往下跳,怕搅浑了河水。冬天,北风吹落树叶,河里漂来菜皮,他用尼龙网兜捞到河沿上。树叶晒干了烧饭,菜皮晾一晾喂兔。刷衣服的石板上,有人剖鸡、刨鱼鳞,留下一堆脏物。爷爷用稻草裹了扔掉,再冲洗干净。

"谁呀?什么事情?"爷爷听到了外面的声音,边走边用挂在肩上的毛巾擦汗。他很快就明白,是家祺的新娘,不单短裤,连别的东西,她都带到埠头来洗了。

东河沿人家

"尧伯,这个埠头人丁兴旺,都是你管出来的。如果每个女人都把脏东西带出来……"女人说得恳切。

"嫂嫂,你说得有理。这事情我会问清楚,你放心好了。"爷爷怕灶洞里的火灭了饭夹生,赶紧用安抚她的口吻说。

大婶所说的家祺,我叫他家祺哥哥。他家在朝东屋对面的小四合院里,海婆婆家旁边。他父亲叫庚师傅,是泥水匠;母亲叫阿春,模样清秀,说话很轻。夫妇俩生有五个儿子、一个女儿,家祺哥哥排行第三。家祺哥哥中等个子,白生生的脸,眼角有个桃花样的疤痕。结婚前他住在桃园,回家吃饭。

"爷爷,你吃过饭了吗?"家祺哥哥见到每个人都笑眯眯地招呼,对爷爷尤其恭敬。爷爷也喜欢这个嘴巴活络的年轻人,说他和气,对老人有礼貌,还叫得出他的名字——爷爷老了,记不得这么多后辈,大部分都带了他们父母的名字叫,谁谁儿子,谁谁女儿。

这天中饭后,爷爷给我一角钱,让我去家祺哥哥的桃园买桃子。盛夏季节,午后大家都在睡午觉,东河沿静静的,只有对岸的皂荚树上,知了在"喳喳"地叫。我紧紧捏着爷爷给的钱,紧跑慢赶,往桃园而去。经过漕斗底,石洞门口,石板官路,到了横渠,转个弯,便是直渠。直渠到了,桃园也到了。

桃园更加幽静,大白天也能听到一阵阵不知名的小虫在叫,天籁一般。

"小囡,你也买桃子来了,难得。"家祺哥哥笑容满面,坐在带有草顶的竹大门前,用一把芭蕉扇驱赶着苍蝇。他的面前,有四五堆桃子。有的太熟,将要变质;有的青涩,却有一个黑色小洞,里面住着一条正在蠕动的青虫。

我把手里的钱交给家祺哥哥,让他给我挑几个。他拿出一个纸袋,装了两个熟透的、四五个青涩的,说:"熟的给你爷爷吃,青的你吃。"

临走,我才对家祺哥哥说:"爷爷让你回家的时候,到他那里转一下,他有事问你。"家祺哥哥侧头想了想,笑着问我:"是不是埠头上的事情?"我说不出来,捧了纸袋回家了。

这天傍晚,家祺哥哥如约来找爷爷,爷爷也远远地等着他。其实,不用我特地去通知,他们也碰得到,但爷爷为了保险,还是让我跑了一趟。

"爷爷,你叫我了吗?什么事情?"家祺哥哥站立在爷爷面前,恭顺地问道。

"噢!家祺,你来了,有个事情要对你说。我们这个埠头,管着蔡元房、三房,还有你们太傅世家这么多人家的吃喝,你知道这个事情的吧?"爷爷想了半天,才想出了这么几句话。

很快,埠头上的女人多了起来,都站着看他们。

"爷爷,我怎么会不知道这事呢?书上说,这条河叫古里漕斗,我们世世代代的人,都是喝这条河里的水长大的。这个埠头特别清爽,人也特别多,全靠你管得好呢!"家祺哥哥到底读过书,说话文绉绉的。

爷爷听得高兴,脸上的皱纹一条条露出来了。他说:"家祺,我就要你这句话。有人对我说,你的新娘子,昨天拿了不清爽的东西到埠头来了。她刚刚来,不懂这里的规矩,我们不能怪她,可你要对她说清楚的啊!"

"爷爷,你可不要偏听了别人的话。昨天,她确实来过埠头,还是我陪她一起来的。埠头人多,她插不进去,后来是我下到河里洗了衣服的,没有什么脏东西呀!"家祺哥哥说着话,眼光扫向埠头上的那几个女人。他知道,正是这些女人,向我爷爷乱嚼舌头了。

"你既然这样说,那我对你说,这个埠头不能洗女人的短裤,另外的东西,连拿也不要拿出来!"

围观的女人越来越多,她们都想看个究竟。

"爷爷,其实我也想对你说,世道已经改变,男女早就平等了,为什么男人的什么都可以洗,女人的就不能?当然,女人的有些东西是不能拿出来,但是,如果家里已经洗过一次,埠头的清水过一下,有什么不可以的?"家祺哥哥振振有词,说到后来,他不是对着爷爷,而是对着那些妇人了。

"你们这些大嫂大婶,我平时都很尊重你们,如今,我把丑话说在前头。我的女人刚刚嫁到这里,你们不能欺负她。你们欺负她,就是欺负我。如果不相信,以后我不让她来埠头,凡是衣服都由我洗,看你们还能怎么样?"家祺哥哥说到这里,神色庄重起来,声音也渐渐提高了。

"侬个小鬼(ju)头,敢在爷爷面前无规无矩!爷爷这么大年纪,还管着这个埠头。快滚回家去,你爹快收工了。不要以为有了老婆就是大人了,爷爷面前,还轮不到你呢!"说这个话的是家祺哥哥的母亲,我叫她阿春姆妈。她平时说话轻柔,这会儿竟然这样干脆响亮。

"尧伯,我家三小鬼神气不清爽,您老人家不要生气。他老子马上回家了,一定好好教训他,回头来向您认错。"阿春姆妈向我爷爷说了这样多的道歉话,我爷爷反而不好意思起来。

"阿庚嫂嫂,你管教孩子这样严紧,难怪一个个都有出息。其实,家祺说的也有道理,都是共产党的天下了,还分什么男女。只是,这个埠头的清爽实在要紧,我这把老骨头,才这样管着它……这样吧,你也不用让他爹教训了。"

爷爷从来没有说过这么多话,气急起来。他喝了口茶,才转身对埠头上的女人们说:"你们这些妇道人家,也不用太计较男的女的了,只要是干净的,都拿到埠头洗吧!只是,真的不能把脏东西带出来,如若带脏的出来,我还是不留情面的!"

"尧伯,这个你放心,只要允许我们洗干净的,我们就都满足了。你们说,是不是这样?"还是那个午前来我家喊话的大婶,听了我爷爷的话,看着她的同伴,如此保证着。

那天晚饭后,家祺哥哥到底还是来向我爷爷认了错。不过,他也果真很少让自己的女人来洗衣服。后来分了家,连淘米洗菜,都是他来埠头。

过不了多久,东河沿的不少男人,慢慢学了家祺哥哥,只让老婆坐在石棉车上纺石棉,自己烧饭、洗衣。再后来,他们甚至抱孩子到外面玩,都不感到难为情了。

光禄第

东河沿人家

一把油纸雨伞

光禄第俗称二房厅,明代建筑,前后三进。我家向西百来步,是它的头门。我小的时候,这门早已倒塌,只剩下十来级高低不等的石头步道。好些是条石,两尺来宽,一间屋面长;有几级特别光润,下雨天必须踩紧了脚底,才不至于滑倒。

对着石头步道的,是乔爹的家。朝南两间,木头门槛,两扇白木大门。和普通人家不同,乔爹家的门枋上,倒挂着一顶油纸雨伞。别以为这是顶普通的雨伞,它可标志着一个个灵魂在世间的消失——哪家失去了亲人,来请乔爹报丧,乔爹即刻拿起这把雨伞,倒夹在腋下,风尘仆仆地去了。

乔爹瘦长,黑脸,戴一顶绍兴旧毡帽,有时帽檐还缺个口子。我晓事时,他也做些生产队的轻便劳动,报丧是他的独门活计。当时,凡是见他背着这把雨伞跑东过西,小镇的人就会问他,这下轮到谁了。乔爹嘴里含着香烟,又带点口吃,还没有说明白,早跑得没了踪影——小镇对跑得快的人有所不满,总说,你报死讯去啊!

路近的,他进去后,必定会传出一阵哭声。哎呀——哎呀——但凡这样哭的,肯定是远了一点的亲戚。至亲,尤其是儿女,早到了临终人的床前,哭声哪里会如此轻缓呢。乔爹看惯了这些,只默默地站在旁边,并不劝说一句。

也有急病去世,至亲路又远,一时得不到音讯的。这个时候的乔爹,总是闷着头,健步如飞。到了门前,他又显得犹豫不定。终于进得门去,他更是讷讷的。但是,人家看到他放在门口的雨伞,早明白了是怎么回事。于是急问,哪个?是哪一个?跟着便是呼天抢地的哭声,让他也陪了一把老泪。

然而,不管是怎样的人家,但凡他进去,都得请他吸烟,至少一杯热茶。这是所谓的热火,含有驱邪之意。他出来的时候,"哐零零",必定有一只破碗摔在他身后几步的地方。如果有人舍不得碗盏,瓦片也无妨。我看到过这个时候的乔爹,还怕兮兮地盯了那把雨伞一眼。暗红的雨伞缀满密密匝匝的补丁,可能是经常在罩桐油,还亮闪闪的。

回来后的乔爹更忙了,他要准备逝者的衣物。单的棉的,白的黑的,一件件必须由他先穿上,合身服帖后,再脱下来穿进竹竿,高高地挂着。入殓时,他按照礼节吩咐丧主什么时候哭,什么时候停。出殡之时,他腰束稻草绳,手拎两个稻草垫,走在前面。

他把垫子放在哪，棺材就停在哪。棺材入土，他让亲人们分作三圈，手拉着手，来回兜圈。事毕，并没有什么谢礼，他不过白赚了几天的吃喝。

他的女人过世得早，只留下一个儿子，我叫他乔哥。乔哥也很高，比他爹还结实，说话也有点结巴，人却很聪明，生产队干活肯花力气，人称他忠厚实诚。然而，可能是他爹经常跑丧家的关系，本地姑娘并不愿意嫁给他。做爹的养大儿子不容易，千托万求，终于从里山娶来一个媳妇。

成亲那天，我们小孩子自然要赶热闹。但没娘的孩子，连结婚也冷冷清清，没有看头。几个穿得极为普通的妇人，坐在长条凳上，静静地端个茶杯，不说一句话。但晚饭后看到，鞭炮声里，新舅爷告辞，新娘从穿堂的石头步道送到河边的大路上，哭得很厉害。

后来知道，新娘叫爱琴。她圆脸，凤眼，嘴巴很小，说话声音很好听，口音和我们稍微不同。开始，父子俩并不让她去生产队干活，怕她山里姑娘不会种田。然而，爱琴姐要强，硬是让乔哥教她。一两年后，她不但全学会了，手脚还比人家利索。

春上空闲，常见她拎个篮子经过我家门前，那是她去自留地里割菜。秋后棉花落叶，她背个筱笼去扒花叶——可能是她在山上捡拾柴禾得到的启示——我就是学了她的样，也去棉花蓬里扒挖过。大约第二年，她生了个儿子，大头大脑，像足了乔哥。

我高中毕业，基本在代课，有时也到生产队干活，尤其是夏天的"双抢"劳动。由此熟悉了队里的每个妇人,包括爱琴姐。原来,爱琴姐是个爱讲话,也会讲话的人。一天,在仓库里拣择稻谷种子,门板还没有搭好,就有人提议爱琴姐讲个笑话。她没有辜负大家的期望,果真让大家大笑了一通。我也笑了,现在已经忘了笑话的内容。

更多的时候,她讲山里的事情。夏天酷暑,她说山里后半夜盖被子。我就问,夏天不热,冬天不是冷死了吗?爱琴姐却说,哎,冬天比这里暖和,即使冷得厉害,也可在家里烤火。我无限向往地说,这样的好地方也有?言下之意,爱琴姐你为什么离开了那样的好地方?

爱琴姐笑着说,冬暖夏凉有什么用,四季清闲有什么用?只有番薯可吃呀!番薯吗?我最喜欢吃!听了我的这些话,爱琴姐只是看了我一眼,没再吱声。或者她想说,你太幼稚了。然而,出于山里人的智慧,或者是外来媳妇的谦恭,这样的话她没有说出来。

乔哥的儿子长大一点,他们就在门前的空地搭了个小屋。乔爹搬到小屋,那把已经变得灰不溜秋的雨伞,也挂到了小屋门前。我晚上去朋友阿红家,总是经过这里。那把雨伞固然有点吓人,但是,乔爹的小屋里总点着一盏昏黄的灯,有时还传出几声咳嗽,又给我壮了胆。

过不了几年,乔爹过世。他的后事,包括穿衣之类,全由乔哥料理。但是,乔爹给人报丧的活计,却由另外一个人接了过去。乔哥自学了电工技术,后来做了村里的电工。他也走村访户,给人修灯、装电表,后来还收电费,整天乐呵呵的。

他们的儿子我教过,非常聪明的一个男孩。毕业的时候,我上门家访,建议爱琴姐让儿子读高中。爱琴姐指着墙角说,阿乔不肯背老爹的这把雨伞,却想把自己的电工刀传给儿子。顺着爱琴姐的手势,我看到墙角挂着一把雨伞,油纸的补丁有点脱落,伞骨子倒还结实。当然,那是乔爹的遗物,爱琴姐让它成了教导儿子的道具。

最终,他们的儿子报考了电工类技校,毕业后分配到大城市的电厂,已在那里安家落户。爱琴姐去儿子家,经常带着她娘家特有的红心番薯。她说,从前番薯吃得胃痛,如今成好东西了。

谢老师

镇上的小学在蔡元房晒场东边,和舒季里紧邻。它创建于光绪年间,当时叫诚意学堂,是省内第一所私立高等小学。我出生之时,它已经成了中心小学。小学生们每天四次经过我家,几乎让我看不过来。老师也是镇上的多,经过我家门前的有五六个。其中一个姓谢的女老师,让我至今难忘。

谢老师温文尔雅,秀而不媚。她白天经过不怎么说话,只眯缝着棕黄色的双眼皮大眼睛,对着路人点头、微笑。但是,到了晚上下班(那时的老师经常晚上去学校开会,或者备课),东河沿静悄悄的,就能听到谢老师的声音了。她说话沙哑、柔和,夹杂在男老师的声音里,非常好听。她住二房厅,第一个到家。我听着他们的脚步声远去,有时还能听到她和同事告别的声音。

谢老师的皮肤洁白细腻,白玫瑰似的,非常耀眼。但是,她左额靠近太阳穴的地方,有一块拇指大小的胎记,梅花形状,深红颜色。在我当时的眼里,谢老师的这块胎记,其实也非常好看。但她总把刘海养得长长的,斜着披在上面,几乎把左边的脸都遮住了。如此,不但陌生人,就是我也常常发现不了这个胎记。

然而,谢老师还是不放心,总是用手去抚摸这缕长长的刘海。如果拿着书本,她会时常把头往前一倾,再向左上一甩。那缕刘海在空中转了个圈,又覆盖住了她的这朵梅花——最近,我跟一个小学同学提到谢老师,她也说到了谢老师的这个招牌动作,还站起身来,惟妙惟肖地模仿了一遍。

我和二房厅的阿红做了朋友后,常经过谢老师的家。二房厅的第一进正房只有两间,那是乔爹家,西厢却有长长的一排。谢老师家靠南边五间,门前的台阶非常高。中间有摇门,门内总是晃动着一个白头发的老人——谢老师的母亲。她有一个住在附近的外甥女,和我差不多大,常来这里走动。

一次,我看到谢老师刷牙了。她站在门前的高台阶上,身子向前倾,刘海披散在空中,浮浮荡荡的,非常好看。我怕她看到我,就边走边回头看。看了好一阵,才见她吐出了一口清水,把刘海往上一甩,再进入南端的那扇小门。这间房子抵近石棉厂,角落有几个七石缸,缸边摆着几盆仙人掌。

后来,我也看到过谢老师在门前忙乎,主要是洗涤。一张白木小桌放在摇门前的台阶上,洗的被单雪白雪白的。桌子太小,她就把被单卷起来,一层层展开,上过肥皂,用板刷刷。肥皂泡堆叠起来,发出五颜六色的光。我还没有看够这些美丽的泡泡,谢老师就把它们卷叠进去,再刷新展出来的了。

可能是在阿红家的后堂前,我认识了谢老师的外甥女。后来,我去过一次谢老师家。

摇门进去,就是堂前间。泥地中央,凸起了一个个小泥墩。这样的泥墩子,由长年累月的脚头泥累积而成,我家堂前也有。不同的是,谢老师家的泥墩一个连着一个,很像一块由一张张莲叶编织而成的地毯。围绕着这块地毯的,是向墙边倾斜的泥地。这些泥地平整光滑,浮现着一星半点的绿意。

堂前的右边一间有两扇木窗,窗前放着那张白木小桌。桌子上面,有一只铅笔盒子,和一本摊放着的只写了两排的算术本。女孩不是还没有读书吗,怎么做起了作业?那个时候,即便是入了学的学生,也不做回家作业。所以,那个本子给我留下了深刻的印象。

我还没有和女孩玩点什么,屋子里传来了一阵琴声。顺着琴声,我看到谢老师背着一架手风琴,从南边的屋子出来了——她是听闻了我的声音,特地来看看的吧!她看到了我,并没有停下弹奏,只是朝我点了点头。这手风琴我看到过,背部红黑相间,几个老师经常背着它走过我家。听到它的声音,却是第一次。

谢老师似乎看出了我的心思,没有马上回房。她对我再点了点头,把手风琴拉成好看的扇形。有时,她把眼睛眯成一条细线,好像看着前方。忽然,她又低头看着雪白的键盘,把风琴变换成三角形。悠扬的乐音从她的手指间倾泻而出,我听得入了神,真想一直听下去,但谢老师拿出一个毽子,回南房去了。

这个毽子的羽毛五彩颜色、柔和漂亮,一看就是用线鸡(阉割过的雄鸡)的尾翎做的。翎毛插在大鸡毛的白管子里,再缝在青布包了的铜钱上。这样的毽子不但好看,还非常稳实,踢起来使得上劲。单脚,双脚,向后跳转,那天我学会了最难的花样。直到她家将要开饭,我才跳下那高台阶回家。

回家以后,我找遍了抽屉的每个角落,都没能找到和谢老师家一样的、可以做毽子的铜钱。我央求爷爷,从后河塍的铁匠店里拾一个圆形的铁片来。爷爷终于拿来了,却没有中间的圆孔。我让爷爷给我挖,他却摇着头。最终,我还是拿它做了毽子,只是,歪歪斜斜的,怎么也踢不高。

我上学的时候,谢老师调到丈夫所在的杭州去了,她不再经过我家门口。我每次去二房厅,经过她家,也只有她老母亲的白头发在摇门之内晃动——到了这时,我总是担心,谢老师的老母亲会不会在那莲叶般的泥墩上摔一跤。不久,她的母亲也不住这里,她家关门落锁了。

然而,常有几只大蜘蛛在她家的屋檐下,编织了一张张晶莹的丝网,在风里荡呀荡的。

金相公

金相公家在谢老师家北面,西厢靠北的两间,门前铺着一尺见方的青砖,地势比乔爹家的高出一尺。二房厅为明代大官的府第,为防范倭寇进犯,曾在家里养有兵丁。西厢是兵丁们的营房,这方正的青砖之地,是他们的练兵场。如今它成了二房厅人出入的通道,我去朋友阿红家,也走这里居多。

金相公是箍桶世家,祖上专门打造富贵人家的各种桶、盘。因为手艺好,用料讲究,他家的圆头木器一般人难以企及 —— 光一个铜圈,厚至三分,描龙刻凤,金灿灿、亮晶晶,被人誉为金圈。加上他本来姓金,东河沿人有时叫他金相公,有时又叫他金圈。

当然,这是说从前,我还没有出生的时候。当我经过他家门口,他所切削钻刨的,不过是些平常的脚盆、圆盘,或者水桶、舀勺,用的都是白木,箍的是铁圈,有时是竹圈。然而,金相公还留着一套铜圈,因为找不到合适的主顾,他常常叹息。

金相公还有一个好大的不如意,就是没有儿子。已经去世的老伴,只给他生了两个女儿,这对于他手艺的传承,是个很大的不利。当然,女儿也罢了,可以招个进舍女婿。偏偏大女儿特别出挑,找了个吃国家粮食的——我家河对面粮站的工人。如此,他就剩下一个念头,盼望女儿生个儿子,好来继承他的手艺。

他的女儿终于称了金相公的心,果然生了个儿子。金相公笑得合不拢嘴,每天把钻啊刨啊使得顺溜。他还几次把那套铜圈拿出来,套在外孙的坐车、摇篮上,逗外孙玩。我这才看到,这传说里的铜圈,其实只是几个黑不溜秋的圆环。要说它的好处,就是声音叮叮当当,确实好听。

然而,好景不长,不到两年,金相公的眉头又皱拢了,因为外孙不会说话,连"咿咿呀呀"的声音也不发一声。女儿女婿着急,抱着孩子去了无数医院。被上海的医生确诊哑巴后,他们搬离二房厅,去了粮站宿舍。金相公也只闷头干活,再不说话。人们说,金相公家一下哑巴了两个。

金相公的小女儿,只比我大两岁。没娘的孩子可怜,她平时就不声不响,至多和路过的我点个头。如今连姊姊也搬走了,父女两个的烧饭洗衣都落到了她身上。不久,商店里塑料脸盆、水桶这样的生活用品越来越多,金相公只能给人修个旧。他赚的钱连嘴巴也管不住,小女儿辍学,父女两个绩麻了。

绩麻这事占地方,需要大场院。好在青砖道地很大,尽可以

东河沿人家

摊放、收晒。此外，他家北边还有一堵砖墙，是二房厅第二进的围墙，很多砖头已经损毁，裸露出一个个豁口。金相公用毛竹扎了个四方的棚架，靠在墙上，棚架上悬挂着一卷卷粗麻。这麻泛着黄绿，在阳光下散发出一阵阵清香。

终于，金相公时来运转了，这便是东河沿人最难忘的大旱年。那年夏天，九九八十一天没有下雨，我家门前的漕斗底翻天了。人们在河底掘了土井，早晚打水。万安桥那边三江交汇，河底很宽，搭了戏台，时常唱戏。看戏的人黑压压的，挤满了河底。也有人站在河岸上，观望着这难得一见的奇观。

这时，金相公家的门槛被人踏断了，大家争相订购水桶——土井里的水，只能用来清洗，而吃喝的，须到小镇前面的山洞里去挑。没有劳力的人家，让人代挑，便宜的八毛一担，最贵时候一元两角。当时，只要有劳力的人家，都前呼后应地去挑水了。

金相公自然高了兴，他日日夜夜箍水桶，恨不得一天四十八个小时，饭也不吃，觉也不睡。订单实在太多，他把箍桶分成了几道程序：圆的底盘，弧形的把手，桶身木板。如此分门别类的好处是，转手快，出货多。简单的工序，比如用砂纸打磨之类，让女儿帮着做。

我父亲从绍兴挑来一副水桶的木板，特意让金相公去加工。金相公本来不接外加工的，但看在父亲路远迢迢挑来的份上，收了下来。但他一直没完工，父亲上门催促，我跟了去看，这才第一次进入金相公的家。古旧的厢房板壁里面，那套金圈一个个排着队伍,黄铜的颜色一点也没有了。

金相公做桶极其仔细,几块木板比画来比画去,已经看不出拼接的缝隙,他却还在耐着性子比对。父亲接过我家的新水桶,连声夸奖金相公好手艺。金相公抬起头来说:"大旱天的水桶比不得平时,你们要挑着它爬山过岭,怎么可以含糊呢?"这副水桶灵巧结实,我家用了几十年。

这年十月,东河沿人终于迎来了第一场透雨。金相公忙乎了一个夏天,人瘦了好几圈。他的背本来就驼,此时几乎弯成了九十度。那天,他和大家一起站在河岸上,看小河里的水涨起来,船高起来,清风从河面吹来,他脸上的皱纹慢慢舒展开了。

就在这年年底,我在他家门前的方砖院子里,看到了一个白皙瘦长的少年。也没人告诉我这少年是谁,但从他窄窄的脸,和特别长的眼睫毛,我一眼就认定,他就是金相公的哑巴外孙。他在玩一个铜圈,使劲甩出去,让它不断转动。如果停下,他就再甩一次。

奇怪的是,这个时候的铜圈,不再是褐色的,而是金黄的了。它在暮色里一闪一闪,偌大的二房厅院落里回响着"叮叮咚咚"的声音。

座 车

乔爹家屋后,是二房厅第二进大门。石槛,石阶,两旁还有剩了大半截的石柱。石柱砌有古色古香的花纹,上端都是斜角,斜角之下有火烧过的痕迹。这里进去的院子铺着交错相间的长条石,雨后坑坑洼洼的,积满了泥水。楼房高峻,重檐歇山顶。五间房子,中间穿堂,两边每间一户。

右边第一间,是达琛姆妈的娘家。此时的主人是她的小弟,名叫加山。加山个子不高,面黄肌瘦,有颗镶银边的门牙。他的耳朵很聋,来达琛姆妈家,要么不说话,坐一阵便走,凡是说话,都很响亮,吵架似的。但是,这个聋子有文化,是我们生产队的出纳,男女出工多少,秋后分粮分草,全在他的一支笔下。

他的老婆叫美英,眉眼十分好看。也真是奇怪,美英还很年轻,但大家都叫她美英大妈。更加奇怪的是,美英大妈的嗓子非常沙哑,却很会唱戏。她会的戏文还很多,有滩簧、越剧,如果听的人要求,也会几句绍剧。听说,这个美英大妈,是加山去看戏,一眼看中,就娶了她进门的。

这夫妇两个,生了两个儿子、一个女儿。大的儿子比我大多了,小的又比我小不少。独有中间的那个女儿,和我年龄相仿。按说,这个叫阿荣的女孩也该是我们的玩伴,但是,当我爬阿红家的大廊柱,和阿红他们一起跳橡皮筋的时候,阿荣还流着口水,坐在座车里——座车底下塞着一个扁盆,接她的屎尿。

当时养孩子的座车,一般都是竹制的(竹椅不带靠背,翻过来可以当凳子)。冬天,用的是草窠——用稻草编一个半人高的无底圆桶,孩子放进去,底下塞个火熜。阿荣的座车,不知道是什么木头做的,深紫颜色,光可鉴人。车头有放吃食的盘子,靠背雕刻着精细的图案,两旁还有围栏。

等我们读书了,阿荣不再坐在座车里,而是靠在她家的门枋上(这门对着二房厅穿堂,和左边的庭淼哥哥家相对,叫相见门),露出满口黄牙,对着路人傻笑。有时,她家前面的长条石道地上,摊着一张竹簟,簟子里晒着稻谷。阿荣拿个扫帚,"咿咿呀呀"地赶鸡。鸡们不听她的,她生气了,就把扫帚扔过去。

鸡们四处乱飞,有的飞到乔爹家屋后的空地,"咕咕"叫唤着,有的逃向穿堂,躲进草堆,钻进那把座车。是的,那个考究的座车,此时放到了她家门外的草堆旁边,做了母鸡下蛋的鸡窠。我见到过,一只母鸡正在座车里生蛋,另外的鸡来占窝,母鸡乱叫一阵。阿荣看到鸡们吵闹,更加生气,拿扫帚使劲敲打座车,座车纹丝不动。

"的笃、的笃",一个晴朗的午后,二房厅来了一个拎黑皮包的男人。男人敲副竹板,是当时不太见得到的古董商人。他看到阿荣家草堆里的座车,目光定住了——他早就听说过,二房厅里有异物,还真没有想到,一下就让自己碰上了。他赶紧抹掉灰尘,里里外外端详了一番,"嗨",他笑开了。

这天以后,他几次来到二房厅,总是围绕着座车转。加山夫妇忙完了生产队的事,再忙着家里几个孩子,开始并不知道这事。后来,邻居告诉了他们,他们并不相信。仔细盘问过阿荣和她弟弟,这夫妻两个才暗暗高兴,又不怎么有把握,很想从商人那里确定一下。

终于有一天,加山夫妻碰到了这个商人。商人非常客气,把这个座车的各种好处说了个遍,然后问卖还是不卖。加山读过书,知道这东西如果真如古董商人说的,便是祖上留下来的老物件,不能随便卖掉。美英没有文化,但她会唱戏,知道一点二房厅的历史,便也听从了丈夫的。

从此以后,他们把这把座车当作了宝贝供奉。他们将它擦洗干净,用蜜蜡上过色,再用一条花被单盖住,藏到了楼上。时有好奇的人想到他们家去看个究竟,这夫妇两个居然不肯,只有至亲好友来到,才引着他们上楼看看。一时,阿荣当时拉屎撒尿的这把座车,成了大家茶余饭后的重要话题。

我们初中刚刚毕业,阿荣就出嫁了,是她家对门的迎春姆妈做的媒,婆家在滨海的偏远处。新郎小儿麻痹,腿脚有些不便,学做了木匠手艺。婆家说,阿荣嫁过去,什么都不用准备,只要这把座车做陪嫁就成。加山夫妇明里知道这代价不小,同时也明白,如果错过了这桩婚事,难以找到更好的女婿了。

滨海娶亲的彩礼很多,美英大妈拿它做了大儿子讨老婆的本钱,还绰绰有余。

庭淼哥哥

阿荣家对面,是迎春姆妈家。她家相见门内的地板紧实,花格窗漂亮。板壁前有紫檀色八仙桌,桌上有一个自鸣钟。"铛、铛",报点的钟声清脆、悠长,是整个院子的作息信号。

迎春姆妈顾长,短发,眼皮有点虚,眼神特别明亮。夏天喜欢穿白色运动衫,戴着草帽,到田里割稻、插秧。她在说话之前,总是先露出微笑。说到高兴处,就开怀大笑。还没有笑完,她就走进家门,顾自忙碌去了。她的丈夫叫阿岳,红脸膛、高鼻子,说话有点结巴。他在粮管所做会计,会左右手打算盘,是著名的神算子。

他们也是两个儿子、一个女儿。老大出生的时候,算命先生排出的八字,和迎春姆妈相冲,必须找个属龙的干妈。排来排去,找上了我的母亲。凭空的,我母亲多了一个儿子,我们多了一个兄弟。这个兄弟比我大两岁,名叫庭淼,我叫他庭淼哥哥。

庭淼哥哥的相貌像迎春姆妈，身材颀长，眼皮也虚，眼珠很黑。性格像他父亲，不喜欢说话。除了每年分岁到我家吃一餐饭，其余时间从不登门。我家平时的饭桌上，只有豆腐蔬菜，至多一碗杭州湾的白蟹小虾，分岁那天的特别丰盛。庭淼哥哥小小年纪，吃得斯文。吃完，还会举起筷子，对着每个长辈说"慢吃"。然后，用筷子对着我们孩子转个圈，笑一笑，就起身了。

　　母亲也赶紧起身，从房间抽屉拿出一沓沓簇新的压岁钱，分发给我们。庭淼哥哥的厚一点，不知道有多少。也不知道哥哥姐姐的，反正我从头到尾，都是四角。这钱挺括——印有各种打扮的一排男女，浅咖啡色——随便一摸，就会"啪啪"作响。我怕折坏了，不敢放在口袋里，藏到枕头底下去了。

　　庭淼哥哥拿着压岁钱走了，而我的压岁钱，不到第二天中午，就被母亲收去了。我不乐意，开始还哭闹，大些才懂，这压岁钱是在庭淼哥哥面前做的表面文章。后来形成了规矩，第二天，自觉把压岁钱上交给母亲了。

　　庭淼哥哥来的时候，也不是空着手。他带来的是孝敬长辈的粗制草纸包，开始两包，后来三包，甚至四包，用细麻线捆扎成一串，有白糖、红枣、金枣（米粉做的）。母亲收下白糖，把金枣等退回去，再添加一包别的。看上去这礼好像费事了，但是，如果庭淼哥哥不送，或者我母亲不调换一包，就是失礼。

　　迎春姆妈特别客气，还要让庭淼哥哥再跑一趟，把金枣或者母亲给调换的那包再次送来。这个时候，我母亲可能不在，别人

东河沿人家

又不做主,这纸包就暂时放在我们家了。自然不会放在堂前桌上(怕我们孩子眼馋),也不会放灶间(怕老鼠来偷),一般由外婆放进了她的床头橱,或者她床后的米桶里。

这下,我和姐姐便做了老鼠,偷偷寻找这个纸包——哥哥是家里的骄子,他不屑于这些女孩子喜欢的把戏。找到以后,一阵窃喜,轻轻捏一下。如果是金枣,好办,只要从角上开个小小的口子,细细的半截,很快就出来。如果是红枣,就难办了,拆开麻线,我再也包不上。不过,过不了几天,纸包已经松开,红枣也可以轻松到手了。

如果大人忘记了,就会连续去偷。眼看着它变瘪变轻,心里不无担忧,还是照偷不误。奇怪的是,我们每年都如此这般,大人并不会十分计较。经常的情况是,这个纸包已被我们消灭了一半,母亲才突然发现了似的,用她特有的眼神横我们一眼,然后叹口气说,这下怎么办呢?

可能因为总是偷吃庭淼哥哥送来的纸包,我每次经过他家门口,总是感到不好意思。好在庭淼哥哥除了出门读书,他从不出来玩耍,也就相安无事地过了很多年。然而,长大了的庭淼哥哥,就连分岁吃饭也越来越迟。一次,等不及了,母亲便派我去请。

印象里进过他家几次,都是堂前间,进入后半间,只有这一次。他家里静静的,只有迎春姆妈在灶头忙碌。她说庭淼有事出去了,让我等一下。她怕我无聊吧,擦干了手,上楼拿来一个广口锡瓶,掏出几把小核桃,塞到我手里。我这才看到,她家的楼梯门竟然有两道,外面的一道是摇门。

庭淼哥哥一直没回家,我跟着迎春姆妈来到后门口。原来,楼房后面,还有三间高平屋,天井里还有一口古井。难怪庭淼哥哥可以不出门,原来洗衣烧饭这些家务,他可以从这里打水——母亲一直说,庭淼哥哥读书好,家里还勤快。那天什么时候等到庭淼哥哥,又怎么一起到我家吃年夜饭的,倒忘记了。

我高中的时候,曾经想到阿红家纺石棉。阿红说,她家已经有了两辆石棉车,再放不下了,可以放到二房厅穿堂。我感到为难,但阿红说,这是众家堂前,谁都可以去。也是,已经有好几辆了,都放在靠庭淼哥哥家这边的墙壁边——他家外面没放任何东西,还扫得非常干净。这个穿堂确实宽阔,放了七八辆石棉车,也不妨碍路人经过。

这个时候的庭淼哥哥,已经高中毕业,做了小镇的民办教师。时常见他腋下夹一叠书进进出出,却从来不抬眼看一下他家门口的这些大姑娘小姑子,更别提招呼一声了。也见过他背着那个谢老师弹奏过的手风琴回家,却听不到他的琴声,我猜想他是在后院的房子里弹奏的。

后来恢复高考,庭淼哥哥第一批考进了大学。这时,我正在滨海代课,趁庭淼哥哥读书报到的机会,换到了他的学校。我接过他的备课本,才知道庭淼哥哥教的是化学。也第一次看到庭淼哥哥的字迹,那样刚劲娟秀。当然,他备课极为规范,让我也学到了很多。

庭淼哥哥毕业后，留校做了老师。不久，他在那里结婚生了儿子，少回家来了。但是，很长时间里，母亲还是惦记着这个干儿子。她总是说，庭淼的儿子几岁了呀，我应该给个红包呢。母亲的红包后来有没有送出，我因为外出了几年，也不知道了。

清晰记得的是，我考进大学后，迎春姆妈送了我一块的确良衬衫布料。精细的白底子上，印满了一串串蓝色迎春花，还点缀着红黄篮三色小星星。这是我收到的第二件新衣——第一件是十岁时天花外婆送的。我穿了很久，后来做了棉袄的里子布。棉袄还在，只是不知道放哪里了。

脚头运

阿红是我最好的朋友,我动不动就往她家跑。

据镇志记载,二房厅最后一进叫德逸馆,我们却称它后堂前。它也有一道仪门,只剩下一个光溜溜的石头门槛。不同的是,这个仪门两旁的墙壁完整,只是都成了黑色。墙壁下依次放着各家的粪缸,缸沿都光溜溜的——男人大解,会从自己家门后拿根扁担,搁在缸沿,完后再藏到门背后。

这个院子比前院浅,铺设的石板也小。晴天院子搭有各家的三脚棚,晒衣服、被头。下雨时满院积水,雨过,石板马上干了,只留下石板缝里的几棵青草,在阳光下闪着雨珠。这进院子也是五间楼房,格局与前面一进相似。只是,它没有穿堂,除了西边第二间关着,其余都住了人家。

院子的西北角有门,通向大街。我开始跟了爷爷,经过这里

东河沿人家

去街上,看到成群结队的孩子玩在一起,好不羡慕。后来我独自上街,就停下来看他们玩。再后来,可能是阿红招呼了我,我才逐渐和他们玩到了一起。由此,在相当长的时间里,阿红家是我每天必到之地。

我们一开始玩的是廊柱。这里的沿廊更宽,足有两米。廊柱也更大,下端垫有椭圆形的石墩。我好不容易爬上石墩,想往上攀,但是,才抱住廊柱,手就被廊柱开裂处的倒刺戳伤。我看着虎口上的一根褐色木刺,差点哭了,赶快跑回家,让爷爷给我挑出刺,搽上鳖蛋油,才罢。

看阿红他们玩一字跌,我也想学。檐廊下的地面,铺的是洋红和蓝灰的花岗石,非常光滑。尤其是那间空关着的廊下,花岗石地面简直照得出人影。阿红见我玩这个,马上阻止我,还告诉了我道理。原来,这一字跌必须刚会走路时学,不然,脚骨会伤。我没有听她的,继续玩着。她就吓我,要把这事告诉我爷爷,我这才不再坚持。

我登堂入室到阿红家,是读小学后的事情。我和阿红都很高,是后排的同桌。早上我起得迟,吃完爷爷烧的水泡饭,一路跑着,才能不迟到,所以我们是各自上学。中午放学回家,我家里的饭菜老早等着了。我吃完中饭,就说读书去了。其实我是去阿红家,等她一起上学。她父母忙,下面有两个弟弟,家务几乎由她包了。

看着她洗好碗,淘好了晚上的米(早点淘米,能出更多的饭),有时还跟着她去埠头洗衣服——她去的埠头总是石棉厂门口的那个,我常担心被母亲看到。有时,还要等一只母鸡下完蛋,母鸡在鸡舍里面蹲着,让我着急。直到阿红捡了蛋,喂了母鸡,我们才一起上学。为此,阿红总是不无羡慕地对我说:"你家里有爷爷外婆,真好。"

我却一直羡慕她家的楼房。阿红家住在后堂前居中的一间,特别宽阔外,还有两道雕花大门。第一道,用的是花格子木门;第二道,也是大门,只是没有雕花。因此,她家虽然只有一间楼房,但是光楼下就有宽敞的三间,前堂、后灶,居中的一间,她家放了花秆、稻草、农具等杂物。

阿红母亲沉默寡言,终日坐在石棉车上,也不见她对阿红姐弟吩咐什么,姐弟俩总是踩着钟点忙乎。阿红父亲原先是生产队会计,后来进了社办厂。他除了上班,还到自留地劳动。他还早早在土灶安了风箱,后来又在灶头桌旁打了一眼水井。看了他们的风箱,我几次要求父母,也给烧饭的爷爷装一个。

看人家饭碗头,是要被大人责备的。别的人家开饭,我肯定识相地回家。独有阿红家,我不见外。阿红家堂前宽敞,一张小桌吃饭只占据了一角,我坐在另外一边,和他们隔得远远的。当然,后来我还是会经常扫视他们桌上的饭菜。

她家喜欢香莴笋,时常有这么一碗菜。咸菜汤是饭镬里蒸的,菜切得很细,汤很清白。她家的带鱼很肥,比我家的太公辫子大多了。阿红母亲烧带鱼很特别,咸菜放得不多,酱油却放得不少。吃的时候,她竖起筷子,把一块带鱼戳得细细碎碎的。有一片金黄的鱼皮粘连了雪白的鱼肉,我看得垂涎欲滴。

上初高中路远,我更要约了阿红一起同行。这条路快走十五分钟,我和阿红比赛,总是她快。后来我们还互相学走路姿势,我的八字脚也是那时学她的结果。下雨路滑,我还摔过几跤。阿红却从不这样没出息——当时我一次也没有想到过,这其实是阿红做惯了家务,手脚利落了的缘故。

有时,我晚上也去阿红家,主要是听故事。故事以鬼怪为主,我听得怕了,就有阿红或者讲故事的人——时常是阿杜的大弟,送我回家。隔壁的连婆也经常在场,她会讲二房厅的旧事。她说,这前后几进大宅,都是明朝的严嵩送给谢阁老的,后来这里出过很多大官。一次,她指着阿红家的后面说,这后墙上还有两个字,谁也解释不出来呢!

高中毕业,我马上就去代课了,阿红则务农纺石棉,不久做了生产队的会计。想不到的是,我上大学第三年,她就通知我喝喜酒了。我吓了一大跳,结婚?和谁?回家才知道,新郎是六坊宅的儿子,住水龙间旁边。他是退伍军人,能说会道,知道阿红和我要好,对我非常客气。

阿红出嫁那天,我第一次上了她家楼上。楼梯宽阔结实,还有楼梯门。楼上分为前后两间,前半间朝南搭了一张大床,靠窗口朝东,是阿红的单人床。后半间也宽敞,住着阿红的两个弟弟。我想起了年婆当年说过的两个字,探头朝外张望,果然看到雕刻在方砖上的"在相"两个字。我自然不知道这两个字的意思,但看得出,两个字的字迹古朴苍劲,真不是凡家手笔。

关于阿红家,还有一件趣事。我小时没有读过幼儿园,却上过托儿所,由爷爷接送,姐姐送中饭。姐姐半路偷吃了我的饭,害得我肚子饿,偷人家碗里的糊头吃。一个叫聋娘的 —— 是当时的保育员 —— 她看到我,总是用手指刮她自己的脸,还冲我伸舌头。我知道她这是在羞我,但是,我没有办法为自己辩护。

有一天,我忽然疑惑,这个让我背了一辈子罪名的托儿所,到底是二房厅的哪间 —— 二房厅虽然是深宅大院,但是,我闭着眼睛也数得出那几户人家。我问过姐姐几次,她只记得送饭、偷饭,甚至记得偷饭吃的地方是一条四下无人的小弄堂,却忘记了送饭的地点。

直到前年,我才问了比我大八岁的哥哥。他却清清楚楚地告诉我,托儿所是我小时每天去的阿红家。听闻此言,我吃了一惊,问了哥哥几遍,口吃的哥哥每次回答得干脆。至此,我才恍然大悟,原来小时大人常说的脚头运,可能是真的呀 —— 人在不知不觉间,会往自己熟悉的地方走去。

绿色小碗

东河沿和我同名的人有两个,其中一个,就是阿红家东隔壁的毛姨——毛姨的小名是阿毛,可能和她小时的可爱有关,粉雕玉琢的一个毛头,干脆就叫阿毛。当然,即使是做了两个孩子的母亲,毛姨也是一个十分出众的女人,皮肤白皙,五官漂亮精致,还有一头自然卷曲的黑发。

她的丈夫文质彬彬,俊眉大眼,鼻子高挺。去阿红家,看到他们夫妇,我总是按照礼数喊一声。毛姨总是笑眯眯地答应,而她丈夫,却没正经回答过我。他走路时低头吸烟,似乎思考着什么重大的事情。也是,他是大队会计,平时不怎么落田,常在大队办公室上班,比起一般农村人,不知要高出多少水平。

时间长了,我发现他的坐便用具,也和别的男人不同。那时男人方便,就在自己家的粪缸。不讲究的,坐下就是;讲究的,用一根旧扁担,搁在粪缸边沿。毛姨的丈夫,有一块专用的木板,比扁担短一截,却又阔几寸。这块木板他平时藏在自己家的大门背后,用时拎出去,完了又放回去。

其实,认识阿红之前,我早就认识毛姨了,还听说过,毛姨和大队会计结婚,是我母亲做的媒 —— 情况可能是,毛姨有文化,人又漂亮,大队会计看上她,后来托了我母亲。至于毛姨结婚后怎么住到了阿红家隔壁,房子是大队会计家原来有的吗?却不知情。

让我记忆最深的,是一只绿色饭碗。那时,毛姨已经生了第二个孩子,是个女儿,取名娜雯。可能是太娇惯了,娜雯不肯好好吃饭,总要拿了饭碗"行道情"(游走着做某件事)。毛姨经常抱了女儿来我家,和我一起吃饭。那时,我大约四五岁,会自己跪在太师椅上吃饭了,因为娜雯的缘故,也由爷爷喂了 —— 我一口,她一口。

我用的是搪瓷碗,翠绿底子,白色波浪花纹,碗沿和碗脚也是绿色,内壁全白。娜雯带来的饭,到我家已经冷了。爷爷起身,去锅里换了热饭,浇上鱼汤,白米饭连同碗底都变成了红色。有时鱼汤太多,爷爷再去添饭 —— 那时,杭州湾的小海鲜便宜,家家户户都买得起。

然而,娜雯新鲜了几口,马上又厌倦了。爷爷就用调羹敲碗,搪瓷发出清脆的叮当声。灶间的老猫听到,以为是叫唤它了,出来"喵呜喵呜"地叫几声。爷爷便对娜雯说:"你不吃,给猫吃了!"

娜雯这才再吃几口。娜雯有时还睡着了,毛姨也不叫醒她,把她横过来抱在怀里,跨出我家石头门槛而去。

不知道她们娘俩来过几次,也不知道我几岁去了二房厅的。反正,我再次见到毛姨和娜雯,已很生疏。尤其是娜雯,她一直待在家里,不参加我们的游戏。当时的毛姨家,不说家里的缝纫机、收音机,就是她给两个孩子穿的,都是她自己做的洋布衣裳。这与我们粗布族,确实不同。

毛姨夫妇郎才女貌,生下的儿女自然是金童玉女。他们的儿子清俊,娜雯的相貌更加不用说了。她读书到高中,几乎一次也没去过田头,高考不成也无妨,很快进了社办厂。而且,早早有老师、医生托了人来求亲。娜雯千挑万拣,最后和一个老师结了婚。

很久没有碰到毛姨,一次我回小镇,倒在蔡元房附近碰上了娜雯。她丈夫是我曾经的同事,我们的话便多了起来。我问她现在做什么,她说在家里玩玩。我迟疑了一阵,才问她玩什么——说实话,我以为她的玩,指的是打麻将之类。她却笑着说,不会麻将。看我狐疑,她才说下去,不过是跟了哥哥,买点股票,赚点汇差。我当然很吃惊,但没表现出来。

当时我已经开始怀旧,总想从时光隧道里,追索过去曾有的一点什么。此时和娜雯在一起,我自然想起了当时一起吃饭的情景,还有那只时常在我脑海里闪现的绿色饭碗。但我不敢贸然相问,怕她回答我,有这样的事吗?或者,来一个默然的表情。我想,这份失落我承受不起。

然而,那天之后,我终究还是对那只小碗起了疑心。这只绿色小碗真是我的吗?我家那时买得起这样的碗?是不是我记错了?为此,我问过姐姐。她说,不曾有过绿色的碗呀!哥哥虽然比我大得多,但他是男孩,不会关注这些。于是,我只能往自己的记忆深处去寻找答案。

有一天,我似乎还原出了当时的情景。薄暮时分,我家还没有上灯,灶间门里,横溢出阵阵烟雾。八仙桌靠着板壁,两旁是太师椅。我朝东跪在靠近厨房门口的太师椅上,绿白相间的饭碗来自厨房门口的烟雾 —— 我的右上方 —— 这是毛姨抱了娜雯站的位置,她手里的饭碗自然高过我的头顶。

于是,我得出结论,这只我引以为豪又不断怀念的绿色小碗,该是娜雯的。

香 皂

后堂前向东,有一条阴暗的弄堂,长十多米,宽一米多,带个人字顶瓦棚。瓦棚的椽子向下塌陷,几根吊在半空,让我非常害怕。它还漏雨,让弄堂一年到头滑溜溜的。晴天,上面会洒下几点光亮。这些光点往下扩大,映在烂泥地上,变成了各种各样的图案,很是好玩。

弄堂的北边,是三间平房,顶头有扇朝南的独门。这独门的上方,钉着一块蓝底白字的公房铁牌。门已破旧,门槛下原来砌着砖头。可能时间太长了,砖头松动,时常露出一个破洞,洞口对着一条石板路。这路经过后来住了秀楠姐母女的新公房,再经过蔡元房后墙门,通向小镇东南的田畈。

那是我和阿红的朋友华君家。华君高个白脸,性格咋咋呼呼,开始我很怕她。一起玩过几次以后,我就去了她的家。从有破洞的独门进去,前堂后灶,用老式板壁隔断。堂前只有小桌,和几把歪歪斜斜的竹椅。灶间很宽,门边安着一张床。大灶安在北窗下,窗外的白光照射进来,亮堂。

和华君玩,我印象深刻的是坐在西间后面的一张洋床上,打七只牌的大肚皮(纸牌游戏)。这张床没有踏床——床前配置的踏脚,安放床头橱和马桶箱——显得很高。我坐在床沿,晃荡着两只脚,打牌不及华君。华君烧饭了,我也要回家。她竭力挽留,我就留下来看着她做事。

此时我发现,华君的家前面看着不怎么样,后院却非常大——隔了这个院子,后面就是四房祠堂——只是,好像专门有人破坏过这个地方,院子里到处是破碎的瓦片石子,荒凉得连青草也没有长出来。北围墙脚下,放着两个粪缸。往西,和毛姨家的后院连通着。

忽然,我发现她家靠南的一个房间,大白天也黑咕隆咚的——有一个小窗,窗外便是那条弄堂。房门口立着一只白木脚盆,特别高大。"大脚桶,小脚桶,小脚娘娘翻狗洞",这是爷爷时常陪着我玩的游戏。印象里的脚桶,都是和我家一样大小的,华君家的怎么会这样大呢?华君说,这是他在外地上班的爹爹回家休息的时候带回来,让她母亲洗澡用的。

华君的母亲我早就认识,白胖、敦厚、沉默寡言,戴一顶男式小草帽。她是踏石棉车间的老员工,有时碰到了难以克服的困难,才来找我母亲。印象里,那时的她浑身雪白,衣服、口罩、连眼睫毛也是白的。她来了只站在门口说话,心急时才进堂前,等意识到了又马上回身出去。外婆看到她留下的两串脚印,赶忙让我扫掉。

一个星期天,我和华君玩到一半,她的母亲从后院挑了一担粪进来了。这样的粪便,我家是父亲或者哥哥挑的。工人丈夫如果不挑,女人可以让自己的兄弟来帮着,像三房墙门头的林妹妹就是这样。女人自己颤颤巍巍地挑着这样的担子,我所看到的,华君母亲是第一个。

那天我发现,她家的门槛真多。后院进来,转到灶间,从灶间到堂前,再是那扇独门的门槛,足有四道。至今我还清楚记得,她每跨过一道门槛,我都战战兢兢的,怕得要命。华君的母亲会不会摔倒?真摔倒了,我怎么躲避?然而,华君的母亲终于下了门前的石阶,一步步远去了。

一天,我去找华君,忽然看到一个瘦弱的男人,脸膛红红的,眼屎白白的,正坐在她家堂前的小桌边喝酒。饭菜很多,几乎摆满了一桌。桌边放了一个煤炉,炉子上一个水壶。他不认识我,只默默看了我一眼。我却知道,这是华君的父亲。我没有招呼他,一个转身就跑到了阿红家。

很快,华君从弄堂口跑过来了,说今天没空玩了,爹爹回来了,要上街买东西去。我不见她什么时候回来,却见她第二次又上街去了,边跑边说:"糟糕,要被我爹爹骂了,忘记香皂了。"阿红正坐在门槛上,用小刀剥着香莴笋的皮,笑着说:"华君也真是的,她爹爹每次回家,都要买香皂,这也会忘记。"

阿红继续说，别看华君爹爹脸黑黑的，他可爱干净了。华君家不是有个大脚盆吗？就是她爹爹托人买了木料，让前面的金相公做的。每次回家，他不做别的，就喜欢装煤球炉子，烧了饭菜，再把家里的一大堆热水瓶灌满，单等着大家晚上洗澡。

到了第二天，我从弄堂口远远地看到，华君的母亲又戴着那顶男人的小草帽，挑着一担粪便，从那扇小门出来了。她艰难地跨出门槛，将粪担换了个肩，打了一个趔趄。我以为她这次真要摔倒了，但她迟疑了一阵，就侧着身子，从石阶上探下身，走了。

华君母亲前脚刚下了那台阶，华君父亲后脚就跟着出了那门槛。他一身米色风衣，一顶宽檐的咖啡色布帽，簇新的时髦打扮，让我非常新奇。穿过弄堂，到了檐廊下，我才看到他的手里，还捏着一个袖珍型收音机。这样的收音机当时少见，此刻正播放着李铁梅的唱词：要学我爹爹心红胆壮志如坚。

这天上午，华君父亲眯缝着细眼，晒了很久的太阳。他有点得意，又有点倦怠。

门　槛

连婆家在后堂前西端,檐廊比人家的浅。廊下向西有个石头门洞,外面就是通向大街的藕荷弄。我记忆中,第一次穿过二房厅上街,是爷爷拉着我的手去的。一进又一进高楼,一个又一个台阶,末了还有一个高大的石头门洞。门洞顶部和石柱上部,爬有细细碎碎的青苔。

连婆家出入的门在檐廊下,朝东。两扇高窄的木门,门槛低低的,中间部分变薄了,外面还布满了密密匝匝的倒刺。这个门槛的对角,也是一个门槛。对角门槛朝南,用横的厚木板做的,很高。门内有楼梯,门背后有一扇门,通阿红家隔壁那间。这间房子不住人,花格窗户紧闭,窗前的水门汀特别光滑漂亮。

连婆高高的,瘦瘦的,眼睛黑白分明,鼻梁高而窄。她说话爽直,走路很快,如果不去生产队,总是在两条门槛之间进进出出——楼梯下放着三脚棚、晾竿、高凳、芦席、衣服、被头,生产队分的棉花,自留地里收的菜籽,都由她一手操持。

连婆的儿子叫阿连,阿红就叫她连婆。她其实还不老,只四十出头。可能连婆家是谢姓的老住户,阿红家搬进得迟,阿红的父母教孩子如此叫她——当时的人不比今日,喜欢人家叫自己大一辈。她也有自己的名字,叫银珠。于是,在田头我叫她银珠姆妈,但到了二房厅后堂前,就跟了阿红叫连婆。

连婆在生产队劳动,行动带风。她手快、脚快,因为在娘家私塾里开过蒙,讲话与一般妇女有所不同。然而,当时女人讲究多子多福,生五六个是常事——养的时候辛苦,儿女长大后,到了田地里都是帮手——而连婆只生了一个儿子阿连。可能因为这样,我总是感觉,连婆在那群妇人里,有点失落孤单。

连哥长大了,连婆娶了儿媳。媳妇叫春梅,我叫她春梅姐。春梅姐从小镇南面的村庄嫁过来,屁股有点大,说话慢,走路也慢。田里的妇人说连婆:"你以为屁股大,就一定会给你生孙子了吗?"连婆却理直气壮地说:"任凭她生男生女,这又不是我能做主的。"

然而,当春梅姐有喜了,连婆还是紧张得不得了。她曾经拉了过路的孩子,悄悄地问,新娘子会生个儿子吗——这是东河沿婆婆最喜欢玩的把戏。但是,那个孩子已经十多岁,照道理已经不准——孩子自然说的是儿子,但是,春梅姐生的却是女儿。开了一朵金花,这是连婆当着众人说的,脸上带着笑。

然而，此后就常见连婆坐在门槛上，独自沉思——好像在听着楼上春梅姐的动静，准备随时上楼去照顾母女两个。但是，阿红却告诉我，这是连婆在做思想斗争，让我悄悄的，不要过去打扰她。思想斗争，这是当时的时髦话，已经听烂了。阿红用在连婆身上，让我有点不懂。

不过，此后的连婆，除了去田头，就是带孙女，特别忙碌起来。她在后门口那块和四房祠堂相邻的空地上，搭了一个矮草棚，养了两只猪。她又多养了鸡鸭，灶间不够关，楼梯下也做了鸡舍。她还把楼上箱笼理了个底朝天，凡是值钱的衣物，都拿到后街旧货商店卖了。最后，她还把压箱底的几个银洋钱，也换成了现钱。

是的，她在筹集一笔钱，准备让春梅姐再生一个——那时，国家已经提倡只生一个好，但是，如果交上足够的款项，也可以再生一个。大的孙女刚爬得过朝南的高门槛，连婆不知又从什么地方得来一个生儿子的方法，悄悄告诉了春梅姐。春梅姐也没有辜负连婆的期待，果真又有了喜。

听说，田头的妇人又和连婆开了玩笑，说如果媳妇春梅再生一个女儿，你银珠大妈还是如此好待她吗？连婆当然又说了男女平等的话。怕人不相信，她还当众宣布，如果再生一个孙女，请大家都吃上落地面——东河沿人的风俗，凡家里添丁养孙，亲戚邻里分一碗喜面。

然而，十月怀胎，一朝分娩，春梅姐又生了一个女儿。这天，连婆在医院里仍然强颜欢笑,回到家她就坐在朝东的门槛上发呆。太阳光从石头门洞的青苔上消失了,她还不吃晚饭,依旧坐在门槛上。这天,整个后堂前都静悄悄的——大家早早吃了晚饭,各自关门睡觉了。

第二天,我从阿红那里知道,连婆这天晚上没有上楼睡觉,她在楼下的门槛上坐了一夜。她还说,这是连婆的婆婆留下来的习惯,碰到不高兴的事情,不和人计较,只和自己过不去。至于连婆的婆婆碰到过什么难事,阿红说不清楚,我也没有细究。

后来,我从生产队妇人那里知道了,连婆的婆婆是出身名门的富家小姐,年轻寡居,独自带大儿子,娶了媳妇连婆。连婆过门不久,就生了连哥。婆婆欢喜,把当家的权柄都交给了连婆。然而,奇怪的是,连婆生了年哥以后,身子再不见有动静。

对此,连婆的婆婆没有说一句责难的话,她只是半夜三更地坐在门槛上。连婆是聪明人,她知道婆婆的心思,也不说破。后来,老人卧病在楼上,连婆悉心照料,直至把她送到了山上。连婆送走了婆婆,却留下了婆婆的习惯,在碰到烦心事时,也总是坐在门槛上冥思苦想。

春梅姐坐满了月子,连婆按照约定,请生产队的妇人们来吃喜面。里屋的凳子不够,妇人们端着面碗,坐到了外面的门槛上,嘻嘻哈哈,闹得很欢。春梅姐听到了动静,也抱着孩子下楼来,一屁股坐到了朝南的门槛上。连婆忙说,这个门槛不结实,当心摔了小毛头。

不久,连婆买来木料,请来木匠师傅,把朝东朝南两道门槛都换了新的。从此,只见春梅姐带着两个女儿在门槛上玩,大的跳上跳下,小的爬进爬出。连婆一边忙碌,一边笑看着她们。有时她又会数落几句,嗔怪春梅姐管教两个女儿太严。

六房宅

东河沿人家

世 根

　　六房宅在东河沿西端，为小镇谢氏六房的世居之所，是明清建筑。六房宅南面有座桥，叫六房桥，桥西有三条河流交汇。南面叫青山江，直通马渚的大运河。北面是东直河，通杭州湾。向西依次为三门堰江和古代的汝湖。当时的汝湖面积相当于十多个西湖，清代后期陆沉。

　　六房桥是一座平桥，长四五米，由五块大青石铺砌而成，桥缝很宽——明朝末年的谢氏六房所建，连接了桥北的六坊宅和桥南的六房晒场。我小时候，六房宅还保留着原貌，只是变更了无数户主。六房晒场，也成了我们生产队的，专门晒藏棉花。

　　仓库在晒场南端，有十来间，泥墙，草顶。妇人从田里摘了棉花，挑到这里，再由老太太拣择，一级级分开。我跟着外婆去帮忙，但又害怕六房桥的桥缝——从缝隙向下张望，简直不会走路了。

东河沿人家

一次,外婆掉入了河里,由一个叫世根的年轻人救了上来。

这个世根,又矮又胖,脚步声很响,直着嗓子说话,声音更加响亮,还带着沉重的沙哑。我知道他属于一小队,并不知道他住哪里。直到他救了我外婆,我才知道六房晒场东南角的那间破草房,就是他和他娘两人的家。那房子我印象很深,泥墙的破洞很多,用稻草堵着,还有竹门,碗底做的门臼,一根麻绳就是门锁。

世根的娘小脚,盘发髻,眉清目秀,嘴唇很薄,说话清脆流利。她一会儿笑得脸上开了一朵花似的,一会儿又咬牙切齿地骂人——她骂人的对象,好像是同一个人,却又不知道是谁。她经常拄根拐棍,在晒场的泥地上一瘸一拐。后来又看见,她的左手吊了一根白色绑带,说是在哪里摔了一跤。很快,她就去世了。

其实,她活着的时候,我就隐约听到过,这个世根娘是六房宅里的小姐,长得俊俏,还裹了一双三寸金莲。但是,还在她待字闺中之时,东洋人侵犯小镇,六房宅被抢劫一空,世根娘被糟蹋了。为此,她只得下嫁给家里的佃农,在晒场的角落住了下来。

世根对此清楚吗?没有人知道。但是,有时人家叫他小兵兵,他还是答应的。如果你过分了,他就会发威。他发威的方式,是抄着扁担,立在原地,不让人靠近,仿佛他很会武功似的。众人见他如此,也不再逗他。不过,别的事情,他都好说话。

田里劳动,中途休息时,大伙常常凑钱买点心。世根白吃,但他识相地跑腿。有时赌输赢——掰手腕,脱了裤子下到河里憋气。世根对这些都在行,几乎不会输,但跑腿的还是他。那时,他上街举着几张毛票,回来捧着葱油饼、年糕团,一路跑,一路喊,让开,让开,全然不顾有人骂他白吃鬼。

后来,田地分了,大多数农人除了自己的地,再另外找个活络的生计去,而世根把自己的田荒了,专门帮人家的忙——再次见到世根,就是在我姐姐造新房的工地上。那时,世根天天到我姐姐家报到,还特别卖力。挑砖头,拎泥桶,谁都可以差遣他。他却乐呵呵的,见到我还会招呼一声。

我问姐姐,世根这样出力,是不是加了工钱的?姐姐却说,哪里,世根不要钱的。我听了奇怪,为什么不要工钱?姐姐说,不知道呀,大家都这样的,并没有人请他,但他大清早就到了。姐姐顿了顿,又说,其实还有人家不要他做的呢!我更加惊讶了,为什么不要他做呢?

这以后的很长年月,我几乎没有再看到过他。想来,他还在做着这个白吃饭的活计吧!想不到有一天,我再次遇上了他。

那是个星期天,我准备到市场里买点东西,去看看卧病的父亲。当时市场拆翻了,大会堂前的篮球场做了临时菜场。我挑了这个,又买了那个,正拎着沉甸甸的篮子起身,大会堂东边高台阶的人堆里,忽然跳出一个人:"小囡,我帮你拎。"我惊愕地回头,发现竟然是世根。

"世根,好久没见你。这些年,你在哪里?还在帮人造房子吗?"

"小囡,我已经没有力气拎泥桶了。再说,自从镇里有了建筑工程队,造房这样的赚钱好事,都被他们包去了。"

"那么,你如今住在哪里?"

"我娘死后,不是住在队舍的吗?好好的,队舍被卖了。我只好在队舍的河边,搭了个草窝。"

一个河边的窝吗?难怪他走路这样气急,气喘病已经很严重了呢!然而,世根还是小心翼翼地拎着我的篮,左手换右手,右手换左手,来回倒腾。后来,他竟然把竹篮捧在胸前,好像篮里装着的尽是宝物。

我感到不好意思,几次要求他,让我换一会儿手,我累了再还给他。但他连忙把身体转到另一边去,说:"没事,没事。你以前不是看到的吗?我挑的谷箩担最重呢!"说完,还勉强笑了下。

到了蔡元房石洞门口,世根终于放下篮子,重重地呼出一口粗气。我满怀歉意地看着他脸上的汗珠,掏摸着口袋。

他却讷讷的,难为情地笑着,说道:"小囡,你手头有没有零钱……不要几张,也不要大的,就那张小的就够了。"

关于世根,最后的消息是,一次大雨下了三天三夜,三门堰江、青山江、东直河都几乎涨到岸上来了,有人在西郊汝湖遗存的小湖里,看到了一顶雨伞,伞下就是世根。没有人知道,世根为什么去了那里。是喝醉迷路鬼打墙了呢,还是他自己的选择?这是一个谜团。

然而,就在这年年底,村里收到了一封从东洋来的信,是寻找一个女人——她住的老宅临河,旁边的石板桥缝很宽。推测起来,该是世根的娘。这封信被退了回去,信封上添加了四个字——查无此人。

水龙间

万安桥边的六房宅河沿上,有两间公房。西间有个石头窗户,镂有两条飞龙。东间双扇白木大门,高及屋檐。门的中间,横着一杆锈迹斑斑的铁栓。铁栓下端,有一把看不清年月的铜锁。外墙本是白色的,但因年代久远,上面斜着几条灰、又几道黑,很像写意水墨画。

儿时,我每天经过这里,总不见它打开过。我问爷爷,这是谁家,为什么总是关着门?爷爷说,这两间房子,叫作水龙间,古时就不住人的。我问为什么不住人?爷爷说,水龙间里住着水龙,所以不住人。我又问水龙是做什么的?爷爷说,水龙会吸了河里的水,去救着火的人家。我还有很多疑问,但是,爷爷没有回答。

一天,几个戴红袖章的民兵,打开了那两扇白木大门。他们从里面抬出一个椭圆形的木柜(可以贮水)、两副水桶,还有几只马皮做的大水袋。围观的人很多,七嘴八舌的。胆大的孩子,拿了那副铜锣,"当当当"地模拟火警。我却很失望,因为水龙间里,并没有水龙呀!

几天以后,这两间被腾空了的房子,住进了衣锦还乡的退役将军一家。听埠头上的女人说,将军小时参军出去,辗转南北,早已功成名就。但他后来又跟着首长去沙漠垦荒,如今到了退休年龄,才叶落归根回到了小镇。那个头发半白的老妇人,也穿着军装,自然是女主人。两个挺拔俊朗的年轻人,是他们的儿子。

开始几天,他们把沙漠里带来的衣物,都在门前的大埠头上洗了又洗——两个儿子下到河里,老人把东西递下去。他们的衣服、被子、毛毯是军绿色的,背包、袜子是军绿色的,就连书柜顶上放着的脸盆、搪瓷杯、水壶也是军绿色的。这个书柜,他们放在进门一步的墙角,我经过总要看一眼。

不久,埠头上的女人又说,将军夫妇的一个月退休工资,抵得上我们农家一年的收成。大儿子在中学教书,已三十来岁了,还没有结婚。他找对象眼界高,人家介绍的漂亮姑娘工作也好好的,他都不乐意。小儿子喜欢穿着军装,来漕斗底散步。他把手抄在裤袋里左右晃荡,似乎还合着节拍,女人们便叫他撑大船的。

忽然,传来一个特大新闻,说水龙间的阁楼上,找到了八支枪。枪,这东西可不能乱说。但是,大家伙都说得有鼻子有眼,又不得不信。这些妇人,对捉摸不定的事情,总想知道个究竟。于是,有个脑子好的女人说,这有什么难的,他家的小儿子不是每天来这里撑大船的吗,问一下不就知道了。

第二天傍晚,女人们如约到了。那个穿军装的小儿子,没有约他,自然也来了。

"哎,解放军叔叔……"不知道是事先想好,还是一时情急这样叫的,那个脑子好的女人刚出口,埠头上的另外一些女人马上哄笑起来。

"你……在和我说话吗?"小儿子看起来也有二十好几了,但没见过这样的江南女性——他开始被这阵势镇住了,脸红得像关公,说话也结巴起来。

"是的,是的,就是和你说话呢!"说话的女人怕大家再次哄笑,使劲用眼色阻止同伴,然后,继续发问,"哎,后生家(小伙子),听说你们水龙间的阁楼上,找到了八支枪,是真的吗?"

"枪,哪里有枪?……噢,我明白了。其实,那不是枪,是水龙呢……"小儿子毕竟也是在军营里长大的,马上镇定下来。

原来,前些日子,将军老夫妇两个闲着没事,就上阁楼看看。本意不过为打扫、清洗——他们从沙漠回到江南小镇,想不停地去埠头洗点什么——结果,却发现了像枪支一样的东西。看了旁边放着的发黄了的小书,他们才知道这是用来救火的水龙。

"水龙?真有水龙吗?"妇人们听到"水龙"两个字,马上像我当初问爷爷似的,以为是天上的真龙。

"不是,不是你们说的水龙,是救火的工具。哎!还真是没有想到,这些居然是我们的祖上在民国初年捐献给水龙间的——

这书上写明了,捐赠者是百岁坊的十六代子孙。"小儿子到了这会儿,居然显出一副骄傲的模样,说话更加流畅了。

这时,埠头上的女人,都显得格外兴奋。她们要求小儿子,当即带着去看看水龙——她们已在不知不觉间,既不叫他撑大船的,也不叫他解放军叔叔,而是水龙间的小儿子了。而这个小儿子却摆了摆手,阻止了女人们的叽叽喳喳。

"其实,这些水龙是上海曾国藩首创的机械局,模仿了日本的唧筒而造的——妇人们开始把'唧筒'听作了井桶,又哈哈大笑——已经全部锈住,无法使用了。但是,我哥哥的对象马上要从城里来相亲,所以,我爸爸早晚都在整治这些宝贝,要用这些水龙把整个家清洗一遍。那个时候,你们不但可以看到水龙,还能看到它的威力了呢!"

第二天,我就跟着这些妇人,去见识了这些水龙。还真是的,和家里的扁担差不多高,圆圆的,亮闪闪,好像全是黄铜做的。将军和他的两个儿子,用它吸了河里的水,正在喷洒。他们先喷石头窗户上的飞龙,再喷白木大门,最后连屋顶都喷了个遍。看热闹的站满了六房桥两岸,都说,水龙间出真龙了。

不久,有人看到了他家大儿子的未婚妻,果真修长苗条,姿容出众。将军乐呵呵地对人说:"我这个儿子爱耍笔杆子,唯有这个爱读书、会打字的姑娘,他才中意哪。"很快,大儿子结婚,从小镇的中学调到了城里的机关。待小儿子也在城里招了工,将军夫妇两个马上也跟去了。

他们走的时候,把那八条水龙也带走了,说是捐赠给城里的明清博物馆,让后来人知道,所谓的水龙到底是什么模样。

这下,水龙间里真的只剩下窗户上的两条石龙。它们经过水龙的冲刷,特别逼真,好像随时会飞起来,兴风化雨一番。

牤飞虫

夏夜,没有星星月亮,也没有一丝风。东河沿人正坐在河岸上,"啪嗒啪嗒"地敲扇子,却怎么也扇不走那些成群结队的牤飞虫——一种比蚊子小,咬人却特别厉害的黑色小虫。爷爷想用蚊烟堆薰跑它们,它们只是乱窜,有时还往人的脸上扑。

正在闹心时,忽然,从万安桥那边传来了隐隐约约的锣音。奇怪,大晚上的,又不会有人家出丧,为什么敲锣呢?游行的话,也会事先通知,而且也不是这样的小锣。乘凉的人侧耳倾听,这锣音还是朝我们漕斗底过来的。"叮叮咚、叮叮咚",不是很响,时敲时停。敲锣的间隙,好像还有人在大声说话。

正犹疑间,这声音却渐渐近了,到了板桥头。确是锣音,是一面不大的铜锣敲的。此时,大家不再说话,敲击扇子的声音也轻了很多。爷爷的蚊烟堆刚刚做成,发出一闪一闪的光亮。牤飞虫们看到火光,已往四处飞散。我似乎听到了牤飞虫的嗡嗡声——其实,牤飞虫不似蚊子,发不出声音的。

声音终于过来了,过了藕荷弄,到了石棉厂,这下听清楚了,除了断断续续的锣音,还真有人在高声呼喊。过了石棉厂,锣音和喊叫声都听清楚了。原来,敲锣和呼喊的,是同一个人。大家更加安静了,因为这是游街,而这个游街的人是万安桥开面店的。他的声音浑厚沙哑,我也辨认得出。

他终于到了我家西面的太傅世家,"铛",发出清脆的最后一个锣音,口号却喊得很响:"我是反动分子……我不服管教,向人民请罪。打倒反动分子……"还没喊完这几句,他已经到了我家埠头边。隐隐约约的,我看到他的胸前挂着一块纸牌——那刻,我几乎同时听到了我自己的心跳、他的沉重呼吸,和他踢踏踢踏的脚步声。

就在他将要从我家门前走过去的时候,爷爷的蚊烟堆忽然一亮。从这一闪而过的光亮里,我看到他的脸上布满了汗珠,鼻梁四周还黏糊着一群黑芝麻似的牤飞虫。若被牤飞虫咬到,人会又痛又痒,恨不得挠进皮肉里去。而他的脸上,停留着一群牤飞虫,是怎么忍住的呢?

而从一闪一闪的火光里,我又看清了,那块纸牌上写着他自己的名字,上面还打了个大红叉。这样的纸牌我听说过,也从报纸上看到过很多,而在生活中看到,却是第一次。不过,这天晚上的最后,我却有点失望(如今想来,可能也有点担心),因为他没有

东河沿人家

从漕斗底折返回来,而是进了蔡元房官路,在那里又敲起锣来。

第二天我问阿红,有没有看到游街的。阿红说:"你家住河头门口,有热闹看,我家在里面,哪里看得到呢?"然而,她马上又说,这个右派已经摘帽,本来不用游街了,但他刚刚在收听敌台,所以罪加一等了。她还说,这是隔壁大队会计晚上乘凉说的,不要说给别人听。

什么是敌台?这个名词我经常听到,但到底还是不懂。阿红说,敌台就是外国人的电台,懂外国话的人才听得懂。哦,这个打面的人,居然听得懂外国话,学问可真大。什么事情到了孩子这里,效果总会适得其反。明明他自己也承认,自己是反动分子,我却莫名地崇拜起了他。

这样的游街,后来又有好多次。时早时晚,一般总是晚饭以后。印象最深的是冬天,我已经睡在床上。锣音夹杂在呼呼的北风里,从河面上吹过来,飘飘忽忽,苍凉极了。而且,有时听得真切,有时又很模糊,好像是梦境。而第二天经过他家,他还是白帽、白围身,没事人似的,让我感到,晚上的锣音可能真是我的一个梦。

几年以后,这个右派平反了。他关了面店,复职去了原来的滨海学校。据说,补发了他一笔钱,甚至几间原先被没收的六房宅老房子,也部分折价赔偿了他。从此,常见他笑眯眯地拎个公文包,在那间原先的面店进出,热情招呼着过路的熟人——如果是原先的买面顾客,他会停在门口,和人家聊上几句。

六房宅

  我毕业分到小镇中学,那里有好些都是老教师。他们知道很多掌故,其中就有这个面店老师的。原来,他被定为右派,实在冤枉。滨海学校小,实在找不出右派人选,就查找各自的上代。因为他出身的六房宅,是明朝谢阁老时的老房子,如今还保持着原样,那么这个名额,就非他莫属了。

  那么,敌台呢?我还保留着小时的印象,紧紧问道。什么敌台?都是子虚乌有。不过,那时确实有此一说,城里的公安局还拿了设备来万安桥边监测过,结果却是什么也没有。那么,他真会外国话吗?又是哪国语言?这下,连这些老教师也回答不出了。

小踏车

"爷爷,我是不是来得太早啦?"话音未落,就探进一张女孩的脸,柳眉,笑眼,黑色铅丝发夹,光溜溜的脑袋。

咦!这不是万安桥面店的女儿吗,为啥这样早来我家?她读小学时,每天经过我家门口,背一个碎花布拼接起来的书包,让我非常羡慕。那时,她还喜欢走河岸边的石板,我总是担心她会不小心掉进河里。后来她读中学,不再经过我们家,但她应该还在读高中呀?

"小踏车师傅,你这样早呀!我还没有烧好早饭呢!"爷爷也感到意外,手忙脚乱起来。

"爷爷,我叫瑶瑶,已经在家里吃过早饭了。案板我来搭,哪扇门啦?"面店的女儿听到我爷爷的话,一脚跨进石头门槛,站在堂前打量起来。此时,石洞门口照过来的太阳光,正从排门的缝隙钻进来,窗下的小桌上,斜斜地映着几道金黄色的细线。

他们两个卸下厨房门板,搭在排门角落。瑶瑶姐姐从那只碎布书包里,拿出剪刀、直尺和三角形的划粉,我才吃早饭。母亲拿出早就备好的布料——怕踏车师傅空出时间,总是派得充足,一一分派给她。她就招呼起我:"小囡,快点吃饭,快点!你要读书去,先给你量尺寸。"

我量好尺寸,出门读书去,先到二房厅的阿红家,迫不及待地告诉她,我家的踏车师傅换了个新的。不及我说完,阿红就说:"你们市面真不灵,我家老早请过她了。从前的老踏车衣服做得确实好,但手脚慢,招待难,工资也高呢!"

东河沿原先的老师傅是外来的,不知道底细,但会滔滔不绝地讲《金陵春梦》《啼笑因缘》,还借给我《茶花女》。他的手艺好,结婚人家做衣服,非他不可。只是他实在难请,必须提前几个月才预定得到。好不容易轮到,他却姗姗来迟。爷爷还要负责他的早饭,总是伸长脖子等着他。

瑶瑶姐姐大清早就来了,不但家里吃好早饭,还和爷爷一起搭案板,这简直破坏了做师傅的规矩。只是她的工钱为什么还要低呢?这不是欺负人吗?阿红说,这个是瑶瑶自愿的,原因可能是没有正式拜过师傅,她做衣服,不过是和做老师的母亲,边学边教。也可能嘛……

她见我不解地看着她,顿了顿说:"你家住河头门口,不是见过她爹游街的吗……"哦,她父亲在万安桥开面店,晚上确实好

东河沿人家

几次来游过街。他身上挂着纸牌,拿着铜锣敲得响亮,还呼喊自己打倒自己的口号。但是,这和瑶瑶姐姐做踏车的工钱有什么关系呢?

中午放学回家,饭菜自然比平时好得多,瑶瑶姐姐吃得斯文。她第一个吃完,拿着筷子说了句"大家慢慢吃",就起身让我试穿那件新衣服——蓝色底子,白色大花纹,小立领,大贴袋。那时的我,已经从灰黑两种颜色蜕变出来,喜欢上了蓝白。这件衣服做得称心,直到高中毕业代课,我还一直穿着它。

忽然,我发现瑶瑶姐姐的手指肿得像红萝卜,几个已经开裂,裸露着深红的口子,一道深一道浅。其余的指头,几乎全贴着橡皮膏。橡皮膏斑斑驳驳,渗透出血水。这样的手指,怎么做衣服呢?但是,傍晚放学回家,她已经把早上裁剪的都做完了。

那天晚饭已经很迟,而瑶瑶姐姐出门前,给每件衣服开了扣眼,还和爷爷一起,把案板拆了,重新装回去。最后她还问,有没有修旧改新的,她带回家去做。母亲听说是免费的,过意不去。她却笑着说,不要紧的,每家都这样的啦!她还没有跨出门槛,爷爷就说,到底是老师教出来的姑娘,资格(品性)真好。

几天以后,我第一次进入了她家。打面机、和面盆、晾面的木头架子,这些我在阿基伯伯的面店看到过。不同的是,瑶瑶姐姐家从屋顶到墙壁,全糊上了白纸,连和隔壁剃头店的拼柱上也没有漏下。这样的白屋子,是我当时第一次看到,印象很深。

他们只有一间临街的屋子,全做了店面,人住到哪里了呢?正在疑惑，忽然看到里面有个小方格玻璃门，挂着米色门帘。我推开一看，发现里面还有房间——很低，一看就知道是利用屋后的空地搭出来的小屋。但是，床铺、窗户、踏车、瑶瑶姐姐的案板，倒都显得整整齐齐。

案板前站着瑶瑶姐姐的父亲，那个白天打面的老师。他在熨烫一块从旧衣服上拆出来的袖片。床上坐着瑶瑶姐姐的母亲，正用小镊子挑旧衣服上的线脚。她长得非常漂亮，经常经过我家，去小镇东南的学校教书。瑶瑶姐姐正在踏车上忙，看到我笑了笑说，我家的活已完工。

那时，过年时常漏夜排队，我和姐姐前后半夜换班。夜深人静，路灯昏黄，万安桥四周几乎没有行人，除了"嗖嗖"的冷风，只听得见自己的脚步声。这时，我总想起阿杜大弟曾经说过的话——鬼是没有影子的，它跟在你身边，你是根本不知道的。记得那时，每到万安桥转弯的地方，我总是慌慌张张地一路小跑回家。

然而，自从去过瑶瑶姐姐家之后，我看着她家排门缝里漏出来的几丝光亮，听到里面隐隐约约的踏车声音，就不再那么害怕了。

白衣女

东河沿临河人家，大多数是平房，带点小阁楼。唯有六房宅东南的五间，为正经楼房，地势也高，门前有石头台阶。外面小门，往里几步，是双扇镂花大门。西边几家的户主更换过，独有东边第一间，一直住着七个囡一家。

这七个囡的父亲姓张，在供销社上班。他中等个头，白生生的瘦脸，有颗包银边的门牙。他常穿灰色卡其布中山装，戴藏蓝袖套，俯身在门前做煤饼、生炉子、劈柴。有时，他拎一根钓竿、一只铁罐，在门前小河垂钓。东河不大，没有大鱼，至多是两指宽的河鲫鱼。

他的妻子浓眉大眼、白白胖胖，一副大家太太模样。她生于六房宅，嫁给了外来的老张，就住到了娘身边的这老房子里。因为她接二连三生的都是女儿，直到四十好几，还挺个大肚子，让小时的我印象很深。四十八,瓮底刮(女人再不能生养),自从第七个女儿出生,东河沿人家再不叫他们老张家,而是七个囡了。

摇篮里哭,学步车上跑,小辫子扎着红头绳,门口小桌前跪着吃饭 —— 我看着这个最小的女儿慢慢长大。其实,他家的第六个女儿和我同岁,读书同级不同班 —— 我上街经过她家,她读书经过我家,都会互相笑一笑,再点个头。而她们的几个姐姐,我只偶尔见过几次。

一次,他们家里走动着一个姑娘,白皙,斯文,淡绿色呢大衣,比家里的两个妹妹漂亮多了 —— 女大十八变,这两个还没到时候吧!有时,又会来一个,更加轻盈苗条的。也是浅色大衣,羊毛衫的高领白得像雪,托着她细长的脖子。因为她们长得看着差不多,因此,我从来不知道每次看到的,究竟是七个囡中的老几。

后来,听到传闻,说她们家的女儿,都是白衣女。开始,我并不清楚,这个白衣女是什么意思,还以为是这家女儿,都喜欢穿白色衣服。后来我又猜测,可能和她们的肤色格外白皙有关。然而,我终究还是知道了,所谓的白衣女,是女孩出嫁后不会生孩子,连女儿也生不出来。

但是,这又是无法查证的,因为当时他们家的五个大女儿是不是都出嫁了,我也不知道 —— 从来没有看到过结婚场面。难道都出嫁了?真的连一个也没有生养吗?对此,我自然无法去问个究竟。好在东河沿人对每一件事的兴趣,都像河面上的一阵风,起于青蘋之末,又止于另外的一阵风过来。

东河沿人家

突然,这家又传出一个新闻,说老张买彩票得了大奖,整整一万元。这可是天大的事,因为当时的东河沿人,大多数还不知道彩票这回事。他们想着,天上真会掉一个大馅饼下来吗?然而,当成群结队的人去凑热闹,这万元大钞,结结实实的一捆就放在他们二道门内的八仙桌上,供人瞻仰来着。

老张平时不爱说话,这次撞了大运,乐开了花。他买了高级香烟,凡进去的人都一支。人家问他得奖经过,他一一回答。后来,他实在是太累了,就花了几个晚上的时间,写成广播稿,投稿去了。广播站记者嫌他写得不够详细,上门来采访了。稿件后来没发,但是,大家还是知道了老张得奖的始末。

原来,当时他家女儿都是白衣人的传闻,一半是假一半是真——五个女儿都结婚了,两个自然生养,两个经过老中医的调理,也做了妈妈,但是,还有一个在东北插队落户的大女儿,到如今还没有孩子。北方的深山老林里,不是有更加地道的名贵药材吗?而大女儿喝下去,都不见效。

后来,她到省城大医院求诊,医生却说,这个病好治,但必须动手术。动手术需要一大笔钱,老张夫妇听到后,想帮着凑点。可是,一个人上班养大七个女儿,并没有积蓄,他们拿什么助她一臂之力呢?还是老妻头脑清楚,她从箱子底里挖出六枚银圆,让老张换现金去。

老张惊愕了,因为这是老妻嫁过来时的压箱银洋钱。当时足有百来个,后来一个个拿出来,换成了女儿们的新衣服、压岁钱。

三年自然灾害，也是这压箱钱，帮助他们渡过了难关。最后只剩下十四个——等七个女儿生了孩子，作为给外孙的见面礼。四个外孙出生后，都给了出去，如今，只剩下这最后六枚。

为什么是六枚，而不是两枚呢？老张是死脑子，他想着，六枚全换掉，两个小囡不是没份了吗？但是，他很快就明白了妻子的意思，赶紧上街，把这六枚银圆悄悄给换了——经常有殷实人家喜欢这样的老东西。然后，他不敢耽误一分钟，急匆匆跑向邮局，准备把钱汇到北方去。

邮局西边有一条小弄，通向横贯小镇东西的国道。这几天，小镇的好多人都坐了国道线上的班车，去邻县买彩票。对此，老张说过这样的话：有狗屎运的人才能得到大奖，贼无清头啦（多余的举动，含有贬义），把钱送给人家去花！但是，老张从邮局出来，摸摸口袋里的一张零票，不知不觉地走向了那条小弄。

老张家的大女儿，后来有没有生孩子，我不知道。另外四个女儿，到现在我也没有认全过。但是，他家的两个小女儿，结婚在当地，婚后马上生了孩子，是大家有目共睹的。

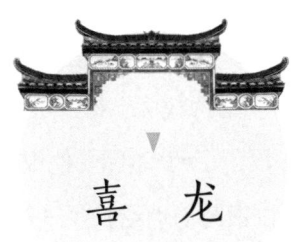

喜 龙

喜龙,是我的小学同学,眼睛细长,脑门宽大,头发黑油油的,鼻子小巧扁平,两颊分布着几颗雀斑,嘴唇薄薄的,经常抿着。他腼腆、安静,教室里坐头排位置,家住万安桥。那里有个码头,泊有汽油船。汽油船不大,但汽笛响亮,有东河沿人听到第一遍汽笛声以后,再匆匆赶往码头的。

喜龙父母会剃头,家里开着剃头店。万安桥是半月形拱桥,桥基很高,喜龙的家比路面低了很多。进入他家,有三级向下的石阶。独门,右边通排玻璃窗,晚上打烊,才从外面装上排门。夏天,排门外斜撑一张偌大的帆布凉棚,遮挡西晒太阳。

剃头店占半间,左墙一面大镜子,一排木头抽屉。抽屉前一把黑皮摇椅,一把竹椅。黑皮摇椅可以转圈,也可以放倒,属于他父亲。竹椅,是他母亲给孩子剪发用的。绕过这把竹椅进去,是一条通向后院的过道。过道右边,用一个大竹编围了个小间。靛青棉布包了竹编,店堂显得干净、雅致。

喜龙的父亲,名字叫阿祥。大人叫他剃头阿祥,我叫他阿祥伯伯。阿祥伯伯几乎是放大了的喜龙,他们脸型酷似,两颊的雀斑也稀稀疏疏的。不同的是,阿祥伯伯的额头有一块三角形青记。他的话少,听客人讲话,时不时扬一下眉毛。眉毛扬起的时候,这块青记变成了五角形。

最早的时候,我坐那把竹椅,让喜龙的母亲剪发。"咔嚓、咔嚓"剪完,我就坐到排门角落的陶瓷水池前。她不住地按我的头颈,叫我坐得进去点。然后,用一块泡得松软的肥皂擦头发,稀里哗啦一阵,就洗完了。喜龙的母亲穿大襟衫,矮个、细眼,说话响亮、缓慢,走路更慢,一拖一拖的。

后来,我不要喜龙母亲剪发了,情愿站在那把摇椅后面,等阿祥伯伯,心里却暗暗着急,怕上学迟到了。那时没有吹风机,头发只能自然晾干,所以总挑午间剪发。好不容易等到,阿祥伯伯把刚刚还在别的男人脖子上的围身,往我身上一披。我的脖子一阵沁凉,又一阵瘙痒,待习惯了它,差不多已经剪完了。

常有两个大男孩,从过道匆匆出来。他们是喜龙的哥哥,正赶往国道后面的中学读书去。喜龙,我也见到过几次,都是向他母亲要钱。他要钱不说话,只靠在过道上,两只脚轻踢墙壁。过道不宽,他站在那妨碍了挑水的经过,他母亲就打开小抽屉,拿出刚刚放进去的一张纸币。他拿了钱,转头就跑向后院。

东河沿人家

小学快毕业时,喜龙病了,经常请假,他的座位空的时间越来越长。上中学了,喜龙还是病着。这个时候,大街上开了新式发廊,我少去找阿祥伯伯剪头发了。但经过他家,我总还是往里望一望。店里空荡荡的,只有几个男人坐在那里聊天。有的男人一辈子只盯着阿祥伯伯刮胡子、掏耳朵,说他耐心细致、服务周全。

读高中时,我忽然看到了喜龙。他紧靠着台阶上的墙壁,晒着万安桥那边斜射过来的太阳。桥下波光粼粼,冷风"嗖嗖"吹上来。我看到喜龙的肚子很大,脸黄而虚胖。他还认识我,想和我点个头的样子。忽然,码头上的汽笛响了,嘟——嘟嘟——喜龙幽幽地看了我一眼,艰难地转过身,去倾听那汽笛声了。

我惊讶极了,几年不见,他竟然病成了这个模样。从前不知道他得了什么病,此刻才明白。他会越来越胖,胖到看不见自己的脚了,就是他的大限到了。不知不觉间,我放慢了脚步,想再看他一眼。而这时的他,正紧扶着身后的墙壁,侧着耳朵,在捕捉那已经远去了的汽笛声。这是我最后一次看到喜龙。

高中毕业,我离开了小镇。有次回家,听说喜龙已经去世。他的父母失去了喜龙,都病得不轻,关门歇业了很久。后来勉强再开了一阵,还是没有坚持住,最后也去世了。他们的两个儿子,把剃头用具全盘了出去。他家的人,都住到了店面后边的六坊宅老房子,出入也在后院的墙门了。

几年后的一个早上,我的高中书友淑萍,忽然从剃头店那三级台阶上下来了。我惊讶了,淑萍不是住后街咸和房的吗,怎么到了这里?记得当时,我为了借她的一本书,连续去过咸和房几次。淑萍笑着说,她已经是这家的二媳妇了,才刚结的婚。还说,她的丈夫、喜龙的二哥比我们高一级,借书时结识找的对象。

过不了几年,万安桥下的河都填满了,南边的码头也不再响起汽笛声。淑萍夫妇开了磨具作坊,赚了不少钱,逐渐买下了左邻右舍的旧房,最后还买下了板桥头的粮站楼房。我感到奇怪,傻傻地问她:"你家既然这样有钱,为什么不把万安桥边的老房子拆翻新造一下呢?"

淑萍听了,严肃起来,说:"这个房子,我们不会改变现状,因为,这是公公婆婆的临终遗言。"看我一愣一愣的,她继续说:"你做老师的,可能不会相信这样的事。但是,我公公婆婆却说,拆掉了老房子,喜龙回来,会找不到自己家的。"

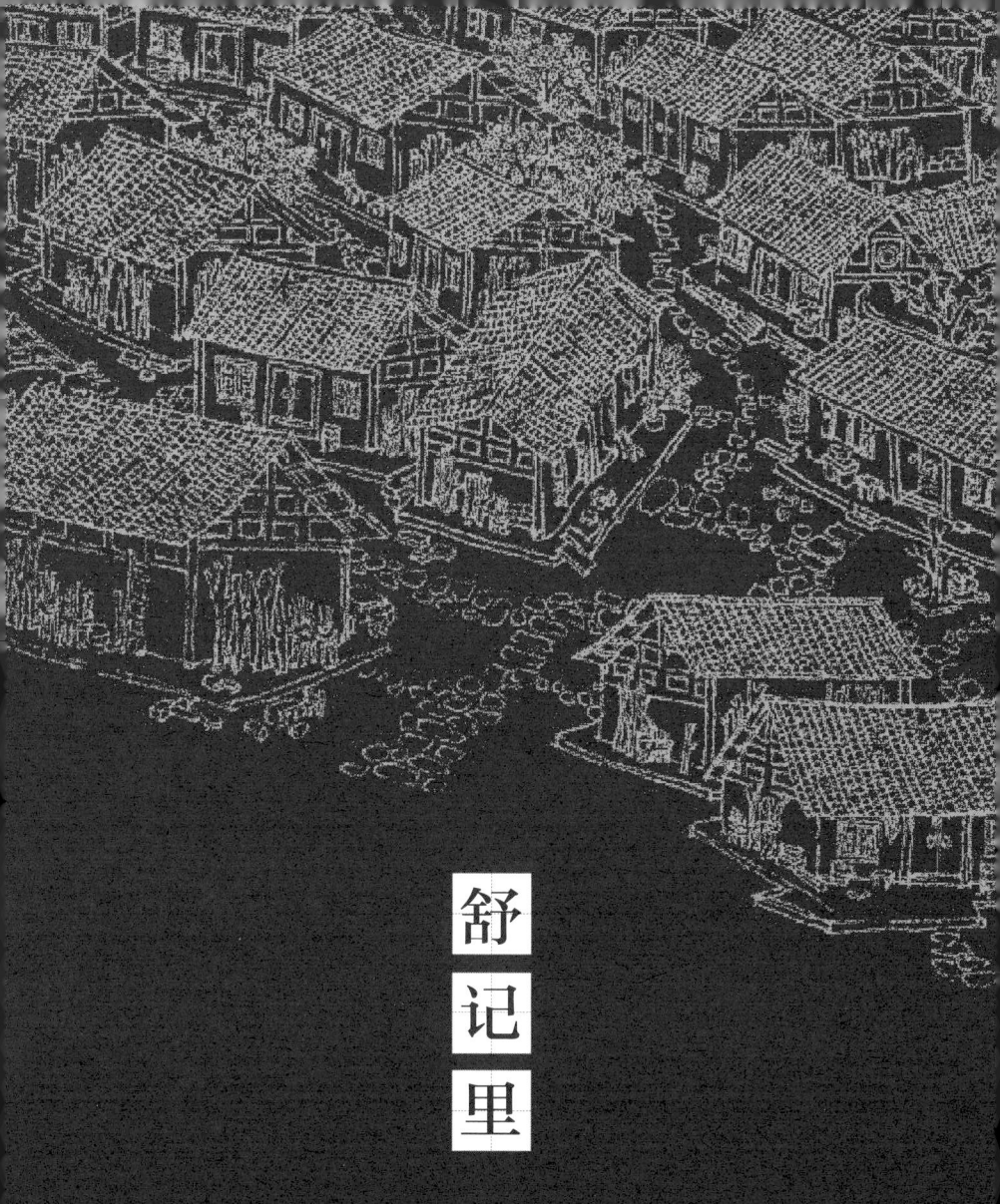

舒记里

东河沿人家

泥水爷爷

泥水爷爷是我外婆的小弟,做泥水匠的。他瘦高、清癯,眉毛很长,喜欢穿中式的白内衣、黑外套。他每天都来我家,坐在太师椅上,喝我爷爷特意留给他的天落水滚茶,不怎么说话。如果哪天他不来,外婆会失了魂似的,差遣我们孩子去他家问,今天怎么啦?

泥水爷爷家在蔡元房晒场前面的舒记里,一间朝东的高平屋,带有朝北的小厢房。这房子是舒记里的附属房,后来卖给了别姓人家。我读书去,有时从蔡元房走,跨上舒记里的高门槛,穿过有古井的石板院子,往东几步就是小学的朝西大门。有时从石洞门口走,经过泥水爷爷家,往北十多米就是舒记里墙门。

泥水爷爷和我命运的关联是,我六岁那年的冬天,他从河里救起了我。那天,我突发奇想,想抓河面上浮游着的小鱼。自己

东河沿人家

家的埠头大人看管着，我无从下手，就去了西边丽珍家的。那个埠头两面相对，石阶窄而高。我从东边一级一级探身而下，还没下到最低处，就看到埠头档的清水里，果然停着几条小鱼。

然而，看似一动不动的鱼看到我的手影，就溜了。我不甘心，想把它们赶回来。"扑通"，鱼没赶回来，自己掉进了河里。开始我并不害怕，想悄悄爬上埠头，偷偷回家去，不让大人知道。但是，人到了水里，手脚不听使唤了，怎么也爬不上去。我这才感到害怕，大声叫喊起来。

这个时候的东河沿，并没有行人走动，只有从对岸朝北祠堂围墙上斜照过来的太阳光在水里一漾一漾的。终于，埠头对上的摇门开了，出来了比我小两岁的丽珍。我看着她，想让她救我，但是，她只是呆呆地站在岸上，看了我一阵，转身进了摇门。摇门只关了一半，里面的大门紧紧关上了。

我盯着那里好一阵，企望她带着大人出来救我，但那大门再没有打开，一扇摇门却被风吹来荡去的。之后的记忆模糊了。好像并没有喝到水，想游到埠头去，可使不上劲。忽然，我看到了泥水爷爷的脸，还听到了他叫我的声音："小囡，过来，游到埠头来。"我鼓足了劲，向他游去。然而，可能动作使反了，我去了河中央。

泥水爷爷消失了一阵，很快就回来了。回来时，他手里多了一根葵花秆——丽珍家的东山墙脚下，靠着长长的一排。他把葵花秆远远地伸过来，让我抓住。我好不容易抓住了细细弯弯的葵花秆头，却又断了。泥水爷爷再次伸过来，我也再次抓住了，可它还是断了。

葵花秆断了多次,我还是没能抓住。这些葵花秆淋过了秋雨,外面已经发黑,里面白色,我捏过以后,都成了碎片。细碎的沫子在风里漂来荡去,有几片黏糊在我手上,有几片漾到了我脸上。终于,有人递给泥水爷爷一根竹竿——谁呢,至今也想不起来——泥水爷爷反手接过,尽力甩向我。

记得后来,是泥水爷爷横抱着我,走回家去的。经过太傅世家路口的时候,我看到泥水爷爷的右边脖子上,流着密密匝匝的汗珠。到了我家门口,他再没有跨进门槛的力气,只是倚靠在摇门外面。此时,太阳光照到了我家门口,也照到了泥水爷爷的汗珠,一闪一闪的。

外婆见状,吓得说不出话来,不住喊爷爷。爷爷刚从自留地回家,他接过我,把我抱到他自己的小床上,还从他床后的一个紫色的喇叭形木桶里——接生桶,我落地在它的里面——翻出一件他自己的衣服,给我穿上。我穿着这件空荡荡的衣服,靠在爷爷的枕头上,后来还喝了他用调羹喂我的姜茶。

泥水爷爷的衣服也湿了很多,外婆见状,也找出一件衣服,让他换上。这件衣服簇新,是外婆给她抽壮丁后生死不明的大弟做的,平时深藏着,只在晒霉蒸的时候,我看到过几次。泥水爷爷穿着这件衣服,坐在太师椅上喝茶歇力,神情特别沉重。

小镇有个说法,落水者被人救起后,必须打施救者一巴掌;如果不打,这个救人者可能会遭到不幸。这个说法,后来侧面得到印证——我十来岁时,外婆落到河里被世根救起,她因为没扇世根巴掌,后来一直责怪自己糊涂。当然,我当时那样小,连感激泥水爷爷救命之恩的话还不会说,怎么懂得这些呢?

后来我才知道,当时的泥水爷爷其实早已成病,还是当时少见的大病。如今想来,正因为重病在身,他才没跳下河来救我,而用了葵花秆让我自己抓;也是因为重病,那时的他,才显得那样苍白、瘦削,一动就大汗淋漓;更是因为有病,他才会休息在家,白天也从家里出来走走。

泥水爷爷第二年就过世了。记得他出殡的场面,穿孝服的人很多,白花花的一大片。他的坟墓,在小镇西南的沙堰头半山腰上。青砖坟廓,又用石灰粉刷过,环抱在青山中,显得分外醒目。当时的人过世,多数土埋,泥水爷爷这样的白廓,稀有。可能,这是跟他学徒的大儿子的主张,一辈子和砖头石灰打交道,应该!

读书以后,我几乎每天都要经过泥水爷爷家门口,门里只有他的几个儿子,和他的未亡人——我叫娘娘的舅婆婆。每一年清明,我都去青山祭扫烈士墓。如果步行,会经过泥水爷爷坟墓所在的山脚下。这个时候,我都会抬头仰望,暗暗想着,那个悬在半山腰的白廓,就是我的泥水爷爷。

如果坐汽油船经过,我会提前趴在船窗远望。泥水爷爷的坟廓到了,它竟然变成了一个使劲摇晃的小白点。一起摇晃的,还有河岸上的花草、田野中的树木,和那连绵起伏的远山。

站的菩萨

坐汽油船,目的地之一是全家桥。小村庄没有正式码头,但到达时,船老大会喊,"全家桥,全家桥"。

我从船舱出来,来到船头。船还在摇晃,就跳上一块特别大的青石板。没等我站稳,它就"突突突"开走了。我转过身,看到清澈透明的水波,映照着蓝天白云,河底的青黛色水草排成队伍,向着汽油船的方向追赶。

一条小路通往全家桥,转过几个弯头,就到了大表姨家。她家是三间草房,前后左右都是竹林。前院有堵断砖砌成的矮墙,墙外的竹子细细密密,向草屋倾斜,院子显得幽暗、清静。有时,一阵风吹过,竹叶摇曳着,发出窸窸窣窣的声音,好听极了。

大表姨在田里,看到了我,连忙招呼她的丈夫,我称为长富伯伯的。他们赶忙回家,大表姨拉着风箱烧饭,长富伯伯去小店。

东河沿人家

不到半小时,满桌的饭菜已经摆好,有咸菜卤蛋汤、蒸过几次的乌黑透亮的干菜、长富伯伯刚买来的红霉豆腐,还有一碗生豆腐,浇上熟油、酱油,撒上葱花。后来从书中看到歇后语"小葱拌豆腐",总会想起这碗豆腐。

大表姨是泥水爷爷的长女,能做、会说,个子适中,两个酒窝很深。外婆说,她说话的声音,很像她至今未归的大弟。然而,她只有左眼可用,右眼没有眼珠,眼白青灰色,夹杂几许红色,眼洞深深的。如果是别人,我肯定害怕。但是,大表姨每次到我家,总是非常亲热地抱我,不住邀请我说,"多来,多来"。因此,到十来岁,我真独自坐汽油船去了。

大表姨有三个儿子:最大的叫炳彦,小我几岁;老二浓眉大眼,聪明灵活;老三刚刚会跑,最调皮可爱。可能是我会给他们讲故事,也可能是唯有我的到来,他们才有新鲜可口的饭菜享受,他们全毕恭毕敬地叫我姊姊。但是,除了讲故事,我只会跟在他们身后做个配角。

掏蜜蜂,我怕被蜜蜂螫了手。村头的大狗,我不敢靠近——老三还讪笑我,姊姊,过来,过来呀!唯有鸟窝里掏出来的小蛋,我才敢摸一下——呀,热乎乎的呢!来到一排连着十来间的老楼屋,炳彦告诉我,这是村庄里的有钱人家,女儿嫁到我们蔡元房的朝东屋。哦,这是阿棠的外婆家,只是,没听她说过。

晚上,大表姨搓纳鞋底线,长长的、细细的,让我捏着一头。她远远地站在门槛外,用两手搓。这个活我经常帮外婆做,知道诀窍——线搓紧时,手要使劲捏住线头,同时慢慢靠近去,不然线会从手中滑出。大表姨笑眯眯地说:"哎!小囡,你真聪明,就做我的女儿吧!"长富伯伯说:"我们有这样的福气吗?"

其实,炳彦口齿不清楚,走路扭扭歪歪,外面吃亏了、闯祸了,由比他小的老二替他出头、圆场。这可能与大表姨和长富伯伯是嫡亲老表有关。表姐妹当老宁(老婆),亲眷少两份,这是穷人的活法。不然,长富伯伯一表人才,如果不是一个穷字逼着他,怎会娶有眼疾的大表姨呢?门当户对,其实就是互补,穷补穷。

夜深了,大表姨让我带了老二老三睡觉。西边那间,是他们的卧房。靠北墙是没栏杆也没床顶的大木床,墙外的竹笋伸到床底下,几个竹节裸露着。我白天看到过这些,还害怕过床底下会不会盘着一条蛇。门口那张小竹榻上,老二老三"咯咯"笑着闹,发出"唧唧嘎嘎"的声音。大表姨在外面骂,小鬼(ju)头,还不睡吗?

等他们睡着了,我才听到草房外的声音。晚上起了大风,刚刚在前面的竹林,突然到了屋后,像极了野兽的吼叫。我在家里睡觉,听惯了屋外的人声、脚步声,还有小河的鱼跃声,到了这儿,害怕极了。但是,外面大表姨在油灯下纳鞋底,长富伯伯在编竹筐,风停的间隙里,我还听到他们两人在轻声说话。不知不觉,我睡着了。

长富伯伯编的箩筐特别小巧,大表姨回娘家,总挑着它——一头,是小猪、老母鸡或者鸡蛋,卖到西街头市场去;一头,是娘家的被单夹里、鞋袜脚手。她把脏的带去,洗干净,缝补好,下次带回来。长路无轻担,她的扁担上总缠着一件衣服,这是她走热后脱下的。

偶尔,她会在我家门口放下担子,探望她的姆妈娘,也就是我的外婆——姆妈还加个娘,可能是泥水爷爷为了答谢我外婆长姐为母的恩德,让孩子叫的。泥水爷爷过世很多年后,大表姨来了,还是拉住我外婆的手,哀切地叫唤着。时常见得,她话还没说出来,手已经在擦眼泪。而我,总好奇地盯着她的右眼,偷看它是不是也会流出眼泪。

"站的菩萨站一世,坐的菩萨坐一世。"对于大表姨,外婆说得最多的,就是这话。当然,既然有站的菩萨,自然还有坐的菩萨。这便是大表姨的妹妹——泥水爷爷的小女儿,我称之为小表姨的。

坐的菩萨

小表姨,不仅排行小,个子也极为小巧。好在她眼睛大,鼻子高,说话清脆利落,被人称作画眉鸟。关于她的最早记忆,是在我家的饭桌上。八仙桌靠着板壁,两边太师椅。东边爷爷,西边外婆。我和姐姐打横,坐长凳。外婆边吃饭,边看着我们姐妹,用她娘家小侄女的掌故教育我们。

说得最多的,是小表姨吃饭俭省,只像猫一样,嗅嗅就成了。我想,小表姨人只那么一点,使足劲吃,又能吃多少呢?反过来,她如果会吃常人的饭量,还会长成这样的小不点吗?外婆还说,小表姨吃饭,必定得有荤腥,但是,这碗荤腥仅在素菜旁边陪着,她不吃,只看。

外婆的意思有两个:第一,要我们也多吃素菜,少吃荤菜——每天都买点杭州湾的小海鲜,当时极为便宜;第二,小表姨多聪明,小小年纪,就会说出这样巧妙的话。然而,荤素搭配、多吃素菜,这在目前是时尚,当时可不是我们孩子爱听的话。什么,荤菜陪素菜,光吃素菜,不吃荤菜,谁忍得住呢?

然而,这在当时的我,是无法求证的,因为小表姨那时外出读高中,偶尔才回家。后来,她高中毕业,又参加什么地方的运动去了,更加没空回来。因此,被我外婆神化了的小表姨,我是在她结婚时才有了具体印象——她的结婚衣服灰色的,尼龙领套白色,拎着旅行口袋,推开我家摇门走进来。

她的结婚对象,叫长森。名字带了个长,身子还真长,人叫他长脚长森。他大眼睛,高鼻子,说话声音特别洪亮。他在粮站工作,和小表姨是在什么时候,又是在什么地方相识的呢?可能是高中同学,也可能是运动时的战友,朝夕相对,日久生情了。总之,这对夫妻站在一起,高矮相差悬殊,小表姨只及长森伯伯的腋下呢!

我第一次去他们家,是他们的儿子出生后。他们家在阁老府里边,小墙门,小天井。天井里铺着石板,进门便是八仙桌,长条搁几。搁几上放着老式自鸣钟,还有一个插鸡毛掸帚的瓷花瓶,花瓶画着祥云和仕女——小表姨和长森伯伯他们都去别处运动了,自己家里的"四旧"怎么一点也没清除?

我还把阁老府的后两个字,听成是老虎。顺理成章,三个字,就成了阁楼上的老虎。出去做客,一间间乱跑,是不被允许的,但我为了寻找长森伯伯家的阁楼,看清楚阁楼上到底是否蹲着一只大老虎,就东摸来西摸去。母亲好一阵着恼,几乎要发作了。我知道,她此刻并不会怎么样,还是寻找着。

长森伯伯家宽敞,足有三四间。记得有一间带后半间,门槛低窄。我朝里面张望了几次,好像真有阁楼。没有开灯,只门槛里边有光亮,我不敢进去。正犹豫间,母亲到底来找我了。待我讲明白了,他们全都哈哈大笑,但并没有人告诉我笑的原因。如此,我知道阁老府是明朝时谢迁阁老的府第,是很久以后的事了。

小表姨的房间在西边,灯光特别亮堂,比起我家的十五支光,好像进入了另外一个世界。那天,除了我和母亲,娘娘(舅婆婆)也在。她在给婴儿擦身体,换尿布。小表姨斜躺着,心有余悸地诉说着生孩子过程——生孩子一只脚棺材里,一只脚棺材外,也是这个时候听我外婆说的。

婴儿非常漂亮,被递来递去。我也想抱,母亲不肯,怕我摔了孩子。小表姨说,没事,让她抱吧。我真抱上了,觉得手里很轻,心里却发慌。婴儿的手脚稍微动了下,我害怕他掉到地上,赶紧交给了我母亲。有了这次经历,长大后的我,一直不敢抱人家的孩子。

那天,我们还吃了一碗面,称作落地面。小镇的每家添丁加口,亲眷送礼,主家待每人一碗面。邻里不送礼,主家分每家一碗面。我吃的喜面(细的面条)很甜,记得是一只高脚碗,里外都有彩色图案。可能是长森伯伯在粮站供职的缘故,那天的面条特别柔软润滑。"吱、吱吱",几筷子就吃完,意犹未尽的感觉至今还在。

东河沿人家

小表姨生孩子后,小镇正创办星光厂,后来大名鼎鼎的许厂长需要一个秘书。当时高中生稀缺,他直接录用了小表姨。是金子总会发光,这话听着是老生常谈,但在小表姨身上,却成了真理——小表姨,请让我引用一下你当时的经典语录吧!她做这个厂长秘书,真是游刃有余哪!

小表姨人虽小,字体却饱满而刚劲有力。她才思敏捷,文章立等可取。她口才也好,台上一站,能一口气说几个小时。因为这个厂后来临街(小镇发展,街道向东延伸的结果),我看到过她的一次讲话。全场肃静,只听得她一个人在那里滔滔不绝,声音响亮,口齿清楚,还抑扬顿挫。

厂长看到小表姨如此能干,自己外出跑业务时,就把整个厂交给小表姨。到了后来,人家求厂长办事,都不直接去找他,而是先和小表姨商量。过了几年,星光厂的名气越来越大,厂长和小表姨也都享誉小镇。那个时候,如果外婆还在,可能会为这个小侄女的聪明能干,睡着都笑醒的吧!

然而,小表姨的权力和自己的利益并不沾边。她做了多年秘书,最后还是一个秘书。亲友有求,可以帮则帮;不可以,她会千譬如、万解释,让你自动放弃。甚至于,后来长森伯伯的粮站解体,儿子读书没考上大学,小表姨都让他们自己找出路去。对着这样不徇私情的小表姨,众人还真抱怨不上。

我和小表姨的亲近,是在她退休后。那时,她家和我家隔了一条马路,见面机会多了。小表姨老了,个子更小了。长森伯伯老了、瘦了,更长了。两人经常一起散步聊天,长森伯伯弯着腰,小表姨仰着头。从后影看,他俩不像是夫妻,倒像是一对父女。

事实上,长森伯伯也像照顾女儿一样地照顾着小表姨,什么都顺着她的意。是,好的,你不会错,这是长森伯伯的口头禅。少年夫妻老来伴,你如果不懂这话的意思,就去小镇的振兴路上看看他们两个吧!记住,必须是风和日丽、黄昏来临的时候哦!

灶间地下看老婆

先开花,后结果。泥水爷爷终于得子,还是个虎头虎脑的儿子。但是,我出生之时,他已经跟了泥水爷爷做学徒,关于这个大表舅最初的印象,是在泥水爷爷的丧礼上。他披麻戴孝,走在丧葬队伍的前边,一路散发纸片(冥币)。孝子爬桥,早有所闻,我第一次见到的,也是这个大表舅。

泥水爷爷的坟墓在沙堰头半山腰上,坟墓由大舅一手砌成。他用了最好的青砖,砌成当时少见的坟廊。他还用了最好的石灰,让泥水爷爷的坟墓在青山绿水间,分外醒目。人家是多年父子成兄弟,在泥水爷爷和大表舅之间,却既是父子,又是师徒。

泥水爷爷过世后,大表舅在外做泥工挣钱,在内帮助母亲治家。几个弟弟还未成年,教导的责任也落在大表舅身上——小镇有个不成文的规矩,娘教女儿,爹治儿子。还真别说,弟弟们——一个、两个、三个,他们不怕我娘娘,但只要听到大表舅的脚步声,都像老鼠见了猫似的。

约在大表舅二十岁上,他忽然来了我家,还没进门,先就笑容满面"姊姊、姊姊"地叫。我母亲知道他无事不登三宝殿,也笑眯眯地看着他。然而,平日里豪爽惯了的大表舅,此刻却期期艾艾的。我母亲是石棉厂厂长,被人称为全国粮票,虽然不识字,但大表舅的这点状况,她一眼就明白。她和大表舅进了灶间,嘀咕了好久,大表舅才高高兴兴地离开。

果然,大表舅告诉我母亲,他出门做工时,看中了一个姑娘,住在南谢。南谢在小镇南端,南谢的石棉厂厂长是桃珍姐姐。桃珍姐姐只有姐妹,没有兄弟,要招个入赘女婿。我母亲介绍了一个亲戚过去,此时已经结婚生子。这个被我母亲称为大猢狲的大表舅,可能事先知道这一切,才有备而来的吧!

我母亲去了南谢的桃珍姐姐家,桃珍姐姐又赶忙去了大表舅相中的姑娘家。对方一听是刚刚在自己家修屋的泥水师傅,手艺好、人漂亮,赶忙答应了。那时,我大约十来岁,不但大表舅的婚事,连当时桃珍姐姐结婚生子,我都跟着母亲凑热闹——那摸黑走夜路的情景,至今还记得。

真是一个五官精致、皮肤白净的姑娘,名字叫阿彩,住在桃珍姐姐家小河的后面。河上有座小石桥,小巧、古朴。阿彩的家临河,门前有个小埠头。她母亲年纪不大,双眼皮,垂一个圆圆的发髻。还有个哥哥,方脸大耳。他们有一排平屋,东边住人,西边堆满了

东河沿人家

各种农具。

结婚那天,我拎了一个铜火熜去接新娘。新娘由她哥哥抱上了船,她母亲在埠头边哭得眼泪汪汪。我还拎着火熜,只不过里面已经添加了新娘家的薪火。莫名的,河岸上有人在叫我坐街沿的——指过去的堕民,含有贬义。我呢,抢来了母亲介绍人的风头,却自喜得很。

新房在泥水爷爷家正屋的后半间,由大表舅砌成实墙,和前半间不透一丝光。按照现在的标准,这新房走后门,晒不到太阳,吹不进风,是最差劲的居处,但当时大表舅和大表舅妈却把它看作是人间天堂。他们在这里生了两个女儿,还把她们养得水灵灵的。

大表舅对他的女人,好得实在太过分。他怎么也看不够自己老婆似的,除了出门做工,在家就围着她转。我读书经过他们家,至今记得的一个印象是,大表舅妈坐在门口小凳上洗衣、淘米,大表舅并不帮忙,一手茶杯,一手香烟,远远地看着,眉开眼笑,还时不时打趣几句。

对此,我母亲常说一句话,灶间地下看老婆,越看越好看啦!还有一句,炮仗一截长,有什么得人心(漂亮)啦!是的,大表舅妈真的很矮,比我小表姨高不了多少,但她小得灵巧,眉眼耐看,颇有古典美人的风韵,品性也好,说话和婉,对我娘娘极为恭顺。

他们婚后不久,小镇把所有手艺人召集一处,统一管理,成立了竹木器社。后来,因经营得法,横向发展,成了姚北响当当的大集体企业。随之,我大表舅这样第一批进厂的,都得到了元老级待遇。他的师兄师弟、徒子徒孙,则陆续在家里搞小厂,在单位只是摆个样子罢了。

然而,大表舅有颗图安逸的心,他认为差不多就好。他经常说:"做人空头啦!看我的上辈,大爹做了炮灰,阿爹死得这样惨。"有时又说,只有两个女儿,何必吸干了脑髓,差不多就好了。果真差不多时,紧靠着小表姨家,造了两间楼房,嫁出女儿,后来他就退休在家。

退休后的大表舅,经常坐在小店里看报纸。偶尔有人请他去看个地基,他能说得头头是道。有人对他说,大娘舅(小镇常常这样,一家的亲戚称谓,会成了集体的称呼),你是老泥水出身,风水之道不是内行的吗?大表舅从报纸上抬起头来说,会风水怎么啦,去赚钱吗?切!说话的人,无趣极了,拂袖而去。

几年前的盛夏,我在小区南面的寺庙附近,看到了大表舅。他戴金丝大草帽,墨黑的脸上露出白生生的牙齿,在对着我笑。开始我不敢叫,大表舅不是在老家吗,来这里做什么?他说,他在寺院做义工,大清早坐公交过来,傍晚回去。我让他一起吃饭,他又说寺院里的饭好吃,五元钱就够了。

我听说过舅妈身体不太好,问他这会儿怎么样了?两个女儿好吗?他匆匆回答:"你舅妈老年病,没有什么大不了。你两个表妹总要回来照顾,我让她们自己过日子去。你的舅妈,我会照顾不好她吗……"话还没说完,旁边的推土车司机等得不耐烦,"突突突",从旁边斜冲过来,吓得我赶紧跳开了。

东河沿人家

我回头张望,大表舅已站在山坡上,挥舞着两手,吹着口哨,让司机前进后退。推土机在他的指挥下,前进后退,灵活自如。我走得远了,风里还传来隐隐的口哨声,若有若无,似幻似真。

没有神仙

泥水爷爷的二儿子,我叫他二表舅。他来我家最多,外婆也最喜欢他。二表舅舅的脸瘦,鼻梁窄挺,眼睛不大,笑时眼梢会往上挑。他嗓音沙哑,叫我外婆姆妈时,特别好听。

二表舅的年纪和我哥哥相仿,但早就落了田头。我哥哥初中毕业才去田里,二表舅就耐心教我哥。有时他还和我哥称兄道弟,连娘舅的辈分也不要了。我哥口吃,免不了受人欺负。二表舅见了,便叫人吃不了兜着走。如此,二表舅成了我哥的保护神,我家自然更加欢迎他了。

后来,他穿上军装,去当了兵。临别之时,外婆千叮咛万嘱咐,流了很多眼泪。他来过好几封信,字很稚拙,但很端正,总是满满两张。部队的信笺,页眉印着鲜红的大字,还有番号和"哈尔滨"字样。记得当时收到二表舅的信,都是我和姐姐抢着读的。

东河沿人家

从二表舅的信里,知道新兵有几个月的训练。训练极其艰苦,但二表舅吃苦耐劳,也会动脑筋,得到了首长的好评。训练结束,他被分到机械修理连队。二表舅手脚勤快、会动脑筋,评了一个积极分子,当上了业务骨干。班上有个上海人,他见二表舅相貌不错、为人爽朗,就把自己的姐姐介绍给了他。

这个姐姐当时在江西插队,比二表舅大几岁。他们鸿雁传书,很快进入热恋阶段,到二表舅退伍,就带着新娘回来了。他们的新房在南厢房,本是低矮的小间,但二舅妈这里挂个窗帘,那里摆个小瓷瓶,把个小偏间整理得洁净明亮,感觉宽敞了很多。

当时的复员军人,运气好,可以进小厂。二表舅在部队摸清了机械原理,顺利进了后河塍的农机厂。这厂在东梁桥南,临河,铁大门进去有个天井,里面是黑咕隆咚的厂房。我读中学时经过这里,经常见二表舅一身工装、脚蹬军靴,在做电焊工。有时,他在天井里端着一个茶杯,看到我就眼梢一挑,笑容熟识。

他的大女儿,一只耳朵大,一只耳朵小。二舅妈缝制了一顶精巧的软帽,不说破,还真看不出来。小女儿出生,大女儿送去上海抚养,几年后再回小镇,已是一个蹦蹦跳跳的小姑娘。她短发蓬松,刚刚盖住那个小耳朵。后来,上海知青可以返城了,二舅妈把名额给了这个女儿。

小女儿脸盘五官和姐姐一模一样,娇小玲珑。就聪明伶俐而言,她不亚于二表舅的小姐姐 —— 我的小表姨。她是我的学生,还是班长,组织能力强,又不显山露水。二表舅对她钟爱有加,还要求特别严。考试分数差,他不在乎。他在乎的,是品行是否端正。他没让她上高中,读了杭州的一个幼儿师范。

正是这个时期,小镇的企业大多改制买断,二表舅的机械厂也在此之列。作为工人,最受考验的,是留下还是离开,二表舅选择了后者。他也不开店,只在小镇四处跑跑。看到人家造新房、修旧屋,他主动要求做铁门、装防盗窗。然后他就在自家院子里"吱吱吱、咋咋咋",没日没夜赶工。

二表舅做的门窗价低质优,名气好了,生意自然就好。不出两年,他造了新房,离我哥哥家不远。这个新家三楼三底,结构巧妙,装修朴素细致,好几个邻居造房照抄了他家的式样。我去家访,印象深刻的是,不锈钢壁架上,漂亮的毛巾堆叠得一摞一摞的。二舅妈是上海女人,细微之处到底和我们不同。

空的时候,二表舅在院子里养花种草。梅花在院子角上,石榴在楼房的廊檐下。花开花落,经过二表舅院子的人,都说:"你怎么成花匠了呢?"然而,二表舅马上又养起了狼狗,高得小牛似的,生了小崽,送不出去,都自己养。他给狗们做了一排铁笼,实行军事化管理。那些我们看着怕怕的大家伙,在二表舅面前十分驯服。

几年以后,突然听说二表舅病了,还是和当年泥水爷爷一样的病。我非常震惊,这么洒脱的二表舅,怎么也会得此病呢?我赶忙回娘家,却听说他去上海了。托人了,住院了,手术了,暂时无碍了,一个接一个的消息,牵动着我们的心。终于,二表舅回了家,而且可以四处走走了。

东河沿人家

最后一次见到二表舅,是在我母亲的老屋。他极其清瘦,皮包着骨头,哀切的脸容像极了当时的泥水爷爷。他把两手插在裤袋,在我母亲的水泥地上,踱过来踱过去。站定,他对我母亲说:"姊姊,其实我早知道,我的病和爹爹一模一样,医生不告诉我,家里人也都瞒着我。"说完,又踱过来踱过去。

我看着已经知道了自己命数的二表舅,和几乎落泪却强忍着的母亲,很想说句什么。但说什么呢?人命天定吗?在此刻的二表舅面前,我能这样说吗?忽然,我听得母亲在劝慰他:"你要乐观点,你爹爹那时还早,没好的药,也没好的医生,你如今……"

不等我母亲说完,二表舅就说:"姊姊,你不用劝我了,我已经做好了准备。世上并没有神仙,能让每个人都长命百岁,远的大爹,近的阿建(二表舅的小弟,二十多岁就作古),不都早早走了吗?比起他们,我已经活得够了。"听到这里,我赶忙站起身,悄悄离开了。

几个月以后,二表舅走了。左邻右舍,亲朋好友,甚至他北方的战友,都来送他。按照二表舅的遗愿,灵堂不播放哀乐,墓地就在沙堰头公墓,葬在泥水爷爷和娘娘的旁边。真不知道此时的泥水爷爷和娘娘,能不能知道自己身边又多了一个儿子?

那天回丧后,刚坐下吃饭,长森伯伯就开始分发红包。大家先一愣,待拆开一看,是自己送的礼金的整数。零头收下了,白纸换成了红纸。据说,这是二表舅的遗愿之一,感谢众亲友前来凭吊,但情意留下,礼金返还。大约从这个时候开始,东河沿人改变了习俗,不但丧事,就连婚庆,也以情义为重,贺礼次之了。

订 婚

　　泥水爷爷的头三个儿子都很魁梧,独有小儿子瘦小得可怜,长大后也高不了扁担多少。要说原因,自然和他出生在三年困难时期有关。几个孩子张着饥饿的嘴巴,我娘娘即使有了身孕,也总是省下一口是一口,人总是先顾好眼前的多。

　　小儿子叫阿建,但是,人家不叫他名字,只学着我口吃的哥哥,叫他小娘舅。我哥比阿建大得多,如此叫他,有点打趣的味道。我嘛,比他小一岁,该叫他小舅舅。但是,我也没有好好叫他,总是笑一笑,就混过去了。记得有一次,我轻轻地叫了他一声舅舅,他的那个笑容,至今还在我的脑子里呢!

　　小舅舅的个子小,但说话清楚响亮,什么事情都能说得头头是道。后来,他可能知道了泥水爷爷临终有交代 —— 家人必须厚待他 —— 他竟然不知天高地厚了似的,里外都不肯吃亏。于是,众人给他提升了一个娘舅的等级,由小娘舅改作了老娘舅。

小舅舅对此无可奈何,因为他的本事实在只有一张嘴巴。他干活,跟在妇人后面;捉花(摘棉花),棉花秆比他高,籔笼比他大;种田拔秧,他没有长力,更别说挑稻担了。二十来岁,娘娘让他跟两个哥哥学习农活,结果却是,他不服管教,和他们大打出手。

我娘娘中年丧夫,别的样样要强,唯有这个小儿子,对他存了一份难以消弭的歉疚,实在动不了恶手。不久大队办了玻璃厂,劳力多的可以分到一个名额,几个哥哥一致推举让他去学点技术。但到了玻璃厂,他还是打下手,因为吹玻璃管子的台面很高(脚踏地上的鼓风机,在高温灯上煨软,吹成眼药水瓶),他坐不上去。

更加困难的,是小舅舅的婚姻大事。娘娘也知道,凭他的个子,本镇姑娘不会嫁给他。于是,她就托人,找一个山里或者海里姑娘去。山里没有音讯,海里姑娘倒有了一个。于是,娘娘召集起已经成家立业了的儿女,让他们同意出钱,给小儿子成亲。

还别说娘娘这样郑重其事,实在是娶海里姑娘,男家必须有十足的财力——不过隔了一条大古塘,婚娶的风俗却很不同。我们小镇的年轻人结婚,先只要订婚够了。他们则必须先回聘,再订婚,最后才结婚。每个程序,都必须有丰厚的彩礼送过去。不说别的,光是回聘,就必须有皮箱(箱内装毛线几斤、衣裳几套),还要有自行车、缝纫机、现金。

小舅舅听了这个消息,却突然换了一个人似的,他变得不再那么多话。人家逗他,他也不和人打嘴仗了。下了班,他跟着娘娘去自留地,种白菜、收油菜,换成了钱,让娘娘积攒起来,甚至于,还折价卖掉了那块手表——记得他进玻璃厂不久,买了这块手表,是如何炫耀来着的——换了一辆自行车。

还没有回聘,他就骑了这辆自行车,去姑娘家的地里做义务劳动。那个地方靠近杭州湾,离小镇有三十里路,不说在地里劳动,就是骑着自行车打个来回,也需要消耗不少力气。但是,这个时候的小舅舅,却整天乐呵呵的,对每个人都非常和气。

终于回聘了,小舅舅去女方家更勤了。那个时候,滨海人家都大面积种植榨菜。榨菜下半年种,来年清明前后收,这两个时节,真比我们小镇的"双抢"还紧张。小舅舅为了给姑娘家争面子,做了她家的,还去帮姑娘亲戚家的。加上海里的习俗,毛脚女婿不能在女方家过夜,他每天来回奔波,还不耽误玻璃厂的上班时间,辛苦也只有他自己晓得了。

然而,就在女方家对他的表现十分满意,准备订婚之时——海里的订婚,仪式上类似于结婚;订婚后反悔,必须让负心者拿了铜锣,到大街小巷去敲——小舅舅有一天竟然没有起床。我娘娘看到太阳已经老高了,想去催一声,看到的却是已经没有了气息的小儿子。

记得那个时候,小舅舅是跟着娘娘睡在那个矮阁楼上的。众人是如何从不足一尺半宽的梯子上,把他背下来的呢?我没有看到。人们送小舅舅去了小镇医院,医生们经过集体会诊,把小舅舅的突然死亡诊断为先天性心脏病因为疲劳过度发作了。

  按照海里的规矩,已经回聘、新郎却中途去世,聘礼不但不还,姑娘也不用出现在丧礼上。而小舅舅出殡之日,那个姑娘却在她父亲的陪护下,送小舅舅到了我泥水爷爷的坟墓旁边。几天以后,女方把聘礼也归还了。我娘娘却原封不动,让介绍人再次送了过去。

开口就响亮

泥水爷爷的未亡人,我该叫她舅婆婆。不知道什么缘故,我们兄妹都叫她娘娘。其实,小镇叫祖母也是娘娘,但此娘娘非彼娘娘,祖母的娘娘,第二声,而舅婆婆的娘娘,第四声。

娘娘中等个子,笑脸,小表姨的脸盘就像她。短发灰白,天然卷曲,用夹子别到耳后,很有韵致。她的眼睛很大,时常眯缝着。难得睁大一点,能看到她的眼珠灰蒙蒙的,眼白布满了血丝。她一开口就响亮,我上学走到她家门口,远远地叫她,她的应声常会盖过我。

泥水爷爷过世之时,家里还有正读高中的小表姨,和她下面的四个兄弟。我娘娘遵照泥水爷爷的嘱咐,借借省省,让小表姨读完高中,又嫁了出去。三个小儿子,交给大儿子辖管。她自己除了生产队劳动,回家就做家务,常连吃饭也托个饭碗到处张望,看看哪里还没有妥帖。

大表舅娶亲,聘礼、喜酒,什么都不少。婚前,她答应大表舅的要求,用墙壁封死前后半间,让他们过自由的小日子。二表舅结婚,给了他南偏间,剩下只有半间房子,怎么住呢?她说,有屋住千间,无屋住半间。楼下的右边一角砌了灶,其余成了客厅。又在阁顶开个气窗,左边角落放了张扶梯,带着两个儿子住了上去。

这个阁顶我上去过,又低又暗,看不清什么是什么。我稍稍抬了个头,就被屋顶的横梁撞了下,痛得哇哇大叫。娘娘赶紧从梯子爬上来,掏出手帕,按在我痛处,使劲揉搓。至今记得,娘娘的手帕清清白白,叠得方方正正,留有太阳晒过的味道。

娘娘还烧得一手好菜。每年正月,小镇作兴吃新年饭,家家户户,轮流着宴请吃饭。吃得多的是糊头,锅里放点作料,舀几勺汤罐水,勾个芡便成。当时的人,称吃正月饭为喝汤罐水。然而,娘娘的正月饭不一样,她有实货。她托大阿伯买来猪头,洗干净,煮熟,压紧实了,蘸酱油吃,香润无比。

娘娘还是妇女队长。"双抢"时节,女人分做两班,年轻的打稻种田,年老的拔秧晒谷。秧田里很热闹,唱戏,讲故事,什么都有。娘娘不声不响,顾自拔秧。她拔的秧和别人不一样,干净、轻巧。种田的人分到这样的秧桩,特别高兴,分枝容易,速度就快了呀。

晒谷场上,娘娘带着妇人们把稻谷筛过,晒干,再用风车扇掉秕谷，最后抬进谷仓。生产队的棉花地在朱家桥，离小镇三里地，娘娘她们把棉花挑到六房晒场，拣择，分级，再售卖给棉花厂。农闲时，娘娘带着妇人们撑船去割草，傍晚时分，满满的一船青草从我家对面的埠头上岸。这草做成浆包，是第二年的肥料。

别看娘娘和女社员们处得和睦，紧张起来，剑拔弩张。一次，阿春妈妈迟到，傍晚收工，娘娘要给她记账扣工分。阿春妈妈不肯，旁边也有人说，难为她今天不太舒服，就算了吧。娘娘还是说，她迟到不止一次了，硬不肯记，就记到我名下。阿春妈妈表面只好服从，背地里却说，让她的妇女队长永生永世做下去吧。

分田到户了，娘娘看似轻松了一些。突然，她最小的儿子在准备订婚时，心肌梗死，天亮才发现。娘娘一下老了十岁，变得麻木，再不能笑了。她只能吃轮转米饭。三个月一家，三个儿子，加上小表姨，挨一遍，就是一年。

娘娘开头几年尚能自己行动，神智也算清醒。后来，她认不出人了。只记得小儿子阿建，见人就说，你是阿建吗，怎么才回来，我给你压了猪头肉，快趁热吃吧。过不多久，她就要求回老屋去。我见娘娘最后一面，就在她的老屋，蔡元房晒场前。这个时候，小镇挨家挨户做了门牌，娘娘家是三十九号。

去之前，就听得她已经水米不进，但还是买了糕点。娘娘躺在原来的堂前间，用布帘遮挡着。娘娘，娘娘，我拉着她的手，轻轻叫她。她开始没有反应，过了一会，才转过头说："阿建吗，你总算回来了。一直在哪里啊，怎么总找不到你？来了就好，来，躺到我旁边来。"娘娘显得满足、欢喜,声音却越来越轻。

不久,我感到她的手心正沁着冷汗,黏糊糊的。正想慢慢抽出我的手,猛听得她又叫了起来。这次的声音笔直而响亮,是泥水爷爷的名字:"阿桥,阿桥!"随之,她的手渐渐冷了。

木匠爷爷

　　送娘娘上山的那个晚上,我母亲翻箱倒柜,从一个旧箱子的底层取出了一个包袱。包袱的靛青底子没怎么褪色,白色花纹已经染上了陈年黄斑。母亲把它展开来,里面是一只蓝边瓷碗,一件男人的礼服,还有一个木匠师傅用的墨斗。

　　这个包袱是我外婆的遗物,她年轻时做女裁缝用的。外婆在世的时候,每年都把这个包袱取出来,放在天井的竹编上晒。晒的时候,她用一块纱布盖住,还紧紧看管着,不让我们小孩子靠近。外婆说,里面是她大弟的衣服,以后他回来了,要给他穿的。

　　我问外婆:"你这个弟弟在哪里?怎么一直不回来的?"外婆没有回答,只是赶快把它包起来,放回到她的旧箱子里。外婆每次做这些事情,总是神色哀戚,还喃喃自语,好像在和谁说话。我

东河沿人家

从小怕外婆,见到她不高兴,就不知所措,顾自跑了开去。

其实,包袱里的三件东西,每一件我都见到过。

男人的衣服,黑色,前襟绣有红色细纹。在我六岁那年,泥水爷爷从河里救起了我,外婆为了给泥水爷爷找件衣服,匆忙之中拿出了它。当时,泥水爷爷穿着它,坐在我家板壁前的左边太师椅上,低头细细打量,用手抚摸着衣服的纽扣,神态特别沉重。

蓝边瓷碗,带点古气,大小和普通的饭碗一样。不寻常的,是这碗只在外婆活着的时候出现——我家那时分两桌吃饭,只有除夕那天,把八仙桌移开,放上四根长凳,坐全家七个人。这时,外婆座位旁边,就放上这个碗。碗边也放一双筷子,但碗里不盛饭,空的。

对此,外婆隐约说到过,这空着的饭碗也是给她大弟的。当时的我,总以为这个大弟已经去世了,因此,每当桌上出现这个空碗,感觉总是怕怕的。直到最近看镇志,我才知道这个空碗是专门留给外出未归、生死不明者的。不过,外婆去世后,我没有再见过这碗,甚至已经遗忘了它,想不到我母亲收藏了它。

至于那个墨斗,我曾经在外婆的箱子里偷偷找到过它。我看到它有一个圆洞,想用它学大人的样,用埠头上捡拾的菜皮腌菜,再晒成干菜。想不到,外婆看到,大惊失色,从我手里抢夺了过去,还狠狠盯了我一眼。我不甘心,第二次去寻找,却没有再看到它。

"你还说怕外婆呢,怎么会一次又一次去动她箱子里的老东西?"母亲听了我小时候的事情,如此说道,"不过,那个墨斗是用南洋花梨木做的,还雕着一个老人,确实好玩。为了买这个墨斗,你外婆当时揽下蔡元房老人的寿衣来做,连续落夜一个月,才赶了出来。"

说到这里,母亲特别伤感,给我讲起了外婆娘家的事情。

原来,外婆的娘家杨姓,就在小镇东南的杨家。这个我有所知道,因为当时我爷爷经常叫我外婆杨家人。至于外婆的父母早亡,弟弟由她一手养大,姐弟之间的感情特别深厚,这个我从小也知道一点。那时,泥水爷爷几乎每天都来我家坐一坐,喝天落水滚茶——当时的出泡茶贵气,只招待特殊的客人。

杨家是著名的耕读之家,但是,外婆的父母亡故之前,已经没有了田地。父母过世了,外婆带着两个弟弟来到小镇。外婆做了女裁缝,大弟学了木匠,小弟学了泥水。有了点积蓄,碰到舒记里清产附属房,才买下了大小两间房。从此,外婆和弟弟才有了自己的安身之处。

听到这里,我赶忙说,原来还有一个木匠爷爷,那么,是不是为了和这个木匠爷爷相对,我们才叫了外婆的小弟为泥水爷爷?如此说来,墨斗就是外婆的大弟木匠爷爷的了。母亲点着头,说,学成之后的两个爷爷,结伴去过上海。兄弟两个在那里名噪一时,泥水爷爷还在那里和我娘娘结婚了。

当时上海跟东洋人打仗,他们不得不回到小镇。这个时候,泥水爷爷和娘娘已经有了三个儿女,而木匠爷爷还没有成亲。外婆正为两个弟弟的安然归来高兴,不久的征兵之中——用抽签的方式决定运气,当时叫抽壮丁——泥水爷爷不幸中签,木匠爷爷看到泥水爷爷有了一份家小,竟然自愿代替了他去。

从小我就听过抽壮丁这个事,说这样的壮丁,兄弟之间、甚至于父子之间,可以调换了去。还听说,如果有钱,也可用几百斤稻谷做代价,让另外的男人代替了去。我当时听到,觉得不可思议,人的性命可以调换,一个壮年男人只值几百斤谷;也感到这是人家的事情,和我并不相干,想不到事实并非如此呢!

那么,是出征的前夜,木匠爷爷把他的墨斗交给了外婆——墨斗是木匠师傅的最重要工具,据说可以避邪。泥水爷爷和娘娘一定是带着孩子,齐齐跪到了木匠爷爷的脚下。出征的那天早上,外婆和她大弟抱头痛哭到难舍难分。风萧萧兮易水寒,我的没有见过面的木匠爷爷,他终于怀抱着壮烈的心情上路了。

那天晚上,母亲还说到了外婆的床。她说,其实这床是木匠爷爷做了,准备自己成亲用的。他出征之前,也把它交给外婆保管了。关于这个,我想起来的是,这床有圆柱,里面有镜子,外婆带姐姐睡着它,我非常羡慕。有时,趁外婆不注意,我会到那张床上躺一会儿,再把那个黄铜的帐钩敲得叮当响。

外婆过世后,娘娘家的人有意无意地说这床该是他们家的。我母亲二话不说,就把它送了过去。记得拆卸下来的时候,只有四柱还结实,其余部分都被虫蛀空了。当时我不懂其中的道理,感到大人们真可笑,为了一张旧床闹得不高兴。但是,我最后看到的娘娘,就睡在这张已经破旧不堪了的床上。

"当时很想把那对铜帐钩留下,后来想它本该姓杨,还是一起送了过去。"母亲把衣服、碗和墨斗重新包进靛蓝色旧包袱,如此说道。